我该走了吗
Must I Go
Yiyun Li

［美］李翊云 著

张芸 译

上海译文出版社

献给大鹏和詹姆斯

还有始终、永远的文森特

第一部　失去至爱后的日子

"后人，注意了！"

这句敦促或恳求，在罗兰·布莱的日记里出现了二十三次。莉利亚每次读到这行字时，总安慰他：好的，罗兰，我在这儿，仔细听着呢。假如她的孩子中有人在年幼时要求她千万不能死，莉利亚会用同等肯定的语气说：我绝不会死。可她注定食言。罗兰要求的仅是永存，并非不可能之事。除了她，他还会有别的后人吗？

这本单卷本日记有七百多页，是罗兰唯一出版的著作。他从他六十年所写的日记中挑拣出这些，留下指示，请一位朋友所在的出版社将它们付印成书。他把一切留给威尔逊夫妇：彼得和安妮，安妮是他妻子赫蒂最心爱的侄女。

莉利亚不赞同威尔逊夫妇的做法。打心眼里讨厌他们。他们把罗兰的日记从三卷压缩为一卷，在本应保留完整记录的地方插入省略号。第一次阅读该书以及彼得·威尔逊为删减申辩的序言时，莉利亚给奥布雷·莱恩出版社寄了一封信，地址是新斯科舍省达特茅斯的一个邮政信箱。说罗兰的日记"时有重复"，可真傲慢自大。"人生是重复的，"她写道，"忠于死者应当是编辑最重要的守则。"她未收到答复。

三卷变成一卷：这些人不如去兼差当厨子，把罗兰一生的事业搅拌浓缩成一碗肉汁。彼得·威尔逊在序言中夸耀自己的编辑功夫，称许自己在决定略去哪些内容上的慎重态度和在既尊重罗兰的意愿，又不给家庭成员造成不必要的痛苦上所持的节操。

哪样的痛苦？哪些家人？赫蒂没给罗兰诞下一儿一女。在这本完成的著作里，超过一半写的是罗兰的婚姻。倘若威尔逊夫妇认为，通过删节，他们可以把赫蒂变成罗兰人生的主角，那是愚弄自己。凡是阅读了罗兰日记的人都明白，西德尔·奥格登才是唯一在他心中占有一席之地的人。就一个大多数时候只爱自己的男人而言，能做到那样，实属了不起。

莉利亚不在乎。在她看来，衡量一个女人的价值，不是根据她生命中男人的优劣，而是那些男人生命中女人的优劣。在罗兰的日记里，莉利亚虽然仅被一笔带过，但她的出现恐怕会使任何女人感到自豪。

莉利亚一生见过罗兰四次。如果她告诉人们，至今她已经反复阅读他的日记数年，人们大概会说她疯了——为男人疯，为书疯——可人们经常错得离谱。不是所有的故事都是爱情故事。一本书远远不止那几页字。

但这个世上到处是像威尔逊夫妇那样什么也不懂的人。他们以为把罗兰的几页日记付印就是达成他的愿望。他们心安理得将罗兰遗忘。的确是罗兰的作风，把自己传世的东西托付给丝毫不致力于铭记他的人。

"相。"莉利亚教那两个小孩怎么拼写她的姓。她不具备耐心这种美德，可如果她已有足够的耐心活到八十一岁，没道理不能分一点给这几个三年级的学生。抑或是二年级？这点无关紧要。在他们长大、变得些微有意思以前，她将早已作古。不过连那渺小的希望也不能打包票。莉利亚是六个兄弟姐妹中的老大，她自己又抚养了五个孩子，这些孩子为她带来十七个孙儿孙女，所以她很了解青少年未来的命运。没错，他们起步时温热纯净得像一桶鲜奶，但迟早会发馊。

谈到小孩，莉利亚有许多可发表的高见。最可怕的一条是她给她的曾外孙女约拉下的断言。倘若约拉是别人家的孩子，莉利亚会直言不讳地讲出来。生来一事无成，那姑娘正是如此。可当然，莉利亚不会对约拉的母亲凯瑟琳说这番话。到了莉利亚的年纪，其他孙儿孙女都是她人生的点缀，但凯瑟琳除外。不曾被亲生父母当作必要一员的她，对莉利亚而言，是她有生之年不可失去的人。

上周，凯瑟琳前来探望，她一个劲儿地讲约拉的事，搞得莉利亚没时间询问凯瑟琳自己的婚姻状况，而她似乎前景不妙。由于预料到事情会这样发展，莉利亚认为凯瑟琳应当向她报告每一步恶化的动向。关于泰坦尼克号，假如我们能知道的只有它从港

5

口出发（还是处女）和在海上沉没（穿着新娘的礼服），那故事肯定枯燥乏味。

还有可怜的约拉。到头来，她有可能无法足以成为一艘船，被命运摧毁。

以下是约拉的最新败绩。有个玩伴的父亲是房地产开发商，他让他上幼儿园的女儿负责用她朋友的名字给街道和死胡同取名。约拉班上只有两个小姑娘没入选。

什么样的父母会那么做，凯瑟琳抱怨道。

没有一条以自己名字命名的街道怎么啦？莉利亚努力不点破，假如约拉的名字被选中，凯瑟琳又会觉得这个主意别出心裁。"约拉"这名字太短，包含太多元音，太不同寻常。但莉利亚没把这些看法讲出来。另一个女孩叫什么？莉利亚问。我的天哪，但愿她不是姓库普，她说。她叫米妮，凯瑟琳接着说，并不耐烦地讲解了一番具体的写法，和莉利亚现在向年少的来访者讲解"相"的写法一样。

"记得怎么写，别写错。"她对他们说。莉利亚保留了她第二任丈夫的姓。不是因为她对诺尔曼·相有多么特殊的感情，而是因为她喜欢这个姓的发音，不愿为了米尔特·哈里森而舍弃。"相太太，"莉利亚此时说，"叫我相太太。"

吉尔伯特·默里若在的话，准会安慰凯瑟琳，说约拉这个名字太宝贝，不能用在街道上。而诺尔曼·相会和凯瑟琳一样哭丧着脸，哀叹这个世界不公平，发最没用的牢骚。米尔特·哈里森会用那些入选的名字编一首打油诗，罗莎莉、纳塔莉、凯特琳、吉纳维芙，让她们个个都遭殃。

有些女人专门嫁错人。莉利亚不在其列。只是丈夫们都已经走了，记忆中他们的宽厚和微瑕无非是餐桌上的香草布丁：低卡、无糖、滋味寡淡。谁曾料想，她会活着看到有一天食物以尽可能不填饱肚子为荣？

对待凯瑟琳，莉利亚必须讲究策略。和她母亲露西一样，她善于用失落谱写人生。露西在二十七岁时自杀身亡，那时她刚诞下凯瑟琳两个月。早年，莉利亚曾幻想向凯瑟琳死去的母亲炫耀她取得的无论多微小的成就。瞧小凯瑟琳新长出的牙齿！瞧她柔软的鬓发！瞧你错过了多少东西。莉利亚从未如此激烈地与谁在一片名叫可爱的战场上较量过。

现在，约拉似有赶超之势，算在她身上的失落多得与她的年龄不符。她们三人的这一共同特点从何而来？不是来自莉利亚。她没有一颗千疮百孔的心，她知道，那是失落滋生所需的土壤条件。会不会是遗传自罗兰？不过他本人肯定第一个反对，坚称他天生没有心。

"不著书，无子嗣——至少没有名正言顺的后人。就算我有私生子，身上流着我的血，我也不知情，"罗兰在他 1962 年 6 月 5 日的日记中写道，"没有女人温暖到能融化我的心，当然，前提是我的体内真有一颗心。"

没错，罗兰，你不知道的事多着呢：你女儿的出生，你外孙女的出生，你女儿的死。

"响太太，我们可以把这段采访录下来吗？"莉利亚面前的男孩检查了一遍他的笔记，然后抬起脸，黑白分明的眼睛令她一惊。时下在滨海花园养老院，见到的尽是下垂的眼睑和浑浊的双目。

孩子们还在这儿呢！果不其然，莉利亚心想，意识多么灵巧地穿越时间，身体却在这岁月中变得无法舒适地在椅子上久坐。

有些日子，莉利亚想从人生这堂课上逃逸，今天是其中一日。早餐的咖啡不够热（也不够劲，但那是无法改变的事实，因为厨房只供应没劲道的咖啡，一如住在这儿的男士的双腿）；菲莉丝挑了个莉利亚旁边的位置坐下（不请自来，不过谁坐到她旁边都会被归入不受欢迎之列）；坐在莉利亚对面的米尔德丽德，正在讨论该给她的孙女买什么生日礼物（谁关心这个）；伊莱恩强烈要求大家参加附近一所学校主办的一个口述历史项目。那儿的校长是她侄女，伊莱恩介绍道。

莉利亚先前断定，开点小差会对她有益。现在她发现是失策了。"请叫我相太太，"她说，"你是不是把字搞错了？"

男孩低头看他的拍纸簿。他旁边的女孩抬起一张无辜的脸。"我们可以把这段采访录下来吗，相太太？"那个女孩说。

莉利亚不耐烦地表示同意。这项晨间活动的通知传单上写明有曲奇饼、小柑橘和加了棉花糖的热巧克力。她想象琼和她的助手在隔壁茶水间，剥开一只小柑橘分着吃。侵犯住客的权益。严格来讲，属于偷盗，不过在这儿没有人严格追究情节轻微的罪行。人离死亡越近，理所当然对越多东西视而不见、听而不闻、不去计较。计较得越来越少，直至毫无所谓，到那时，他们就把你打发到隔壁那栋楼。记忆护理科：仿佛你的记忆，像孩子或狗一样，仅是暂时交给没心没肺的他人照管，等着你下班后把它们接回去。你必须小心，不要不知不觉变得毫无所谓。斤斤计较地活着，释怀地死去，死了便了无牵挂。"可谁在乎呢？"莉利亚大声说。

男孩端详莉利亚的脸。女孩轻拍他的背。莉利亚凑上前，看了一眼女孩的耳钉。"是钻石的吗？"

男孩也看了看。"你知道吗，有颗钻石叫'希望之星'？"他对着空气说。

正常情况下，莉利亚会提醒男孩，当问的不是他时，开口发言是不礼貌的。但在她体内的某个地方，有种奇怪的感觉。换作六十年前，她会称之为欲望，但现在这欲望想必和她一样长了皱纹。记忆中的欲望。

"是水晶的。我在温哥华的表姐给我做的。"女孩说。

莉利亚转向那男孩。"那是水晶的。比你的'希望之星'便宜吧？"那颗"希望之星"钻石曾是罗兰在与一个女人做完爱后聊天的话题，他的日记里这么记道。和莉利亚一样，在那本书里，另外这个女人也被简化成单个大写字母。

莉利亚自己是"L"，在那本日记里出现了五次。第一次是在第124页，彼得·威尔逊加了一条脚注："L，身份不明的情人。"

9

身份不明。几乎所有罗兰的情人都归于那一类，莉利亚经常寻思，有没有一些遗漏的。假如没在那本书里找到她自己——无从知晓是哪个男人删去了她——她的心会刺痛。抹杀她，不管有意或无意，会令她一样气恼。

"去年，我妈妈带我和弟弟去看那颗钻石，"男孩说，"在首都华盛顿。"

"是吗？"莉利亚说。把女人和钻石放在一起，可以写出一千个故事，无一有趣。"我跟你赌一百块钱，你的母亲准是个聪明的女人，知道怎么养出乖巧的儿子。"

"我没有一百块钱。"

"我也没有。只是讲讲而已。"

"可我的母亲死了。"

女孩环顾四周，搜寻可以出面干预的成年人。

"听你那么讲，我很难过，"莉利亚说，"但没关系。每个人都会死。什么时候死，不由你和我说了算。"

男孩本就表情不丰富的脸，变得出奇木讷。

"相太太，我们可以开始采访吗？"女孩问。

相太太不喜欢听话的小女孩，莉利亚心想。

那采访比莉利亚预期的短。五个问题，全都无关痛痒、平淡无奇。你在何时何地出生？你小时候的家庭状况怎么样？你上学时最喜欢的老师是谁？小时候你的家乡是什么样的？讲一件你做过的、引以为傲的事。

"我引以为傲的一件事？很难选。太多了。比如，我曾认识一个男的，他的朋友想要借你说的那颗钻石，"莉利亚朝男孩颔首，"去展出。"

"他们借到了吗？"女孩问。

"是'她'。我说想要借的人是个女的。"

"他们不借给她吗？"

"她的祖国，"莉利亚说，"正巧是加拿大。"

"我的爸爸是加拿大人。"那女孩又说。

"哎，他们不让加拿大借那颗钻石。"莉利亚说。

"为什么？"

"问你旁边的同学。"

"我不知道。"男孩说。

"我以为你亲眼见过那颗钻石。"

"我的妈妈带我们去的。"男孩说。

而你的妈妈死了。"你能帮我一个忙吗？"莉利亚对女孩说，"跑去找那位女士——对，站在手推车旁的那一位。问她是否需要你的帮助。"

女孩走开后，莉利亚凑那男孩更近些。"你的妈妈怎么死的？"

"心脏问题。"

"什么样的心脏问题？"

那男孩摇头。他黑白分明的眼睛没有一刻因泪水而模糊。不掉眼泪是莉利亚认可的一个优点。她考虑把那位老师或她年轻的助手拉到一旁，打听这男孩的母亲是不是自杀身亡（若是，怎么自杀的）。死于心脏病发作和死于心碎是两回事。无论发生什么，应当如实讲述，这点至关重要。

露西死后，吉尔伯特不知道是否应该告诉人们，死因是突发的疾病，某种产后并发症。不，莉利亚说，在死亡这件事上，我们不撒谎。凯瑟琳长到一定年纪，问起她的父母时，莉利亚说，她的爸爸史蒂夫不是一个合格的父亲，而露西病了。她明白没有医生能治愈她，所以她自己把问题解决了，莉利亚说。她知道，她可以放心地把你交给我们照顾。对那些自杀的人，人们会议论纷纷。但是，凯瑟琳，你妈妈是个勇敢的女人。

凯瑟琳那时还不满六岁，没有追问更多细节。后来也没有，莉利亚便未再提起那个话题。可在全家人看电视的晚上，每当情景喜剧里冒出一个讲自杀的笑话时，凯瑟琳会大笑，笑得比莉利亚更大声，像是在比赛。那一刻，莉利亚难得见到凯瑟琳身上露西倔强的一面。她们私下鲜少提起露西的名字。对莉利亚来说，露西走后的这种家庭生活是新的一页。而对凯瑟琳来说，只有这一页。

琼拍着双手，招呼养老院的人去吃点心。莉利亚示意那个男孩需感谢她接受采访，男孩照做了，然后旋即与另一个男孩在地毯上打起滚来。

角落里有一台小型三角钢琴，是一个活到一百零四岁的老头留给机构的，有人上前演奏，先是怯生生地，后来，当连最吵闹的男孩也安静下来时，琴声变得更有底气。弗兰克靠近莉利亚，告诉她，弹的是巴赫的小步舞曲。弗兰克得意于自己的学识，每当他认为有必要时就忍不住和莉利亚分享。

一点不出所料，令满屋子人陶醉其中的是采访莉利亚的那个女孩。不安于现状，总是好表现，莉利亚心想。这时，那些吃完点心的人正要找个地方坐下来。瓦尔特一手拄着拐杖，用另一只手臂在指挥。人离死亡近了，不需要找太多借口来假装重获生机。

莉利亚在屋内走了一圈，寻找那个失去母亲的男孩。他坐在一张桌前，桌上有时会摆着切花，但今天花瓶是空的。他的脸上再度露出那种迟钝的表情。莉利亚招手叫他出来，他没有动。

世人也许不会喜爱这个男孩。世人也许根本不会觉得他可爱。但没关系，因为有个秘密，一个除了莉利亚以外，无人能向他揭示的秘密：一件大多数人不懂的事。人们指望你永远记住有母亲在时的甜美或失去她的苦痛。他们给你找来替代品，认为这样做是在帮你。可相信我。失去至爱后的日子漫长空洞。要使这些日子不显得那么漫长空洞，靠的是你和我。其他那些人，他们对我们没用。

莉利亚，像你这类女孩，我未来的妻子不会喜欢。

　　罗兰在他们第二次见面时对莉利亚讲了上述话，露西就是在那天怀上的。有时，莉利亚觉得她能回想起罗兰在讲那番话时脑袋确切的倾斜角度和脸上的表情，但她越努力回想，想象中的那个男人就越像亨弗莱·鲍嘉。人怎么会分毫不差地记得六十五年前发生的一幕？莉利亚拥有的仅是罗兰的话。还有露西，不过露西也已成了回忆。关于她的一切，无一会被遗忘，但假如露西留下一本书，莉利亚绝不会打开它。

　　莉利亚每次翻到罗兰日记的第 154 页时，总会津津有味地读着那句话："L——我未来妻子不会喜欢的女孩类型。"罗兰习惯在他的日记里重复同样的话。往后翻两页，他再度发表这一定论，但这次提到莉利亚时，是与其他几个女人一起，她们全被视为不适合做他的妻子。每人均以单个字母来指称。

　　没有人躲得过罗兰的重复赘述。有个 G，是一名芭蕾舞伶，在 1943 年的日记里出现了三次，前后相隔不超过十页。在那三篇日记里，罗兰次次将她比作纸风车，用不到一两个月就结束了。还有 S，"一个误把多愁善感当成浪漫的花瓶"，那段短暂的恋情（发生在 1956 年，持续了三周）两度被说成是"出于自恨，在已经被另一具身体泡过的温吞的洗澡水里洗了一个澡，皮肤上沾着陌生人的肥皂沫"。1972年，写道C"成为寡妇得正是时候"。往后翻几页，这句话又重复了一遍，并补充道："C是上天送的礼物。我也是上天送她的礼物。"但接下来不出二十页，C消失不见，而罗兰的妻子赫莘还将再活十五载。

那天，当罗兰向莉利亚讲到他未来的妻子时，他正坐在酒店的床上，抽着他所说的最后一根烟。时间是下午四五点，雾正从太平洋上升起。金门大桥映在面西的窗户上，桥身一半悬于薄雾中，等夜幕降临时，桥很快会消失不见。莉利亚对现场只有他们感到不可置信。这一幕十足是电影场景，表现一段不折不扣的风流韵事。他世故、英俊，她年轻、撩人。那些应当忙着在他们四周架设镜头、打光的人去哪里了？

怎么不说话？罗兰问未作声的莉利亚。我这么说是褒奖。

你未来的妻子为什么会不喜欢我？莉利亚问。

否则我怎么会娶她呢？

后来，当莉利亚准备要走时，她问他，他们下次见面会是什么时候。

为什么？罗兰说。

因为总有下一次，莉利亚说。

那点没人能够保证，他说。我可能一迈出酒店就被有轨电车撞倒。你可能明天爱上别人，到星期六已经结婚。

但那种事不会发生在我们身上。

为什么不会？你和我凭什么有别于他人？

我们不是好人，莉利亚说。悲剧只发生在比我们善良的人身上。

一见钟情呢？

发生在傻子身上。

罗兰大笑。像你这类女孩，大概会得西德尔·奥格登的欢心，他说，在她愿意有人讨她欢心的情况下。

当天，莉利亚没有自问，罗兰为何提起西德尔。日后，她将明白两件事：罗兰迫切地想与人谈论西德尔，莉利亚如此无足轻重，与床头板无异。

集仙女和巫婆于一身的那类女人。罗兰在莉利亚问起西德尔是个什么样的人时说。这回答对莉利亚几乎没用。不过她怕什么？她十六岁，西德尔，虽然罗兰未透露她的年纪，但老得多。两个女人之间获胜的总是较年轻的一方。

我不明白我为什么要想得奥格登小姐的欢心。

奥格登太太，罗兰纠正她。以前有一位奥格登先生。

他死了吗？莉利亚问。

是的，很不幸，他死了。

你一定很高兴。

高兴？不，我欣赏奥格登先生，一点不亚于我对西德尔的欣赏。我甚至可以说，我们都必须承受那难以承受的失去的伤痛。可当然，你年纪还小，不懂那些事。

你没觉得我年纪太小，不能当情人。

你没觉得自己年纪太小，不能有情人，罗兰说。瞧，我说有人能得西德尔的欢心，我不是在开玩笑。或者说有人不会受到我未来妻子的认可，也不是开玩笑。

这些话，你对其他女孩讲过吗？莉利亚问。

实事求是地讲，没有。

那么，你对她们说什么呢？

哦，不同的话。

莉利亚思索了片刻，又问道，为什么我会想得奥格登太太的欢心？她估计年长得可以当我的母亲。连我母亲在世时，我也没想得她的欢心。

莉利亚的母亲于上个月过世。一个更孝顺点的女儿不会在这样的谈话中提起死去的母亲，可话说回来，莉利亚人生中有另外哪个女人可以让她用来对抗西德尔·奥格登？

你得西德尔的欢心，不像你会得你母亲或你姨妈的欢心一样，罗兰说。

但像得你母亲或你姨妈的欢心一样吗？

别耍嘴皮子。我想说的只是，我看得出她会被你逗乐。

你会因此而想娶我吗？莉利亚说。

你，莉利亚？还是你，一个加利福尼亚来的小女孩？

有何区别？

我肯定不会娶一个加利福尼亚来的小女孩。

可假如我只是我，假如我只是莉利亚，那样你会娶我吗？

你还没到考虑结婚的年纪。

过去，像我这个年纪的姑娘，现在都有小孩了。

换作过去，我早抛弃你了，罗兰说。别再上这儿来。我知道去哪里找你。我说了算，好吗？

这么说，莉利亚盘算着，未来还有机会。和奥格登太太的关系也是如此吗？她问。你是那个说了算的人？

听着，莉利亚，罗兰说。你和我之间，让我始终是自私的一方。我对你没有别的要求，我保证。

电梯内和每层楼的公告栏都贴着宣传单，介绍即将开课的回忆录写作班。"分享人生的智慧，保留回忆，发现内在的写作天赋"，等等。这个写作班成为当天的话题。莉利亚已能猜到谁报了名，谁会勉为其难参加，谁会拒绝但将来后悔。课程为期八周，介绍上说"时间安排得正好"，在岁末假期前夕结束，每个人可以完成"一份宝贵记录""一件无价珍宝""一样送给特别之人的特别礼物"。

八周啊！长得足以让他们中的任何一人因意外而猝死。或有一人爱上另一人，但爱是比死更难以捉摸的事。上星期，卡尔文的子女蓦然中止了他的合约，匆匆将他接去俄勒冈的波特兰市。中了邪，他们形容他。至少传到莉利亚耳朵里的是那个说法，仿佛她煞费苦心地给卡尔文施法，让他把他们从遗嘱中全部划去，填上莉利亚的名字代之。愚蠢的子女，愚蠢的戒心。到了阴间，她要忙着重逢的人已够多，不缺一个拽拉她的卡尔文。他或许会坚持介绍莉利亚认识他的妻子。她会乐于再见到他吗，还是会疾步走开，用披巾蒙着脸，逃离时撞翻某人手中的饮料？活着时，谁也不知道她的真面目。死去的人会给我们更多意外。

莉利亚想象她的父母、她的三任丈夫、她的几个兄弟姐妹。露西呢？哦，莉利亚，别往那儿想。

那里上演的想必是一场混乱的木偶剧，每个角色身上牵拉着太多线。如果她去，莉利亚思忖，她必须要带一把锋利的剪刀。咔嚓咔嚓咔嚓。她希望坐在一棵树下、一张长椅上，旁边有块牌子写着"请勿打扰"。要是上帝考虑得够周到，在一开始就为夏娃设置这样一张长椅该多好。你知道，上帝是男的，因为他相信女人总在等着有人接近她。

不，在那场聚会上，莉利亚会表明她的立场。没有人会打扰她，除了罗兰以外。若说有个男的接近一位坐着、身旁有块牌子写着"请勿打扰"的女人，这人只可能是罗兰。

"你觉得怎么样？"多洛蕾丝问。她抢在某个男人前，坐了莉利亚身旁的位置。

"什么怎么样？"莉利亚说。

"那个回忆录写作班。岂不挺有意思的？"多洛蕾丝说。

莫非还不够吗，莉利亚心想，他们中大多数人已然无所事事地坐着，什么也不干，只追忆过去的好时光？再花额外的时间把这些回忆一一写下来——人们使出多少功夫让自己相信，他们的一生值得纪念？

"可以讨论的东西如此之多。拿我来说，我已经有好几个在酝酿中的主题了。"多洛蕾丝说。

"我们个个都能老来俏一番吗？"莉利亚问。

多洛蕾丝看似没听懂莉利亚的话。那句俗谚用得不对吗？

木已成舟，无需伤心，莉利亚的母亲在临死前说过。她髋骨骨折了，可谁也没料到那晚她会离世——死因不是那块碎裂的骨头，而是头部受伤。当天的早些时候，她到阁楼上去。莉利亚的父亲在下面呼喊，问她要干什么，她说在找一条工装裤。把你需要的东西列张单子，他说。海斯或杰克可以帮你拿。

他不明白，她去阁楼是一种抗议，她在过世的那年里去得益发频繁。如果她仅是想要躲开丈夫，可以去牧场上别的地方。可她没有，而是坚持爬到阁楼上，并且只在他的眼皮下这么做。她脚一滑，从梯子上摔下来时，他说，必须吃个教训才行。

木已成舟，无需伤心，可当时谁在伤心呢？这胡乱拼凑的谚语令莉利亚困惑不解。她是唯一留在医院的人。她的父亲预计没什么紧急情况，不准她的弟弟妹妹陪着，他自己则为了不错过晚饭，离开医院回家。他是个作息严格的人。

也许她的母亲是在安慰自己。每个女人想必都对自己讲过没被丈夫听见的话。

"所以你会去吗？"多洛蕾丝说。

"去哪里？"莉利亚问。

.

莉利亚的父母结婚五年后，家中一位伯父过世，母亲留给她和她所有堂表姐妹每人一小笔钱。这笔钱早没了，莉利亚的父亲却还在不厌其烦地抱怨。这位伯父终身未娶，没有像他的几个兄弟姐妹那样离开密苏里而西迁，他经营一家烟草店，直到临终前才把店卖掉。这桩买卖被莉利亚的父亲称作是亏本交易，因为谁都会毫不犹豫地欺诈一个快死的人。他至少可以找一两个聪明点的家族成员帮他，莉利亚的父亲说。听他讲这话的人全知道，他视自己为理想的人选，他们也全知道，他没有商业头脑。

　　这笔平均分给老人的每个侄女和外甥女——他没把任何一个侄儿或外甥算在受惠人之内——的钱并不多，莉利亚的父亲认为那样做，伤害了那些可能真正需要一定帮助的人，莉利亚的母亲就位列其中。那点钱对埃茜堂姐来说仅是小意思，她嫁入希腊萨克拉门托一户从事房地产开发的人家，所以为何把她算在内？还有莫德堂姐，她甚至与大多数家人不相往来？诚然，对谁来说，被一个将死之人惦记总是好事，莉利亚的母亲有一次回答道。他轻蔑地看着她，她面无表情地与他对视，仿佛想说，她真心实意地回答了他提出的问题。

　　人可以拿钱玩这种把戏。莉利亚的母亲只在小时候见过这位伯父两次，对他没什么印象。但他成功地让自己变成莉利亚家中不散的阴魂。或许在其他堂表姐妹家也是。钱总能制造出精彩的鬼故事。

在莉利亚的父亲看来，不可原谅的是莉利亚的母亲没有把这笔遗产花在家用上，家里处处需要钱，每生一个孩子都对银行账户构成威胁。莉利亚的母亲没有征询任何人的意见，擅自报了一门函授学校的写作课程，寄望将来若能发表小说的话，可以赚点钱——至少她是那么对莉利亚的父亲讲的。

当时莉利亚四岁，海斯两岁，一对双胞胎尚未断奶。几年后又有了杰克和肯尼。他们个个听着他们父亲的牢骚，直至他们自己（海斯和杰克）也为此唉声叹气，或把这哀怨变成私下的笑话（莉利亚、露西尔和玛戈）。但肯尼除外。他们的母亲去世时他八岁。有些人将他走上人生的歧途归咎于他早年丧母。可失去母亲的儿子很多。他们中不是每个人都匆匆过完一生，最后身陷囹圄。

莉利亚一点不记得她母亲的文学爱好，但她保存下那个文件夹，父亲没能来得及把里面的作业与她母亲收到的、按年份捆扎起来的书信一起烧毁，那些信大多是两个同窗友人寄来的。莉利亚不认识那两位通信的人。她母亲写给他们的那些长信也许留了下来，可她会写什么呢？莉利亚不是多愁善感的人，但即便是那样的女人，关于日复一日、年复一年、几乎一成不变的牧场生活，能讲的也就那么多。丈夫与孩子？他们恰是她的母亲在信里要逃离的人。莉利亚想起彼得·威尔逊抱怨罗兰的重复赘述。找一个不是活在重复中的人给我看。只是许多人，不像罗兰或她的母亲，不敢记录下来。

莉利亚的母亲何来读函授课程的念头，始终是个谜。她喜欢做梦，那点无容置疑，但为什么不梦想些更实在的东西。她长得端庄秀丽，每次出门去菜园或给奶牛挤奶前总要仔细地梳理头发，在头上戴一簇笑靥花或一束紫菀。有一段时间，她短暂的写小说的热情被缝纫爱好所取代。她给她自己和孩子做衣服，穿着对生活在牧场的人来说稍显花哨，当几个儿子长到会埋怨的年纪后，她放弃了缝纫，因眼前的日子而变得更心烦意乱。

他们想必个个令她的母亲失望。可惜没有人——牧场的帮工、开店的店主、上门兜售圆珠笔的推销员——爱上她，给她提供另一番梦想，但她始终是个忠贞的妻子，素来不切实际，却容忍着一个讲究实际的丈夫。

莉利亚的母亲活着时，尤其是在她能听见的情况下，莉利亚的父亲喜欢念叨她在文学上一无所成的事。他心疼每个月汇给芝加哥那所学校的钱，他用行动发泄这种情绪。全是骗人的，他说，可她已经变得如此心不在焉。瞧她一边喂鸡一边想着王子和城堡的模样，他说，就算他再娶个女人，再生一窝小孩，她也不会注意到。

我盼着你那样呢，莉利亚的母亲有一次回道。莉利亚的父亲和他的朋友正在玩掷马蹄铁游戏，他们个个愣住了，她把一大罐潘趣酒放在一张长凳上，仿佛她刚才的话只是在谈论天气。

大多数男人葬送他们妻子的梦想。当然，大多数女人也葬送

24

她们丈夫的梦想。可莉利亚的父亲，他不只如此，还执着于把他埋葬的东西挖出来。他从不动粗，也不酗酒。一个没什么趣味亦无什么恶习的男人，他唯一的快乐源自述说一件他没份参与的事，来戳他妻子的痛处。她对他以牙还牙。

"我的一生长寿、如意，有几任丈夫、孩子们以及花园。我的一生自足完满。我是人们口中幸福的女人。"

　　一派胡言！莉利亚抹去她在脑中写下的这几句话。活得如意的人都自足完满。任何幸福也一样。谁想要拉开那个叫作人生的抽屉给别人看？在那里面，我用包装纸把某个老情人裹起来。在那里面，我用隔板将几任丈夫分隔开。那里面有儿孙，一个个像乐高积木似的组装在一起。父母和兄弟姐妹呢？他们的照片叠放在里面。上面覆盖的干花是勿忘我。好了，看够了吗？想象自己对着一双呆望的眼睛关上那抽屉，莉利亚笑出声。哦，不管对谁，最好还是别打开那个抽屉。

　　多洛蕾丝又来叫莉利亚参加那个回忆录写作班。想想看，你可以给你的儿孙留下多宝贵的财富，多洛蕾丝说。

　　除了她收集的廉价首饰，莉利亚没什么可传给她儿孙的。他们可以自行瓜分相册，莉利亚猜想总有一天，越快越好，他们——她的祖父母及外祖父母、她的父母、叔伯姑姨、早已断了联系的远房亲戚、她的兄弟姐妹连同她自己——他们最后全会被送进古董店。也许有位顾客一边翻弄相册，一边回想一位情人或一次家庭纠纷。另一个顾客也许习惯性地瞅一眼价格标签，放下那本相簿，连翻也不翻开。迟早，死去的人不再是单个死去的人。

你们全被捆绑在一起，彼此没有程度差别。

莉利亚不相信通过爱让死去的人继续活着那种鬼话，但她不介意有人别让她变成泛泛、笼统的逝者。短期内可以靠家庭成员。一年，顶多两年。然后呢？有时是意料之外的人，那些你已遗忘甚至素未谋面的人，他们使你不必湮没无闻。瞧瞧罗兰。还有西德尔。要不是有莉利亚，他们不会虽死犹生。（西德尔不会在乎，但罗兰大概会死不瞑目。）

莉利亚死后，谁会为她那么做呢？为他们三个？

要说有一样东西是莉利亚不愿留给她的后人的，那就是她自己的生平。他们从与她共度的片许时光中略知一二，但她不想让他们知晓的部分，绝不会落入他们手中。让她的过去始终不为人知，和她一起烧成灰。让她的后人聚在一条租来的船上，把那些灰撒入太平洋。莉利亚第一次向她的子女言明这是她的愿望时，他们质疑她。她的后两任丈夫与各自的第一任妻子葬在一起。她看得出，她的子女认为她理当与吉尔伯特葬在一起。他们不明白，莉利亚只能听从她自己的心意，但另一方面，她无法真正怪罪他们。她并不喜欢袒露心声。每次听到"我心灵的钥匙"这个说法时，莉利亚忍俊不禁。一把锁只会招来盗贼。

无论理解与否，她的子女会竭尽所能为她送行，威尔打电话给他的哥们儿，商议以折扣价租一条船，蒂姆拖家带口从塔科马赶回来，卡萝尔和莫莉会让一切看起来像电影里那般伤感。凯瑟琳和约拉呢？她们在家人中会显得格格不入，但她们是将来最思念莉利亚的两个人。假如死去的人能够思念留下的后人，她也会

27

思念她们。

打住，打住，放宽心。还是别那样往下想了。

莉利亚不介意最后入土于罗斯福路二十三号的后院。吉尔伯特和她于1956年买下那栋房子。与旧金山隔着海湾，再经考尔德科特隧道才到的奥林达，在当时算不上是个镇。他的父母哀伤得好像他们的儿子要搬去另一个国家。莉利亚对离开那座城市感到失落，不过她没流露出这失落之情；她决心不表露的东西，吉尔伯特肯定猜不出来。他相中一栋三层楼的房子，有个很大的后院。他想要某些实在、负担得起的东西，所以为何不满足他呢。她自己到哪里都能过日子。

莉利亚向来不喜欢"安息"一词，她认为这说法是人们伪造出来的，使死亡听起来既寻常又值得。"泯息"怎么样？让生者和死者都少些压力！然而，假如她要搬出一个安息版的她的人生，那栋房子可以叙述她的经历。她和吉尔伯特在那里养大了五个子女、一个外孙女，再加三条小狗和好几代仓鼠。她打理了一个花园，那些狗和仓鼠就埋在花园里。他们在那栋房子的客厅接待过警察，警察来通知露西的死讯，坚持要大家坐下，仿佛那样做会有什么不同。在吉尔伯特过世前的几个月里，他睡在客厅，但到他快死时，他要求把他转去临终安养院。那样好，他说，他不死在家里，房子才不会贬值。事到如今，谁在乎房子的价值呀？莉利亚争辩。他说，这栋房子是他唯一能留给她的东西，他希望让它尽可能保持最佳状态。

莉利亚知道，吉尔伯特不会反对她为他守寡，可她不喜欢过寡妇的生活。她再婚后仍留着那栋房子，果真如吉尔伯特所愿，2007 年夏，卖出那栋房子得来的钱，可以维持莉利亚日后不管多久的有限人生。在理想的情况下，把她的骨灰安葬回那个地方合情合理，可莉利亚感不到来生坚持滋养一个陌生人的花园。那儿的人也许会把她当成侵扰的鬼魂。事实是，她的鬼魂对他们毫无兴趣。但不管在什么故事里放进一个鬼，你将遇到许多自愿被鬼缠身的人。

哎，她还是走吧。去水里。

"你在干什么？"南希问。

莉利亚原本给房门留了一道缝，让姑娘可以进来给她换床单，现在有人推开了那扇门。南希这人不坏，莉利亚对她没什么意见，只是南希把自己当作可爱的秀兰·邓波儿。莉利亚一向讨厌那个有酒窝、穿着闪亮的鞋子、笑容甜得发腻的童星。她有一次对南希说，小时候，她常幻想剪掉洋娃娃的鬈发。那不是真的，但莉利亚就想听南希倒吸一口气。南希不止倒吸了一口气。她告诉莉利亚，她长得不如她漂亮的姐姐，而她曾经趁南希午睡时拿剪刀把她头上的鬈发全剪光。连我母亲也哭了，南希说。

莉利亚看着南希，等待听她说找她有何事。"你为什么像鸟儿一样扇动你的手？"南希问，"前几天，有人请我看了一个纪录片，里面说，那个动作是自闭症的前兆。"

"没想到你对科学感兴趣。"

"戴尔请我去的。你知道，他一向很热衷于这些东西。"

"我不知道，"莉利亚说，"我太老了，不会得自闭症。"

"那你为什么做这个动作？"南希一边问，一边张开她自己的手臂，像一对翅膀上下摆动。

"在假装撒灰，"莉利亚说，"骨灰。"

"谁的骨灰？"

莉利亚露出若有所思的表情，拖延了一会儿，然后让南希倒吸一口气。"我的。"她最后回道。

"你有毛病呀，莉利亚！再说，你不可能撒你自己的骨灰。"

"不然我为什么要假装呢？你会假装是你丈夫的妻子吗？你会假装在早餐时吃东西吗？你会假装在你自己的床上睡觉吗？不过，你可以假装睡在棺材里。"

"我不知道你在讲什么。"南希说。

"假装是让你做你没法做的事。"

"包括我们过去能做但现在再也做不到的事吗？"南希说，她娇羞的模样仿佛是在难为情。她没有，莉利亚断定。那红晕只是她搽的腮红。"哦，莉利亚，我想听听你的建议。我应该答应戴尔吗？"

"他向你求婚了？"

"没有，但他问，我们可不可以多些单独相处的时间。"

"你打算怎么办？"

"我们可以看点他喜欢的节目。散散步。你知道吗？他有十个兄弟姐妹。唯一没活到九十岁的是他们最小的弟弟。"

"戴尔几岁？"

"没那么老。他有良好的基因。你知道吗？他在当私家侦探以

30

前是警察。我以为过去常来探望他的那位女士是他的妻子。结果原来只是他的邻居。佩姬·霍恩。她丈夫在世时，他和戴尔连话都不讲。"

"她和戴尔有染吗？他们被她的丈夫逮到过吗？"

"莉利亚！戴尔是个好男人。"南希说。

"那点我们可说不准，"莉利亚说，"那她为什么来看戴尔？"

"他也不知道！她坚持要来看他。"

"她那样做也许是为了惹恼她九泉下的丈夫。"莉利亚说。

"你总把人讲得古里古怪。"南希说。

"她现在怎么不来了？"

"她四月过世了。"

"因为那样，所以戴尔才要你当知心朋友吗，由于佩姬·霍恩走了？"

南希闭上眼睛。莉利亚注意到，当南希不想回答一个问题时，她会以慢动作的方式眨一下眼。"假如我不答应，他可能会找另一个人，"南希说着，睁开眼睛，"并非我对戴尔格外有好感，但我不想在他已经问过我后，看到他和别人坐在一起。"

"尽管答应吧！"

"你讲得像订婚似的。"

"相信我，我结了三次婚，答应总归是一件开心的事。"莉利亚说。连赫蒂，那个大理石做的女人，在罗兰求婚时想必也有过刹那的悸动。

31

在家具和花园之间，莉利亚向来更喜欢花园。这么讲不是自白，但还是值得把这个事实讲出来，让她的房间知道，她对这个房间没什么感情。屋内的五斗橱和扶手椅是她和吉尔伯特结婚时置办的，跟她一道搬了进来。别的一些家具，像蜕皮似的，在她和诺尔曼结婚时少了几样，后来和米尔特结婚时又少了几样。可搬到滨海花园养老院，性质不是蜕皮，而是截断几根手指。不，是一两截四肢。莉利亚没让自己心生伤感。在送别了她的三任丈夫后，那桌子、椅子、碗橱，还有吉尔伯特的父母送给他们作为结婚礼物的那个老式大衣橱，已透出几分冷漠。犹如朋友和家人，在往棺材上丢了鲜花后，忽然间看上去神思恍惚。他们在考虑自己的晚餐，或他们被还没穿得合脚的新鞋夹痛的脚趾，或他们身上那套黑色西装的干洗费。

当莉利亚在她的房间里四下走动或从她位于七楼的窗户望向外面的世界时，她真正想念的是她的花园。这些花园是她每搬一个地方而不得不放弃的东西。花园从不会为了谁而将自己连根拔起。花园留在原地，若无其事、用情不专地为新来的人姹紫嫣红。

"假如我要记述我的人生，我会写写这些花园。"莉利亚说。没人在听，那样正合她意。莉利亚有两副嗓子，一副用来说话给别人听，一副用来说给她自己听。并非只有她一个人是这样，但人们经常误让后一副嗓子混到前一副里。意志薄弱的表现，或衰老的表现——莉利亚不准自己表现出其中任何一点。她用来和住在养老院的同伴讲话的那副嗓子，是她早就选定的，介于这个世界和她自己之间——以不变应万变！她的子女打电话来时，她听上去友好、随和、快活、忙碌——不管怎样，只要能叫他们放心即可。难对付的是凯瑟琳。莉利亚无法只像个外祖母般，糊涂、热心、健忘；她也不能像母亲似的，苛刻、客气或以退为进。凯瑟琳首先是露西的女儿，其次才是莉利亚的外孙女，莉利亚是以露西的名义把这个女孩抚养长大。可你怎么替代一个外孙女死去的母亲与她讲话呢？对死者应尽的义务，真的可以通过对生者尽义务来补偿吗？

对女儿来说，母亲始终是一则警示。莉利亚不介意卡萝尔和莫莉这么看待她。露西呢？事情已经过去太久，莉利亚不想关心自己在露西眼中的形象。莉利亚自己的母亲，贪图不可企及的幸福，最终只得牢骚满腹。即便在她应当感到满足的情况下，她也时刻不忘她所受的委屈。例如：肯尼孩提时，脸蛋红润的他睡在他们花园的那棵垂樱树下一个白的柳条摇篮里。莉利亚算了算——当时她八岁，所以她的母亲三十岁。

但愿他长大后别让太多女孩心碎，她的母亲说。

只有八岁的莉利亚已能看穿她的母亲。她的愿望正相反。未来，肯尼摧折的人心多得会令他的母亲骄傲。

可到那时，他的老母亲在他心里将无一席之地，莉利亚的母亲补充道，并亲了小宝宝的每根手指一下。莉利亚厌恶地在一旁看着。她的母亲仅是在等待肯尼长大，一如童话里的女巫等待汉塞尔长胖。莉利亚和她别的弟弟妹妹没能让他们的母亲有同样的胃口。

他们个个有他们可以评价或喜爱的母亲，但凯瑟琳没有。她不知道她的生命从何而来。

　　我是六个孩子里的老大。我父亲的祖上从立陶宛移民到加利福尼亚。我母亲的祖上是密苏里人。我们分别是：莉利亚、海斯、露西尔和玛戈（双胞胎）、杰克和肯尼。我们的父亲喜欢家里人丁兴旺，所以母亲给他生了那么多孩子。她竭尽所能爱她的每个孩子。她只在我们中的一个人身上做到那一点，可在我看来，她选错了人。

抹掉吗？没错，抹掉。莉利亚不愿她的头脑自作主张地谈论这些事，仿佛有人在听似的。莉利亚一点不喜欢舞台，不是由于害羞或胆怯，而是因为舞台是设定好的东西，任何设定好的东西都令她觉得乏味。

不过大部分人生活在舞台上。有些人感到自己是被推上舞台的。其他人不断地寻找舞台。若不是幻想那些人个个怀着钦佩或嫉妒在观察他，罗兰恐怕会觉得了无生趣。他有没有把莉利亚算在那些人内？将她与他曾经相识、继而遗忘的其他女子一视同仁？

从酒吧往回走的路上，大卫说，我不知道你认识这镇上的这么多人。你以前来过吗？没有，我说，这些人，我一个也不认识。关键是，我向大卫解释，他们见到我跟人打招呼，暗想，瞧那幸运的家伙，有这么多朋友。然后当我与他们打招呼时，他们会觉得自己幸运，因为他们现在似乎与我扯上了关系。

　　上面那篇日记写于1929年7月——莉利亚不必翻开那本书也背得出来，但她喜欢逐字逐句地重读。罗兰所记的是他和他的朋友去爱德华王子岛的事。他曾如此珍爱的那些目光的主人早已作古。是他走运，眼下还有人在此，在注视他，看他，把他看穿，但情深义重，这样他不会觉得自己是光着身子在趾高气扬地走来走去。（噢，话说回来，嘿嘿嘿，他大概会很乐意那样做。）

　　长寿是忠诚的前提，真正的报复与真正的效忠一样，除非活到那些会变质的、被称作爱和恨的情感过了存放期，否则没资格自吹真正的报复或真正的效忠。一辈子要活得长，就要清除那些既不值得效忠也不值得报复的人。莉利亚向来更喜欢那类终年不败的花。

亲爱的罗兰，很抱歉，你对你女儿的出生和死亡毫不知情。她像极了你和我：漂亮、难弄。

　　每次重读罗兰1946年2月的日记，莉利亚反复在脑中以上面的话作为信的开头，但现在是她第一次把这些话写下来。那时，他坐船从英国前往加拿大，奔向他未来的新娘。莉利亚怀着露西，预产期已过一周。她不介意这个宝宝在她腹中再多待些时间。她的婆婆及像她那样的女人，对于仓促结婚的夫妇，会盯着日历数日子。

　　如果露西死于襁褓中会怎么样？这类故事时有耳闻，婴儿生下来已死或早夭。当然，莉利亚可能因生产而死，但她不是那类会在分娩时死去的女人。就像母马一样——瞅一眼便可知道，哪匹马会在产驹时有麻烦。你无法向不懂的人解释其中的原因。有些人就是生来命大。

　　可假如露西从未真正降世，只在莉利亚的子宫内存活了一小段时间呢？莉利亚会不会觉得那是惩罚？抑或解脱？往事一笔勾销，吉尔伯特和她将重新开始。那么他们的婚姻会怎样？

　　过早来临的死亡总带有神秘色彩。假设性的过早死亡呢？莉利亚也许会动身去找罗兰。但同样有可能，她已将他遗忘。露西

36

活下来，大概正是为了让莉利亚记住罗兰。露西年纪轻轻地死去，又让莉利亚没办法忘记罗兰。横竖无法与他扯平，不是吗？被遗忘等于落败。注定无法忘记一个人也是落败。莉利亚不甘心落败。

露西令许多人心碎。除了罗兰。他并非没有心，但他不会让他宝贵的心受伤，连一道刮痕也不行。可怜的露西。不，是可怜的吉尔伯特。他代别人承受了心碎的痛。

哦，嘘！事到如今没道理生气，只不过今早莉利亚感到有点不舒服。消化不良、胃灼热、心悸，但没有一样十分符合她此刻的感受。可能仅是早餐时关于写作班的谈话搅得她心神不宁。上课的老师是个伊朗裔库尔德女人，美国籍，有人说她风趣得要命，其他人说听不大懂她讲的内容，伊莱恩说她傲慢无礼得令人难以置信。

"真遗憾，你没选那课。"多洛蕾丝在早餐时对莉利亚说。唠叨是多洛蕾丝唯一精通（或保有）的进取行为，一种战斗力薄弱的武器，好比幼儿厨房玩具组里的玩具刀，却仍给莉利亚留下印痕。不，没有出血，但谁会想到老太婆粗糙的硬皮会对滋扰变得敏感。

"我很欣慰你上得开心。"莉利亚说。

"我当然开心啦，"多洛蕾丝说，"只可惜你没有来。"

莉利亚把多洛蕾丝想象成一只丰腴、烹调得当、烤得金黄的火鸡，怜悯地望着窗外的一只野火鸡说：真遗憾，你只能孤零零地走在黑暗中。这些想法，帮莉利亚多招架了几句多洛蕾丝的同情话。就算莉利亚要循着回忆的路径跋涉去哪里，她也想一个人上路。

　　亲爱的罗兰，很抱歉，你对你女儿的出生和死亡毫不知情。她像极了你和我：漂亮、难弄。莉利亚重读了一遍她写的话，又补充道：但不像你我，她不知道怎么利用这两项特质。这些话并未真正道出她想说的，但接近了。

第二部　已成过去的日子

又是生日。每个生日都来之不易，但这次有人将年届九十。这次的主角是斯坦褔的一位退休哲学教授，会在生日当天举办一个讲座。"今秋我们不必邀请外面的人来演讲。"琼在宣布这则通知时说。

"好像需要她担心预算似的。"莉利亚说，话音响得足以让琼听见。滨海花园养老院的演出活动资金丰厚。莉利亚住在这儿期间，唯一失手的主讲人是一位正念专家——超过一半的听众以不舒服的睡姿打起了盹。最精彩的来自一位十二岁的男孩，他曾在萨克拉门托的全加州魔术比赛中得过第二名。如此英俊的一个少年，灵巧的双手和腼腆的笑容相得益彰，令观众着迷。有些人请他重复同样的戏法。其他人要他披露其中的诀窍。那场原定三十分钟的表演实际持续了一个半小时。

"我喜欢生日，"南希说，"我的生日和恺撒大帝是同一天。我记得父亲在我七岁生日时告诉我恺撒大帝是谁。"

"我和芭芭拉·布什同一天生日，"有人说，"但她比我大。"

"你们想一想，我们从未问过自己，我们的忌日会和谁的一样，"莉利亚说，"那是我死也想知道的一件事。"

她母亲去世的第二天，莉利亚陪她的父亲前往瓦列霍市的殡仪馆。离开时，她注意到街上聚集了不寻常的人群。女人们呜咽着。男人也一样，有些默默摘下眼镜，用手绢捂着眼睛，其他人仰天袒露他们伤心的面容。走到下一个街区，一名黑人女仆猛地推开一家寄宿旅店三楼的窗户。他死了，她恸哭道，他死了。那晚，听到罗斯福总统过世的新闻，莉利亚惋惜她的母亲没能再多活一日。所有那些流的眼泪，她的母亲连一滴也分不到。

"我们专心讨论生日会吧。"琼说。

"我们要抛撒五彩纸屑，"莉利亚说，"我们要人人吹喇叭，给他来一个惊喜派对。"

"出于健康和安全的原因，我们这儿不搞那种东西。"伊莱恩说。她比莉利亚晚一个月搬入滨海花园养老院，第一次做自我介绍时，她强调她的长处是有领导才能。假如你们认为我不善于谛听，原因是我遇见过的人里，没有很多人的意见值得谛听，伊莱恩说。莉利亚放声大笑，当她发现其他人可能出于礼貌仅点头时，她又笑了几声。话说回来，羊也很懂礼貌，鱼贯走向屠宰场，什么也不问。

"马克·吐温的生日和忌日是同一天。"坐在邻桌的欧文大声说。

养老院的百事通弗兰克说欧文讲得不对。马克·吐温的生日和忌日不是同一天，但在他出生和去世的那天，天空都出现了哈雷彗星。"我想你一定知道。"总是坐得离她不远的弗兰克对莉利亚说。

莉利亚想拿忌日开个玩笑，但她还没想出机智的话，心里似乎先咯噔了一下。不是咯噔。是冷不防被掏空，下手的是露西。

这比心碎更糟。假如有人令你心碎，你仍可以收集起那些碎片，把它们重新黏合起来，或索性让那些碎片四散着，证明你曾有过的心。可露西的把戏是让那颗心消失不见。犹如那个魔术师男孩。不管什么，只要被他放在帽子里或手绢底下，都会消失不见，但他能把每样他变没的东西重新变回来。

莉利亚将思绪转向其他死去的人，有些是最近过世的，有些发生在遥远的过去。心被掏空有时和心脏病发作一样会致命，她已把自己训练得比最有经验的急救人员反应更快。莉利亚送别的逝者一点不少。但他们大致按照应有的顺序，并且留下的痛尚且是可承受的那种，随着岁月的流逝变得不再锋利尖锐。她的祖父母和外祖父母，她的父母，她的一些兄弟姐妹，她的几任丈夫。还有罗兰。她没把罗兰算作已矣的逝者，但他和其他人一样，让莉利亚把手挪来挪去，直至可以摸出那颗心的轮廓。没错，重新摸到这儿，结实，简直像石头般坚硬。哦，那颗心呀。偶尔它果真和她玩那消失的把戏。

莉利亚的母亲去世的前几个月，莉利亚的父亲和威廉森先生合资了一门生意。点子是威廉森先生提出的，希望将他们的牧场和威廉森旅馆合并起来，以吸引游客。他分析，随着战后海员和士兵的返乡潮，加上前往旧金山参加国际和平大会的宾客，他们可以开办一项提供住宿和骑马的业务，招待那些需要休假的人。一旦根基稳固，他们可以推广给当地人，当作周末郊游和家庭聚会的一处场所。

　　这间旅馆和牧场离城市够近，却也保持了充足的距离，称得上具有乡间的田园风光。两者建立的时间够早，称得上有历史；两家人在加州定居的时间够长，算得上是地道的加州人。无疑，威廉森先生用这番前景作饵，吸引莉利亚的父亲上钩，他在吃晚饭时向全家人描述了这番前景。加利福尼亚代表着未来，可正由于这个原因，一座令人回想起过去的牧场将充满吸引力。当我们周围的一切发生变化时，莉利亚的父亲说，我们可以靠不变来发财。这些话想必是威廉森先生灌输给他的。

　　此话怎讲？海斯问。不是疑问，而是给他们的父亲一个继续讲下去的机会。差几个月满十五岁的海斯已开始把这座牧场视为己有。虽然没在全家人面前说过什么，但莉利亚推测，他们的父亲私下向海斯做了类似的许诺。

人们对过去的时光存有幻想，莉利亚的父亲说。我们可以借他们的幻想赚钱。

威廉森先生的推销游说，莉利亚心想，一字不差地照搬了。

听起来是个很棒的主意，海斯说。你认为怎么样，妈？

孩子们转向她。他们知道，他们的父亲只需她讲一句，这个主意好。他们也知道，由于她的沉默，海斯把话重复了一遍。海斯比他们的父亲头脑更精明，同他的父母和他的兄弟姐妹都相处融洽。莉利亚钦佩他的算计。

他们的母亲耸了耸肩，把一颗土豆切成大小一样的两半。

人们热衷于那类消遣活动，莉利亚的父亲提高音量说。你不懂怎么享受生活，不等于别人不懂。结婚多年，当莉利亚的母亲摆出面无表情的脸时，依旧对她的父亲具有一定的威慑力，这一点让莉利亚对他心生同情。他仍不明白，他越激她，他在自己的妻子和子女面前显得越无能。

莉利亚知道她的母亲懒得表达她的异议。我们过得挺好，莉利亚说。我们为什么要改变，就为了帮威廉森一家渡过难关吗？

那间旅馆以前有个气派的名字，叫帝国旅舍，由威廉森先生的曾祖父所建，为往来于旧金山和北部采矿小镇之间的旅客提供良好的食宿。但事到如今，这间旅馆兴旺不再，能吹嘘的只剩往事。旅馆不像牲畜或蔬菜，每年自我更新。

小姑娘，没人问你的意见，莉利亚的父亲说。他本会讲些更狠的话，但莉利亚上个月已满十六岁，他觉得有必要把她当作成年女子，尊重她几分。

你最懂，莉利亚的母亲平心静气地说，同时看了一圈桌旁她的子女，目光在每人身上停留的时间不多不少，莉利亚心想，正好可以把他们与他们的名字和年纪对上号。要是来一场摧毁一切但让她的子女幸免于难的地震，她大概会对他们投以相同的目光。所以你们个个都在——那目光里包含的话——我仍必须设法当你们的母亲，直到有一天我们摆脱彼此为止。

莉利亚的母亲嫁错了人。那好比登上一列永远不会带你驶往正确方向的火车，更别提抵达你心中的目的地。车驶出得越远，越没有继续前行的意义，下车更无意义。然而说不过去的是，像她这种女人，嫁给哪个男人都不对。那么，何必结婚呢？

莉利亚的母亲希望莉利亚当护士，但她对减轻他人的痛苦没有兴趣。她的美貌不该浪费在医院的病房里，像她母亲的美貌被浪费在牧场上一样。相反，莉利亚下定决心，要去上城里的文秘学校。等她存够了钱，能自己找个地方住时，她会离开牧场，培训一结束，她就会每天穿着高跟鞋、涂着口红去上班，住着用她自己的工资租来的寓所，和对这个世界了如指掌的男人一起去看电影。

威廉森-利斯卡合资的这门生意，结果不仅只是给清白的人提供度假之所，还接待淫乱的海员、士兵和他们的女友。在那些吵闹的小伙子的眼里，她们是露水情人，彼此没有分别。不过莉利亚的父亲拒绝承认自己是帮凶。这地方的名声一传十，十传百。有些女孩变成回头客，改名换姓，带不同的男人前来。

如今，莉利亚和她的弟弟妹妹有了更多可聊的事。餐桌上的谈话，在他们父母的监督下，和往常一样单调乏味。但男女乱交的事如霉菌般无孔不入。孢子飘在空气中，气味散布到每个房间——只不过那不是霉，而是某种更令人着迷的东西。连肯尼也像贪婪的海绵似的汲取这种兴奋。他们这些孩子聪明伶俐，竞相从他们能获取的一丁点素材中编出各种故事。他们父亲的失算和他不愿讲出口的懊悔之情反而增添了他们的乐趣。

最下流的相会发生在旅馆那边。除了莉利亚，其他孩子不准靠近那间旅馆。她注视那些女孩走上楼梯，在二楼平台的镜子前端详自己的模样。有些看上去更老练，其他人只比莉利亚大一两岁。她们全都不如她漂亮。那一点，从那些小伙子的眼中看得出来，但莉利亚不需要他们的肯定。那面镜子是她最忠实的朋友。

这些女孩的家在哪里？她们在走进这间旅馆以前，过着什么样的生活？一天下午，莉利亚在为一个名叫贝齐的女孩——跟她一起来的那个小伙子在睡觉——给迪迪备鞍时，问起贝齐她的人生经历。这天是她第三次光顾这间旅馆，似乎很有聊天的兴致。她说她无父无母，由她的祖父母抚养长大，住在蒙大拿州的比特。祖父母死后，她变卖了所有东西，登上开往加利福尼亚的火车。他们有没有告诉你，你的父母是谁？莉利亚问。贝齐说，没怎么讲过。事实上，她搞不清他们是她的外祖父母还是祖父母。你有兄弟姐妹吗？莉利亚问。贝齐说没有，她出生不久就被交给她的祖父母照顾。想到身为家里唯一的孩子，莉利亚觉得有趣极了，好比是牧场上唯一的马或唯一的奶牛。如果你是唯一的孩子，你怎么争夺东西呢？不漂亮但心地善良的贝齐，那天以后没再来过

47

旅馆。莉利亚想象她爱上一个士兵，结了婚。但会是那样吗？莉利亚不确定。她又编了一个故事，在这故事里，贝齐遭人谋杀，因为那样的一个女孩，无人关照，从小没学过怎么抗争，有时会下场悲惨。

　　每个客人都让莉利亚有所受教。通过观察那些女孩，她学会了该在什么地方收紧她的衬衣。她挑选颜色不同、深浅不一的丝带，搭配她的红头发，雾天选翡翠绿，晴天选薄荷绿或乳白色。通过招呼那些男人，她学会了打情骂俏，但保持关键的距离。然而，她还是觉得意兴阑珊。当有些男人在她递上缰绳之际、抓着她的手腕不肯立刻松手时，或是当他们趁四下无人耳语几句情话时，这种感觉尤为强烈。他们个个想得到她，她知道，但他们想得到她的渴望并没有增加他们的魅力。饥渴和胃口是两码事。那些仅是无名鼠辈的男人，希望莉利亚也那样饥渴地想得到他们，和他们想得到她一样。可她不喜欢饥渴，那只会让人倒胃口，犯下饥不择食的错。然而在这桩生意开始后没多久，她的胃口早已加剧。但是对什么东西的胃口，她完全搞不清。

罗兰和他的朋友来牧场玩的前一周，威廉森先生的女儿玛吉得了风疹，还传染给雇来打扫房间的两个姑娘。为照料这几个被隔离起来的女孩，威廉森太太把她年纪更小的孩子送去她表亲家，身边急需一位女帮手。莉利亚的双胞胎妹妹玛戈和露西尔年纪还小，不能让她们目睹爱情肮脏的一面，在经过与威廉森先生讨价还价、争取到比两员正式女工更高的薪酬后，莉利亚答应临时补缺。

　　那个周末生意繁忙。有些海员提出付一部分钱，缩短开房时间。几个小时，他们中的一人说，对大家都划算。莉利亚的父亲赚的是客人来牧场骑马的钱，但并非每个小青年都有兴趣多花一笔钱带女友来牧场，而合资双方收入的悬殊只字未被提及。像莉利亚父亲那种男人，永远相信家庭以外的人的判断，轻易把外人的看法当作是他自己的。他会出于友谊帮任何人做事，胜过帮他自己的家人。目光如炬的威廉森先生为自己把一切都谋算好了。

　　有个傻瓜父亲，或有个嫁给傻瓜、生下你的母亲，哪样更倒霉？

　　罗兰来的那日，莉利亚一肚子火。威廉森先生领他和他的朋友上楼时是下午四五点钟，到那时，她已经因接连换了许多次床单和枕套并不得不吸入他人的秽气而累得筋疲力尽。她听见威廉森先生在道歉，说他们只剩两间房和阁楼临时辟出的一间房。让我们瞧一眼吧，有人回道，接着用另一种语言说了点什么。莉利亚听不出是什么语言，但不管那个男人讲的是什么，即便换了种语言，也不像那些海员的话令她恶心。那男人讲话的口气和电影明星一样，不慌不忙，因为他们有的是钱和时间。

四个男人跟威廉森先生走入一间房，三个穿着深色西装，一个穿着米黄色西装，搭配一顶同色的浅顶软呢帽。莉利亚立刻认出穿浅色西装的男人是她刚才听见说话声的人。他的衣着非常显眼。

另外两间房也是这样吗？他问。

莉利亚比他们早一步溜进那间房。她抬起头，故作惊讶状，正要把一束飞燕草插起来的手中途停住。莉利亚的母亲喜爱野花，把它们插在窗台上的瓶子里，或扎在头发上，不是为了吸引男人的目光，而是把花变成她的盟友，一同对抗男人。莉利亚断定，花在她手里会让真命天子更有亲切感。

是的，威廉森先生说，但假如你们中有两位先生不介意合住一间房过一晚，我可以加一张帆布床。明天我们会有空房。

这些房间太小，恐怕没法合住，那个男人说。

莉利亚笑出声。连那几个外国人里最阴沉的一位也看着她。你好，穿着浅色西装的男人说，什么事这么好笑？

三间房当然不够你们四个人住，莉利亚说，除非你们中有一位是女士。

你怎么知道我们不能凑合着住？那个男人对莉利亚说。这几位先生，和我一样，是从战区回来的。我们都经历过更苦的日子。

她上下打量那几个男人。你们的穿着不是去打仗的模样，她说，你们来这儿也不是为了打仗。而且，你自己说了，这些房间太小。

威廉森先生对莉利亚说，她的父亲肯定正在等她回去做晚饭。他轻敲他的新手表的表面，严厉地看着莉利亚。

威廉森先生，记得吗，我全天都要在这儿的？今天玛戈做饭。

男人和他的朋友商量。他们中一个矮个子、脸蛋胖乎乎、眼睛下面有黑眼袋的男人似乎惊慌起来。当莉利亚的朋友——他已经和她交谈过，并互相微笑过，不是她的朋友还能算什么——说了些安抚他的话后，他回道，"Non"。"Non"，他坚持，其他两个男人也无奈地摇摇头。

那个男人用他们讲的外国话客气地争辩。他长了一张狭长的脸，皮肤刮得泛青。她慢条斯理地把花重新插了一遍，并抽出一枝，夹在她的右耳后面。她想看看这个之前自我介绍叫罗兰的男人，怎么设法实现他想要的东西。他看上去是那样的人。

那个矮个子的男人益发板起面孔。罗兰叹了口气，问威廉森先生马关在哪里。骑会儿马也许会使这几位先生心情好一点，他说。

有什么解决不了的难题？莉利亚说。如果你们需要多一间房，我们可以让你住我们家。

你可以吗？罗兰问。

莉利亚看出他的眼中燃起希望——他太需要那个房间了——哦，不过你们中有一人得忍受与他的朋友分开住所带来的不便，

51

她说。

走路仅五分钟，威廉森先生说，并主动提出那个候补房间的房价可以打折。

罗兰再度与那几个外国人讲话。他们似乎有所疑虑，但他用温和的口吻施压，直到他们同意。威廉森先生问莉利亚可否带罗兰去看他的房间，她故意面有难色。她知道，派她去，威廉森先生可以省去麻烦，不必面对莉利亚的父亲。

自她的母亲死后，他一直不大正常。一段没有爱的婚姻仍使他成为一个名副其实的鳏夫。他像伤心过度的丈夫一样，开始对他该干的活丢三落四。一个星期前，他把一袋解开的燕麦留在博的马厩隔间里。多亏海斯——涉及牧场的事，他信得过的人已变成只有他自己——否则博会把那袋燕麦全吃光，胀破肚皮。尚不愿破坏他们父亲的威信的海斯，只把这一差池告诉莉利亚，说未来他们得多加小心。莉利亚和海斯不是特别亲近，但他们俩与父母共处的时光比其他弟妹长。有朝一日，他会子承父业，管理这片老朽的王国。她希望他能娶一个比他们的母亲更适合当妻子和母亲的人。一个没有梦想的女人，这样他将必不扼杀她的梦想。

莉利亚的父亲说，他能腾出的唯一房间是马厩旁的小屋。楼上的客房呢，莉利亚问。

罗兰当即说，他无意打扰全家人的生活。

家里并无客房，但主动提供实际没有的东西是一种愚弄人的方式。人们会感到欣慰或受宠若惊。他们绝不会想到莉利亚是在提供她拿不出的东西。这样做犹如玩游戏，只有莉利亚知道其中的规则。

人们也经常给予回报。用某些他们确实有的东西。

住在这儿很安静，没有人会打扰你，莉利亚在带他看了那间小屋后说，屋里有一小块可以坐的地方，角落里摆着一张帆布床。干净得很。

你们这儿的生意怎么样？罗兰一边问，一边望着莉利亚更换一套寝具。

不错，莉利亚说。你怎么找到我们这儿的？

我看到报上的广告。我想，我可以带我的朋友来换个环境透透气。

他们是什么人？

你是说，他们是谁？

他们是外国人，不是吗？他们来自哪个国家？

欧洲，罗兰说。

他们多半住过条件更好的地方。

这儿没什么不好，罗兰说。他们那儿刚打完仗。

你也是从欧洲来的吗？你是什么人？

你是说，我是谁吗？我叫罗兰·布莱。我去过很多地方。你是谁？

我叫莉利亚·利斯卡，家在加利福尼亚的贝尼西亚。

这话从你嘴里讲出来像一首诗。或一首歌。你练习过吗？

莉利亚从来不必向谁这样介绍她自己。她生活圈子里的人，无不知道她的名字（还有她父母和她祖父母、外祖父母的名字）。

那些来牧场的客人不关心她叫什么。男人喜欢的是她的脸蛋和她的身体。假如她不反对，他们会伸出手臂环住她的腰，或把嘴唇贴到她的嘴唇上，但大多数男人懒得装出好奇心，诚如他们懒得掩饰他们的欲望一样。

我为什么需要练习做我自己？她说。

那么，你是天生的诗人。

谁需要诗，莉利亚在那天说，现在她又大声说了一遍："谁需要诗？"莉利亚太有活力，无法受制于韵脚和节奏、停顿和句号。接下来的两个晚上，她溜进那间小屋——换成别的女人，意志更薄弱、更多愁善感的，也许会把记忆中与罗兰共度的时光当作诗，可把那时光称作诗，犹如把一片无边无垠的罂粟和羽扇豆的花田简化成黄和紫的色块。有个客人就是这么干的。他只身前来，在旅馆住了一周。莉利亚几度试图搭讪，但他不看她，他看的是花。于是她嘲笑他。在可以拥有活的、真的东西的情况下，为何安于一小块画布上某些呆的、死的东西？

1945 年 5 月 12 三

计划和 T 先生及他的两位同事一起出游，但我向自己保证，这本是个人日志，绝不把工作上的事记入其中。

1945 年 5 月 15 日

昨天我们重返大会。在一座地道的加州牧场有个惊喜。L：性情活泼，令人耳目一新，年轻（多年轻？）。而且大胆放肆。今早刮脸时，我能听见达尔辛先生在解释大胆放肆（audacious）一词。我的脑中当即开始列举它的变化形式。*Audeo, audes, audet, audemus, audetis, audent.*

L 和我，谁冒的风险更大？谁在激谁？不过这些问题无需回答。我们已重返一个全球性的舞台，这上面没有 L 的一席之地。昨天，在破晓前偷偷进行的告别中，我甚至扮不出惆怅。固然，她和我互相说了些话，但当两个人躺在一张单人床上时——那亲密程度超过两个人坐在餐厅最小的桌子旁——总会找点话说。

L 似乎死心塌地地相信我们会再见。如此自信。她太年轻，尚不明白两个人的相遇几乎总是奇迹。我，年纪太大，不会被任何奇迹绑架。

"但我们确实再见了，不是吗？"莉利亚反驳道，她重读这页日记时经常这么对罗兰说。

星期一下午，一位访客，某人的女儿，捧着一束巨大的花走进饭厅。这些花是从她前一天参加的一个婚礼上拿来的——德布一下子就查明花的来源。"你们能猜到这家人花了多少钱买花吗——八万美元！"

"你肯定听错了，"弗兰克说，"一定是八千。"

"我问了两遍。我已故的丈夫是审计员。我对数字很在行。"

"我以前有个客人，请我的妻子和我设计一座一年四季开白花的花园，"迈克尔说，"猜，她的预算是多少？三十五万。"

感到难以置信，仿佛人生还有许多令人惊异的地方——莉利亚思忖，是不是由于衰老、遗忘、惺惺作态，他们已经到了觉得这个世界事事新鲜的地步。可新在哪里？你可以拥有这个世界，仅一次而已。第二次，你有的只是这个世界的壳，如牡蛎的壳一样，即将被磨成粉末，当作他人花园的肥料。

宣传滨海花园养老院的广告册子上，夸耀住在这儿的人智力高、寿命长：平均年龄八十七岁，百分之六十七拥有硕士或博士学位。然而，按上述标准，低于平均水平的莉利亚，却能轻易领悟到人生有无限的不可思议之处，反之，她的同侪似乎怎么也理解不了那个道理。她努力忍住不指出，在场的每个人想必都干过类似荒谬的事。比尔不是花大钱给他的两个儿子买了旧金山巨人队比赛的贵宾票吗？尽管那晚巨人队赢了，他们走出赛场时仍互不搭腔。大家都听过，格温对着话筒，冲她在新泽西的妹妹大吼，每当东海岸预报将有灾难天气时，她的妹妹就打电话来。我以前跟你讲过，我再跟你讲一次——一般属于话少一方的格温会提高音量——有一个解决办法。一句话：加利福尼亚。什么？地震怎么办？地震来了，我们照样睡觉。大地震？放心，你我活着时，不会有大地震。

格温，莉利亚有一次说，你难道不明白，你的妹妹不需要你的建议，也不想和你抱着死，她只希望你当听众？

你根本不了解我们之间的过去，格温回道。

所以呢？莉利亚心想。过去好比是信用评分。谁把它当作人生的指南，不断查阅？你采取这样或那样的行动，分数变好或变坏，你都得接受那个结果。

莉利亚搬来滨海花园养老院的决定令她的子女困惑。她健康自立，看得出他们为她预想了另一种结局，过着一切自理的生活，直至寿终。他们不明白的是，她不喜欢独居。不，她不害怕一个人，但她更喜欢在人群中遗世孤立。

"被恰到好处地记住，每个人是装饰他人内心壁炉架的珍奇古玩"，莉利亚自言自语地引述罗兰的话。这句话经常让她宽大为怀地对待她在滨海花园养老院的同侪。他们也许不会变成一座庄严的半身雕像，或一根孔雀羽毛，或一个古董花瓶，但合起来，他们可以组成一批不错的弹珠。（可别把它们弄丢了，莉利亚。）

可"被恰到好处地记住"是什么意思？指及时被记住吗？那

样或许可以解释罗兰为何如此巨细靡遗地记录他的人生，但及时记住的东西有时也会及时遗忘。抑或，说不定所有及时记住的东西都记忆有误，唯有到我们越过某个时间点，在我们忘记那些事以后，我们才能重新记起它们，那样才叫记得恰到好处。那种记忆发生在什么时侯？十年吗？有了孙儿孙女时吗？经历了有人意外死亡后吗？或是意料中的死亡？喂喂，莉利亚幻想询问她遇见的每个人。你已经穿过那道门了吗？什么门，那人会问。那道门，她会说，只开一次的那道，进去以后就不能再出来。那人可能会一头雾水，或动怒，或如果他颇有幽默感（不大可能），他会说，你是指生与死之间的那道门吗？呸，她会回答。你讲的那道门，远没有我心里想的那道门有意思。

莉利亚尚未通过那道门。她没忘记的事有如此之多。这点她确知无疑，如同她知道自己的名字和年龄一样有把握，还有她最后一次月经的第一天，体检时，问卷上仍要她填写这项，1987 年 10 月 19 日（黑色星期一），莉利亚会注上一笔。从未有人问过括号里是什么意思。还以为人们应当有起码的好奇心。

"被恰到好处地记住，每个人是装饰他人内心壁炉架的珍奇古玩。"那句话描写的是与另一个女人的邂逅，发生在莉利亚结识罗兰的同一个月里。他和几个朋友在旧金山的一间酒吧，一位仪态万方、口音毫无瑕疵、风姿绰约的女子走上前问道：我可以坐这把椅子吗？

那群朋友争相同意。你不是本地人吧，女士？他们中的一人问。

不，我住在对岸，那名女子说。奥克兰。

罗兰写道，随后他得知这名女子是米特福德姐妹中的一位。莉利亚读到这则日记已是几十年后——即便那时，她仍不得不去图书馆查找米特福德姐妹是谁。莉利亚的问题令图书管理员安德森太太兴奋不已。安德森太太与莉利亚同龄，虽有俄语文学的博士学位，却在当地图书馆工作，一直干到去世前一周。莉利亚每年向安德森太太打听一次一个名叫罗兰·布莱的加拿大作者。他们初次相识时，他曾告诉她，有朝一日，他会成为知名作家，她应当留心他的名字。安德森太太从未问过莉利亚原因，但像对待工作分内的挑战般搜索查寻。真不可思议，一个女人的执念有时会变成另一个女人的，但那些捡拾他人人生片段的人想必是最寂寞的。安德森夫妇没有小孩。安德森先生的正职是家庭律师，下班后和周末时，担任少年棒球联盟队的教练。也许莉利亚时不时的问题和请求正满足了安德森太太的需要。当她终于发现罗兰的日记后——天知道她怎么找到的，她是个很有耐心和毅力的女人——她订购了两册，一册给莉利亚，一册给她自己。你认识这位作者吗？安德森太太在告诉莉利亚她已翻阅完罗兰的日记后说。他是我母亲那边的一位远亲，莉利亚回道。他是我们这个世纪遗留下来的那种老古董之一，不是吗？安德森太太说。

安德森太太可能一辈子不会发现罗兰的日记。但话说回来，莉利亚可能从未遇见罗兰。事件发生的顺序不同，但人生还是一样，充满无法被记得恰到好处的怪事。

人像花一样。有些生来是稀有品种，由指派的持资格证书的园丁照料，它们开花时，人们排队争睹。有些即使长在普通的花园里也需栽培和养护。有些像羽扇豆和罂粟那样常见。然而最终，所有的花为了相同的目的而绽放，没有一朵持久不败，除非把它们夹在书里。一旦保存下来，花朵略呈灰色、半透明、薄得了无生气，莉利亚总是把赫蒂·布莱的皮肤想成那样。莉利亚从未见过赫蒂，但她从罗兰的日记中获悉，赫蒂的一项嗜好是把花压平保存。想象一下赫蒂留给罗兰的六七十年里积攒的花。不，莉利亚无法想象。这么做有点像恶作剧。住在莉利亚对面房间的玛丽安娜有一次邀请莉利亚去看她压的花，据玛丽安娜说，这项嗜好始于她丈夫死后。莉利亚强忍着没称玛丽安娜是花的连环杀手。好吧，她不该斥责玛丽安娜，跟赫蒂比起来，她的罪过是小巫见大巫。

西德尔·奥格登逝于 1969 年。赫蒂·布莱逝于 1987 年。但只要罗兰在世，她们想必并未实际消亡。人们讲的，回忆使亡故的人继续活着——相信那种谬论没有坏处，就像因为喜欢另一个牌子的牙膏广告而改换牙膏没有坏处一样。罗兰活着时，西德尔和赫蒂想必如同花朵，仍在他头脑的阳光房里盛开。但他死了，她们变成他日记里没有生命的标本。

一旦莉利亚过世，他也会是同样的命运。

哦，罗兰，在我们变成夹在书里的压花前，最好来个人接手你。我们不能像赫蒂那样枯死。

罗兰和他朋友来玩的那天，莉利亚带他看过房间后，两人一起走到马厩。他问起那儿的土地、天气和地方的历史。他的朋友中的一个说，想研究植物。图什么，莉利亚问。罗兰回道，他的朋友喜欢采集某些植物。

我们这儿有很多，莉利亚一边说，一边指着她母亲的花园。自她死后，这园子已荒芜。随着荒芜的状况往不可逆转的方向恶化，莉利亚感到快乐，是那种类似看见某个耳背眼花、行动迟缓的人被扒手偷了东西时的快乐。莉利亚可以提高音量，替受害人出头吗？当然可以，但她为什么要那么做？当这样的事发生在查理·卓别林的电影中时，你该有的反应是哈哈大笑。

莉利亚等着有一天这园子彻底变得碍眼，父亲将只好命他们把园内的植物砍倒，放火烧了。不，莉利亚会拒绝为看着这个园子消失而伤感。她的母亲一生中拥有的东西不多，应当让她把她的花园带走。

但令莉利亚意外的是，那对双胞胎露西尔和玛戈也袖手旁观，不挽救这园子。莉利亚可以理解露西尔那样做——全家上下，莉利亚不做的事，露西尔不会认为她有责任做。她只关心公平与否，可她怎么看不出，人生注定是不公平的？莉利亚更年长、个子更高、更漂亮，无论露西尔多么痛恨这些事实，她也没办法改变。

可玛戈呢？玛戈心肠软。他们的母亲死后，她是所有人里哭得最凶的，当父亲叫他们把东西捆扎好，准备送去二手店时，她凭一己之力留下了母亲的几件衣物。玛戈肯定会承接这园子的，所以谅必是露西尔阻止她那么做。她离不了露西尔，露西尔则没那么离不了她，在死去的母亲和活着的姐妹之间，她必须做一选择。

研究植物，罗兰解释道，必须找当地生态环境下土生土长的植物。

当地生态环境——这种措辞不是莉利亚或任何她认识的人会使用的。为何要这么麻烦？她问。只有土生的动物要靠植物为生，你又不是动物。

罗兰端详莉利亚。她知道，此前，她在他眼里和一株当地的植物没多大区别。我们当然不是动物，他说。但我们做动物做不到的事。

像是能够研究植物吗？

一点没错。

还有以我们饲养的动物为食？莉利亚说。

你的观察力好强，罗兰说。

谁以我们为食呢？

谁？

动物，莉利亚说。她曾见过一头山狮跳得几近和树一样高，去捕捉一只鸟，她寻思，假如有个年幼的小孩在树上玩，是不是也会被撕成碎片。肯尼刚会爬时，一匹郊狼抓走了谷仓里的一只小猫，他们的母亲吓得要死，生怕那匹郊狼会回来，下一次抓走肯尼。

在一些地方，或者说大多数地方，人吃人。我们是不辨同类的自相残杀者，罗兰说。但也正因为那样，我们可以享有幸福。

我家的狗很幸福，莉利亚说。但它们不吃对方。

不是你我能享有的那种幸福，罗兰说。

莉利亚喜欢他讲话的方式，字斟句酌，舍不得轻易吐露。她耸了耸肩，反正都一样，仿佛对他的谬论感到厌烦。

你年纪小了点，还不明白，不是吗？罗兰说。

你是在说我蠢吗？

绝对没有。

那么你跟那些男人一样，认为女孩子在年轻时一无所知没有问题，莉利亚说。等她们不再年轻时，你就说她们蠢。

罗兰大笑。你肯定知道很多东西。

我知道什么使动物优于我们，莉利亚说。魔鬼以我们的灵魂为食，不吃它们的。

谁以魔鬼为食呢？

莉利亚愣住。上帝吗？她说。

罗兰大笑。气恼的莉利亚问他想要什么时候备好马。他拂去她头发上的一根干草。我不是在笑你，他说。只是你让我想到，那些迂腐的神学家再怎么用功，领悟到的东西不及你凭直觉获得的一半。

我不懂，莉利亚说。我书念得不够，没法进行这样的谈话。

这并非是书念得够不够、能否理解这个世界的问题。问题是，

64

一个人对世界有无充分的理解，从而能够不虚度人生。

你是说我有吗？莉利亚说。

否则我们怎么能够幸福？罗兰说。

后来，罗兰的朋友来马厩与他会合，打断了他们的谈话。那个想要研究植物的男人原来是个为苏联工作的波兰人，但莉利亚是在多年后阅读罗兰给这次出游附加的脚注时才获悉这一点，脚注里含糊其辞地说明，他的心血因那个波兰人及其同伙的背叛而付诸东流。什么心血？令她沮丧的是她永远找不出答案。罗兰是干了什么非法之事吗？他带这些人来旅馆，怂恿他们住下。安德森太太找不到罗兰·布莱参加1945年联合国大会的记录。他可能是特工，或双重间谍。那么真遗憾，无人有机会听他的故事。他的故事对这个世界来说无关紧要。这个世界不关心的东西，被擦除得一干二净。人们会说，哎呀，忘记这些事吧。它们现在是桥下的流水，一去不返。

莉利亚不相信这样的鬼话。罗兰也不信，否则她的手里不会有一本写满他自述的书。不管怎样，谁该被沉入水中？人活着时，你不淹溺他们，但更不在人已经死后将他们淹溺。莉利亚想起她曾祖父母讲的事，关于1861年和1862年的洪水：整片整片的营地，连带帐篷和住在里面的人，一起被冲走；整座小镇被淹没；矿工死命抱住树干，用他们的母语唱着民歌；牛、马、骡子、狗和猫，不管什么，全都被困其中。每一次复述，从洪水中引流出更多惨状，动物的尸骨，在长年累月后，变得洁白无瑕。

然而有一则故事莉利亚永生难忘，讲的是洪水中的一片墓地，每座坟墓被冲开，棺材荡漾着漂走。那些棺材造得够不够牢固，能浮在水面上？那些尸体：他们获得了解放，还是仍被囚禁于棺材中？莉利亚不相信死者安息一说，但死去的人不应当被迫和活着的人一起经受洪水、地震或任何一种灾难。莉利亚早已决定她要火化。她告诉她的子女，不与她的任何一任丈夫葬在一起，对大家更公平。她真正惧怕的是被单独关在一个地方，一个总能让人再度找到你的地方。

和莉利亚自己的子女不同，凯瑟琳定期来探望，并时常带着约拉。一个外孙女招摇地穿过走廊，还有个曾外孙女紧随其后，这情景总能在莉利亚的同侪中引起羡慕和嫉妒。她被这份赤子心所打动，但不无怜悯。孩子们长大，有了自己的家庭后，应当少扮演一点为人子女的角色，这样不更合情理吗？但凯瑟琳不是谁的孩子。对孩子，你可以放手，或她主动离去，但若是中间跳了一代，孙辈的人永远表现得像孙辈。

　　莉利亚认为忠诚是了不起的美德，但并非凯瑟琳这种，她的忠诚是性格上的一个缺陷。凯瑟琳的忠诚和她的微笑一样——你知道，她这么做是因为这样让失败接受起来最容易。小时候，她总是笑眯眯的，即便没什么特殊情况，没人要求她那样做时，甚或是在她受挫、尴尬或有皮肉之痛时，她也如此。莉利亚记得，当时她心想，真奇怪，这孩子不像正常小孩一样哭闹或发脾气；好像有个唯独凯瑟琳看得见的摄影师，敦促她在任何情况下保持微笑。

　　青少年时期的凯瑟琳也不执拗叛逆，她仍会时时跟着莉利亚，陪她去食品杂货店，形影不离地一起在花园里除草，莉利亚做饭时她在凳子上摇来摇去，滔滔不绝地聊自己的同学和老师，言无不尽，很少说人坏话。她有许多朋友，但没有一个真正亲近的。

她不会整天在镜子前打量自己。不生闷气。凡是露西有过的行为，凯瑟琳都没有。是我们抚养过的最乖的孩子，吉尔伯特会说，仿佛不敢相信，在露西死后，命运仍会如此慷慨地对待他们。但对任何女孩来说，乖绝非是种称赞。凯瑟琳似乎不像大多数孩子那样有事藏在心中——这一点令莉利亚担忧。如果他们养的是一个不懂自己有权拥有秘密的孩子，将会怎样？

莉利亚看不惯的是这么多住在滨海花园养老院的人不害臊地宠爱约拉。她是罗兰后人里最不惹人注目的女孩，继承了他八分之一的血脉。露西长得不完美。她的眼睛——遗传了莉利亚——大得与她的脸不相称，那张脸像她的父亲，是狭长形。露西意识到那个瑕疵，仔细研究杂志上的电影明星，最后选定达娜·温特，露西会拿她的宣传照给美发师看。凯瑟琳美得没那么出众。如果可以把露西称为一件艺术作品——她是一件作品，毫无疑问！——凯瑟琳是尚可的复制品。她的一切特征都不那么鲜明。露西双颊的棱角在凯瑟琳的脸上变得柔和起来（几乎不见罗兰下颌轮廓的痕迹）。凯瑟琳的眼睛不像露西的蓝得那般晶莹，让人觉得冷冰冰，而是灰中带蓝。

约拉顶多是个瓷娃娃，可爱得讨人喜欢，但一旦她长大，不再是个小女孩，那种可爱几乎一文不值。然而更说不过去的是，约拉这孩子缺乏深度。莉利亚相信，一个人的深度要么生来有，要么生来无，但凯瑟琳完全不明白这个道理。她和许多约拉同学的母亲一样，以为通过让她的女儿做各种事，总有一天，她将帮助那女孩克服不会生存的致命障碍。

"焊接?"莉利亚问。年仅六岁的约拉有一张需要专业化管理的日程表。滑冰、跳舞、表演、小提琴、美术,还有最近新增的为期八周的焊接课,正是刚才凯瑟琳告诉她的。"你打算把她培养成什么,铁匠吗?"

"两码事,外婆。"凯瑟琳说。

"焊接听上去有损女孩子的形象。接下来是什么?杀猪?制革?造轮子?假如你想让她学点有用的东西,我会建议编织、打毛衣、刺绣或鸡蛋彩绘。"

"鸡蛋彩绘听上去简直是十九世纪的东西。"

"我的母亲,你的曾外祖母,上小学时赢过一次比赛。"

"我知道,我知道,"凯瑟琳说,"约拉晚生了一百年,没赶上那活动。"

"焊接听上去是中世纪的东西。"莉利亚说。

焊接,凯瑟琳解释道,是学校课程的一部分,旨在增强女孩的独立自主性。莉利亚的其他子女想必也受过(或仍在遭受)这些纠缠不休的育儿困扰。但涉及她子女的生活,她的原则是"不问,不谈"。

"他们是把焊接和编程结合起来,我不希望约拉老是看电视或玩电脑。"凯瑟琳说。

可怜的凯瑟琳。她活得战战兢兢。她的脸上已显出当母亲的疲惫和憔悴,不知情的人会以为她养了七个小孩。这孩子心思重,凯瑟琳幼儿园的老师曾这么评价她——凯瑟琳时时的笑容也掩饰不了那一点。莉利亚很想在那颗心上绑一束氦气球。

凯瑟琳端详莉利亚摆在五斗橱上的那些照片——子女和孙儿孙女，但没有丈夫——她不紧不慢，表示她正在做准备，有话要问莉利亚。

"你的婚姻怎么样？"莉利亚说。

凯瑟琳笑了一声。这下事情更糟了。从凯瑟琳的笑声中不可能传出好消息。"你感恩节有什么计划？"她问。

"还没计划，"莉利亚说，"你想邀请我吗？"

"我盼着已经有人邀请你了。"

"指我的某个子女吗？"

"会有人邀请你的，对吧？"凯瑟琳说，"我可以开车送你。"

"谢谢，但不用，你不必操心那些。"

"事实上，"凯瑟琳说，"我想知道，约拉和我可不可以和你一起去。"

"我可以打几个电话问一问，但为什么？你和安迪怎么了？"

"哦，老样子。我提出和他去接受婚姻咨询，"凯瑟琳说，"可他说，婚姻咨询那东西全是骗人的。"

他的话有道理，莉利亚心想，不过照规矩，她绝不站在安迪一边。他在一家科技公司当销售经理；有过一次失败的婚姻，但没有小孩。凯瑟琳和他谈恋爱时，莉利亚觉得自己没资格说什么。莉利亚第一次见安迪时，她数了数，在用餐的两个小时里，他只讲了三句与自己无关的话，而他是席间唯一讲个不停的人。

"我知道这件事现在感觉可怕极了，但再过四十年，你可能甚至不记得他的名字，并且肯定会忘记他的长相。"

"我们在谈的是我的婚姻。"凯瑟琳说。

"四十年只是保守估计,"莉利亚说,"再过几年吧。听着,我活到今天,当了三回寡妇,我可以告诉你这个道理:一段婚姻想要长久,不能始于爱,或痴情,或任何那类糊涂的念头。你肯定能够在最后实现上述种种。你会更快乐。相信我,下一次,你的起点会不同。"

"下一次,"凯瑟琳说,"你讲得好像买一双新鞋似的。"

对女人来说,鞋子是比男人更好的朋友,但莉利亚提醒自己,她应当对凯瑟琳仁慈些。

莉利亚要去旧金山的借口站不住脚，谁想要指出来的话完全可以这么做，但没有人戳破它。在人们看来，她应该放个假，毕竟玛吉·威廉森和另两个姑娘患风疹期间，她如此卖力地干活。连莉利亚的父亲——他的字典里没有休息一词——也没吭声，反而问她那天出门需不需要带点钱。她惊讶于他的慷慨，说不用，之后她感到懊悔。

　　莉利亚告诉大家，她是去找一位珠宝商，修理她母亲留给她的戒指。这枚戒指是纯金的，暗淡的色泽证实了它的纯度。它原本为莉利亚的曾外祖母露西尔所有，后来她把它给了大女儿，即莉利亚的外祖母，莉利亚的外祖母又把它传给莉利亚的母亲，她也是家中长女。

　　这枚戒指没有特别贵重，但包含了一段往事。曾外祖母露西尔在结婚两个月后与她的丈夫一起从密苏里出发，前往加州。他是医生，他告诉人们，听说有人由于缺乏医疗救治而在金矿丧命，勾起他去西部的念头。他没有提及自己对探矿的兴趣。最终，和诸多怀着与他相同野心的人一样，他的淘金梦破灭，耗尽了大部分他在采矿营地附近当医生所得的财富。

　　他们花了八个月时间抵达布兰科沙洲，她一路寄信给家人，细述途中发生的事。晚年，她曾打算把这些信集结成游记出版，但在她的父母死后，她的家书已佚失。莉利亚的母亲谅必沾染了同样的毛病，想自己写书。谁会读她们的书呢？她们可能根本不敢问自己那个问题。

曾外祖母露西尔抵达后的那日，一名矿工来他们投宿的旅馆，掏出一枚他自己打造的戒指。上一年，大坝决堤，他差点在洪水中丧命，他解释，多亏有棵伐倒的树截住他，没让他被水流冲走。他用直接从矿石里提取的金子打了一枚戒指，并向自己许诺，他要把它当作礼物，送给那场洪水过后他遇见的第一位女士。

这则故事和曾外祖母露西尔留给她子孙的诸多故事一样，人人有份知道——但那枚戒指只归莉利亚一人所有。

你为什么要去见珠宝商？那天早晨，露西尔在莉利亚出发前问。

那是我的事，莉利亚说。

你在考虑卖掉那枚戒指吗？假如是的话，可以卖给我，露西尔说。因为和曾外祖母露西尔同名，她一直认为这枚戒指理当是她的。

你怎么把我想得如此卑劣？莉利亚说。这枚戒指会一直留在我们家。

这个家难道有让你在乎的地方吗？露西尔说。

莉利亚估量自己和露西尔相隔的距离。她认为露西尔不会硬夺她的手袋，但像露西尔那样的女孩，你永远说不准。就算你想买这枚戒指，莉利亚说，你哪来的钱？

我可以向海斯借。

莉利亚大笑。她们都清楚，海斯和她们的父亲一样，一毛不拔。

我不会卖掉它的，莉利亚说。你别再惦记不属于你的东西了。

但你为什么要带着它去珠宝店呢？露西尔问。

我想看看，他们能否帮我把它做成吊坠。

露西尔瞥了一眼莉利亚的脖子。她们不是那种佩戴项链或吊坠的姑娘，她知道露西尔想这样提醒她。

等我搬到城里后，我也许可以戴，莉利亚说。

露西尔瞪着莉利亚。莉利亚真想拧露西尔，狠狠地拧一下，警告她别用那种眼神看人。那种眼神是逼得她母亲总是心神恍惚的原因之一，其他还有：她们父亲的唠叨、几个儿子无聊的吵嘴、露西尔对每个人的疾言厉色、玛戈的眼泪、危及肯尼幸福的事。

原来如此，露西尔说。既然母亲走了，人人都在想办法离开这儿。

海斯绝不会走，莉利亚说。杰克可能会留下。肯尼还小。你和玛戈，谁也不会走，至少暂时不会。

你不懂，是吧？

我不懂什么？莉利亚问。

你活在九霄云外，露西尔说。和母亲一个样。

莉利亚看着无云的天空。雨季已结束，眼前将迎来漫长、晴朗的日子。比活在鸡笼和洗衣桶里强，她说。

你不明白你现在的责任吗？

我们分担家务。我干得最多，莉利亚说。

74

我不是在讲家务活儿。

你是说，现在轮到我让这个家变得幸福美满、人人快乐吗？母亲也没那样做。

露西尔什么话也没说，大踏步倔强地走开。

莉利亚恼恨率先离去的人不是她。可在大巴上，她意识到露西尔眼中流露的是恐惧。露西尔尽管待人苛刻，但对这个家忠心耿耿。无论谁叛逃，都会使露西尔的世界崩塌，包括他们死去的母亲在内。但莉利亚能为露西尔或任何人做什么呢？她望着大巴外的田野，一旦不必在地里辛苦劳作，这些田野就显得漂亮多了。他们由同一个母亲抚养长大。他们互相吵架、争斗，但他们还是生活在同一个屋檐下。成为孤儿后，他们只能各行其道。

莉利亚将思绪转向罗兰。在他眼中，这些青山、蓝橡树和沼泽地多半使加利福尼亚变成了一处诗意之所。她为什么要让自己困在她一直想离开的家里，放弃成为一个漂亮且自在的加州女郎的可能呢？

在酒店前台，莉利亚望着接待员把一张折好、写给罗兰的便笺放在一个下面标有"706"号的小储藏格内。等她回来时，她会先检查那个小储藏格，看里面是不是空了。她进城办点事，她在酒店的信纸上写道，她会于三点钟顺路造访，假如他碰巧在的话，向他问个好。那张纸有镀金的花饰和水印，让莉利亚觉得大气非凡，接待员不问长问短的友好态度提醒她，在城里不是每次碰到人都必须引起警觉，仿佛她要对付的是一匹难以驾驭的马。

她询问去歌剧院怎么走。自罗兰在牧场度过的那个周末以来，莉利亚时刻关注报上有关此次大会的新闻，那些报纸是威廉森先生订给客人看的，但鲜少有人翻阅。大多数客人来是为了躲开一切战争或和平的新闻。

你在找什么？玛吉曾问。威廉森一家和莉利亚家的人一样，靠听广播获取新闻。

莉利亚说，她在找找看，有没有她可以申请的工作。

你真考虑离开这儿吗？玛吉问。

为什么不？莉利亚说。

玛吉叹了口气，说她无法想象自己会做同样的事。

莫非你打算一辈子都待这儿吗？莉利亚说。

当时她们坐在旅馆的后廊上，是一个星期一下午，生意冷清。

玛吉环顾四周。这里有什么不好？她问。

完了，她看不出有什么不好。可你不想拥有更好的东西吗？莉利亚说。

怎么更好？玛吉说。即便你在城里找到工作，你仍得有一个住处、一张床，你得做饭、洗衣、做各种家务，不是吗？

假如玛吉是莉利亚的亲姐妹，她会敲一下她的头，叫她白痴，但玛吉是忠实的朋友。你可以随时来看我，莉利亚说。你有需要的话，可以跟我一起住。

玛吉点点头，仿佛听懂了这个邀请。莉利亚不如说，你日子过得无聊、想休假一天时，我会在那间名叫天堂的电影院给你留个座位。玛吉大概一样会点头。

你觉得你会很快结婚吗？玛吉说。

为什么？你想要结婚吗？我们可以嫁给谁？我们还年轻。

不，不是我。还没有。但我妈怀疑你将来到底会不会结婚。

威廉森太太顶多是个讨人嫌的家伙，但玛吉的想象力竟超不出她母亲无损于人的恶意。假如让玛吉知道罗兰的事，她会说什么？

莉利亚大约在午餐时间抵达歌剧院。她期盼那些与会代表能被放出来，到阳光下透口气。报纸引述一位英国外交官的话，说会议进行到深夜，代表们因香烟烟雾和睡眠不足而头脑昏沉。也许她的亲自上门会给罗兰提供一个他急需的喘息之机。令人耳目一新，他在他们分别前的早晨这么形容她。

歌剧院前的那条马路上排列着人。莉利亚知道队伍里有妇女和少女，但她们是旧金山有钱人的太太和女儿，盛装打扮以展示这座城市的热情好客。莉利亚见过她们的名字和照片，印在报纸的社会版面上。她们自称志愿者。报纸引述其中一人的话，谈到旧金山对"人类金色未来"的"历史性贡献"。人们谈起此次和平大会时，经常使用"金色"一词。莉利亚琢磨，这股风潮会不会流行起来，商店、餐厅、洗衣剂、男士剃须膏很快统统重新命名，加上"金色"一词。

一名骑警示意人群不要越过警戒线。一个比肯尼大不了多少的男孩，紧紧抓住他朋友、一个中国少年的肩膀，两人都穿着水手衫，梳着同样的分头发型。干净整洁、仍有母亲疼爱和照料的男孩。肯尼不再是他们中的一员。在过去几周里，他把自己从他母亲的儿子变身为他父亲的儿子。莉利亚讨厌看见他们在门廊上，他的父亲把一根抽了一半的烟递给肯尼，让他抽完。两个自私的人怎么会因哀悼而走得那么近？

莉利亚挤过人群，朝那两个男孩走去，问他们在等什么。白皮肤的男孩说，据新闻报道，马上会有几名由担架抬着的退伍军人到来，他们等着向军人致敬。莉利亚退出人群。她不想看见任何因战争致残的人。

一个年轻人在街角附近追上她。你也是大会的工作人员吗？他问。

那天，莉利亚穿上了她最好的行头：她存了一年的钱而买的一套粗花呢套装。她把这套衣服穿给全家人看时，父亲说，这衣服使她看起来岁数长了一倍，母亲心不在焉地点头，说那个颜色

78

和她的眼睛般配。不肯认栽的莉利亚走去旅馆，给玛吉和威廉森太太看。玛吉只讲了些最乏味的赞美之语，但她的眼睛更清楚地表明羡慕与嫉妒。威廉森太太没能挑出很多刺，因此她叮嘱莉利亚，最好把扣子再缝一遍，钉得更牢些。

莉利亚挺起胸膛，意识到那件外套是簇新的。你是大会的工作人员吗？她问。

是啊，我是！那个年轻人答。可以这么说。

莉利亚点头，准备继续往前走。等等，他说。你想一起吃午饭吗？拐角有家不错的熟食店。

为什么不呢，莉利亚心想。她饿了。不必表现得像焦虑的傻瓜，在这座城市里游荡，寻觅一个从一开始就没在期待她来的男人。（可他没在期待吗？莉利亚不确定。罗兰两度提到他住的酒店的名字。假如他不想被人找到，他应该不会那么做。）

他们一把食物放到桌上，吉尔伯特·默里——那是年轻人的名字——就说他看出莉利亚太年轻，不可能是大会的工作人员。莉利亚盯着吉尔伯特蓝色的眼睛。不管他几岁，他没意识到自己有多年轻。海斯班上有个名叫吉米·坎普腾的男孩，因犯了某些罪而被送去少管所，过去两年里，他在贝尼西亚军械库和德国及意大利的战俘一起工作。吉尔伯特，莉利亚思忖，长得像吉米的一个弟弟，她对他有过一时的迷恋，但那是在遇见罗兰前。

吃午饭时，吉尔伯特谈到这次大会的重要意义。二十亿人，他说，相当于全球百分之八十的人口。你能相信吗？我们正在创造历史，就在此刻，在旧金山。现在，全世界的眼睛都在盯着我们。

他想必把这些数字和措辞熟记于心，寄望于女孩对他刮目相看。二百万或二十亿，有什么区别？唯一要紧的事发生在两个人之间。假如他是个聪明人，他该知道，要追求一个女孩，最好别把陌生人扯进来。

至于你，吉尔伯特说，你是来城里玩吗？

拜访一个朋友，莉利亚说。我约了他三点见面。

噢，吉尔伯特说着，低头看他的手表。

一位世交，莉利亚说。

哦，他说着，抬起头。

可怜的家伙。他太彬彬有礼，没有追问下去，因此莉利亚拿出那枚戒指给他看。我的母亲去世前要我把这个交给她的朋友，莉利亚说。正巧，她的弟弟在城里。

吉尔伯特看上去犹豫不决，不确定他是否应该从她手里接过那戒指，或可能不知该如何对她的丧母表达慰唁。要不是他蓝眼睛里那热切的目光，莉利亚本会当他愚钝，懒得理他，甚至开些玩笑戏弄他。这目光不同于海员眼中饥渴的目光，也不同于罗兰的目光。眼前这个人只知道用温和的态度认真对待每个人。全球各地的二十亿人，莉利亚思忖，他不会嘲笑他们中的任何一员。

如此说来，你在会上做什么工作？她问。

不一会儿，她收集了足够的信息。吉尔伯特于三月已年满二十岁。他的两个哥哥参加了太平洋战场的战争，但他本人未被征召入伍。算你走运，莉利亚说，可他只是不可置信地看着她，说他宁愿为祖国而战。

你通过为此次大会效力而为国效力，这还不够好吗？莉利亚说。

哦，对，吉尔伯特表示同意。这不是战争，但会载入史册。

莉利亚看他的手表，试图倒着读出时间。时间还早。

吉尔伯特在一家印刷厂工作，这段时间他们很忙。两周前，他说，《每日新闻》正要付印之际，他发现头条里有个错，把"United Nations（联合国）"拼成了"Untied Nations（解散国）"。他的老板杜普雷先生很满意他的表现，并许诺，假如吉尔伯特继续这样好好干，会给他升职。吉尔伯特解释，杜普雷先生和杜普雷太太犹如他的再生父母。他刚满十七岁就开始为他们工作。

为什么，莉利亚问，他们没有自己的孩子吗？

没有，吉尔伯特说。

他们为什么没有小孩？

我不知道。

你不想知道吗？莉利亚问。

不，我为什么要知道？

我事事都想知道。

事事？比如什么？

人们为何结婚。为何生孩子，或不生。你觉得杜普雷先生和他太太是不想要孩子，还是他们不能生孩子，或许他们有孩子，但夭折了？

我不知道。我不想打探，吉尔伯特说。接着，仿佛得了莉利亚的某种许可，他问道：你与人初次相识时，总是这样问人问题吗？

你觉得这样不礼貌吗？莉利亚说。所以人们初次见面时应当聊家常才对？要我说，聊家常适于邻里和家人之间，对你而言，或许还有同事之间。不要把生命浪费在和陌生人聊家常上。

我从未那样想过，吉尔伯特说。

像你这般礼貌的人永远见识不到更多世面，莉利亚心想。她打算道出这番看法，但继而作罢。把他当靶子太容易，他脸上的无辜和无助，与出生三天的马驹表情一样。而且，他的确千方百计地在街上与她搭讪。

走出熟食店时，莉利亚翻开一位客人留在柜台上的《旧金山纪事报》，指着威廉森先生的广告。假如你什么时候想学骑马，可以来这儿找我，她说。

但你完全可能找不到我，那天下午晚些时候，罗兰说。我可能在开会。我可能和朋友及同事外出了。

你可能拒绝见我，莉利亚说。现在她可能在大巴上，知道她当日疯狂的梦化作了泡影。可那又怎样？她只不过虚度了她生命中的一天。来日方长，未来还会有别的男人。

她蜷缩在一张扶手椅里，身上裹着罗兰的浴袍。她寻思，之前有没有另一个女人穿过这件浴袍，但那个问题几乎不值得她关心。现在坐在这儿的是她。他坐在床上，身后靠着一叠枕头，一根香烟徐徐地燃烧殆尽。他没有转头与她对视。他知道她在看他。

莉利亚，你实在是……罗兰说。

疯子吗？

不理性。

可我们重逢了，你很高兴见到我。

高兴？那真是一个令人向往的词。

你没赶我走，莉利亚说。

那又说明什么？罗兰问。

莉利亚环顾四周。不能说明什么吗，她问，但没等罗兰回答，她先笑出声。瞧你那严肃的表情，她说。

你太年轻，不懂任何事情的严肃性，罗兰说。我活得够久，知道每件事都有一定后果。

对你还是对我来说的后果？

你不是那种向海员和士兵投怀送抱的女孩。假如你跟她们一样，我丝毫不会于心不安。

噢，那些女孩，莉利亚说。我比你更清楚。

罗兰又点了一根烟。也许他认为她和那些女孩没多大区别。关于我，有一点你应该知道，她说。

哪一点？

我把自己照顾得很好，莉利亚说。

还有呢？

假如我这样的女孩搅乱你的生活，你这样的男人会厌恶。但假如我们不让你们觉得你们才是决定我们将来命运的人，你们肯定会不乐意。

天哪，我不想觉得我对你的人生起了任何影响，罗兰说。

但你想觉得你对另一人的人生起了一定影响吗？

总有其他人的。到我这个年纪，可想而知，我认识过一些人，罗兰说。我指的是，女人。

但你也对她们说，天哪，我不想觉得我对你的人生起了任何影响吗？

是的，但只有一个例外。

她是谁？

罗兰笑出声。你凭什么认为我会告诉你？

你说有个女人，表示你希望我问。如此一来，你掌握了某些我想要的东西，你处于有利的地位，因为你可以拒绝我。人们老是玩这种把戏。

继续说，罗兰讲。

哦，只不过我认为你不想当那样的人。

为什么不想？

人们玩这类把戏，因为他们信不过自己。我的曾外祖母讲过类似矿工把他们的金子全输光的故事。不是因为他们一无所有，而是他们不相信自己有富贵的命。她说，他们赌博，是为了确定运气站在自己这边。在那种情况下，他们便输了。我不了解你，但我敢说，我没遇见过很多像我这样信赖自己的人。

真的吗？

她不确定他的谛听是否纯粹出于无聊，但何必操心那个问题呢，她的愿望是让他再见到她。将来再见。他见到她和记住她是两码事。当你想让自己被另一个人记住时，即等于给了他忘记你的权力。

好吧，假如你不信，表示你不了解我，莉利亚说。

证明给我看，那种信赖有什么用。

我信赖自己会找到你，结果我们重逢了。

可你确实意识到，这次相遇的可能性多低。十个男人里有九个会躲着你。

你没有。

如果下次我想躲起来会怎样？

那我会找不到你，她说。

那么怀着你对自己的那份信赖，你会怎么办？

无所谓，莉利亚说。假如我知道我们到此为止，我会走出这间房，到我转过街角时，我会忘了你。

你把事情讲得很容易，罗兰说。

莉利亚记起吉尔伯特·默里阅读报上威廉森先生的广告的模样，比一般人阅读擦鞋或旅行社的广告更用心。莉利亚给吉尔伯特留了一条路，正如罗兰留给她一家酒店的名字一样。为什么自寻烦恼？她说。你有别的女人，我也有别的男人。人总是有的。人好比砖头，你造一座房子，住在里面，过着美好的生活。

我会把那房子称作监狱，罗兰说。

告诉我，有哪个人不是生活在某种监狱里。

这些想法都是怎么跑到你的头脑里去的，莉利亚？

你以为我一辈子只想着饲料、肥料、做晚饭和整理床铺吗？

也许还有结婚？

我母亲过去常说，她很庆幸我生在像我们这样的家庭里。

因为她看出，你会给其他人制造天大的麻烦吗？

说说看，假如我生在你的天地里，我的人生会是什么样？

我的天地？没有一个属于我的天地。但假如你生在别的地方，你也许可以成为那些苏联代表中的一员。

即使女的也可以吗？莉利亚问。

会上有女代表，罗兰说。

她们是什么样的人？

比你年长。没你漂亮。

你想过跟她们干这些吗？莉利亚问，并用抬起的下巴指向那凌乱的床单。

罗兰笑出声。噢，莉利亚，别装傻。

那个女人——那个你委实想要觉得自己对她的人生起了一定影响的女人——她比我更漂亮、更年长吗？

看来你还没有忘记她，罗兰说。她更年长，没错，她的岁数比你我加起来更大。

漂亮吗？

漂亮可以用来形容成千上万的女人。但不适用于西德尔·奥格登。

这些男人是怎么了，莉利亚心想，喜欢谈论千千万万的人。也许罗兰和吉尔伯特并无多少区别。他们必须依靠大得超乎想象的数字来阐述任何微小的观点。

罗兰继续向莉利亚讲了几件有关西德尔的事。

将来有一天我能见见她吗？莉利亚问。

现在你应该深入了解一下男人，罗兰说。我知道你聪明伶俐，但学无止境。

那么请指教。

罗兰解释，男人把他生命中的女人分门别类。那样做类似布置房子。有些女人是你祖传的上好家具，他说，所以你把她们摆出来，供大家参观。其他女人中规中矩，宛如墙纸、窗帘、雨伞架，但可以轻易更换。有些是一时冲动买下的，事后你其实想甩掉她们。有些是你偶尔玩赏的精美物品。此外还有生活必需品，比如洗脸盆。

你的奥格登太太属于哪一类？

你该问的是，你自己属于哪一类。你不能期盼自己成为一个男人心中的一切。事实上，你必须不惜代价，打消那种妄想。

那么，我想成为一个男人心中的什么呢？我在你心中是什么？莉利亚明知她不该问。但她想知道答案。

Rubato.

什么？莉利亚问。

我不知道你想成为其他男人心中的什么，罗兰说。那点你要自己想清楚。但我会始终把你当成我的 *Rubato*。

那是什么？莉利亚说。你把那件东西放在哪个房间？

很遗憾，它不属于任何房子的任何房间，罗兰说。*Rubato tempo*，偷来的时间。照字面意思是意大利语里的"盗来的时间"。

哦，要我说，偷来的时间胜过偷来的钱包，莉利亚说。到那时，露西已经到来。这一点使莉利亚多年来回味无穷。罗兰从她身上偷了东西，但她也从罗兰身上偷了东西。

吉尔伯特是唯一知晓莉利亚怀孕的人。既然他要娶她，必须让他知情。订婚和婚礼，快到草草了事的地步，对此威廉森一家和其他邻居并不感到惊牙。他们一致认为，在莉利亚母亲死后，这家人准会各奔东西。她的心不在这个家，他们说，但那样不意味着她没有做她分内的事。莉利亚总是表现得好像她注定有更好的前途，可一个脸上仍带着婴儿肥的男人听上去不像是这种理想的对象。

　　莉利亚无需玛吉告诉她这些议论，因为全在意料之中。尽管如此，玛吉还是不慌不忙地转述。莉利亚能看出玛吉眼中的同情、怜悯和一点窃喜——到头来，婚姻没能证明莉利亚高人一等。

　　莉利亚告诉吉尔伯特，那孩子是与来牧场的一位客人一夜情后怀上的——这样的事她只干过一次。这话接近真相，吉尔伯特没有硬要知道更多。莉利亚认为在这件事上他既善解人意又令人钦佩。她对自己发誓，她将绝不对他撒谎（除非万不得已）。她想要一桩自己做主的婚姻。不像她母亲的婚姻。不像许多别的女人的婚姻。

　　吉尔伯特来向莉利亚的父亲提亲后，他告诉莉利亚，她和她的弟弟妹妹都是勇敢的儿女，在牧场上过着那样的生活。莉利亚觉得这番评语叫人生气。他自己的父母在里士满市中心区经营一间酒吧，这并不使他们更高贵。她提出异议，吉尔伯特道歉。不是指他们生活贫困，他说，而是指这些儿女在失去母亲后勇于继续留在牧场。这话也让莉利亚觉得不中听。但后来她见到她未来的公婆，明白了是什么导致吉尔伯特做出那番评语。他是家中最小的孩子，但不像肯尼，吉尔伯特不但拥有父母双方给予的爱，而且深受他两个哥哥和两个姐姐的关爱。假如他们的爱被一场变故冲刷走，吉尔伯特会变成迷途的羔羊。他们对莉利亚以礼相待，但她能感知到他们交换的眼神中藏着隐秘的对话。随他们认为这仓促的婚姻是不智之举吧。莉利亚没有强迫吉尔伯特娶她。你们的羔羊，她想对笑容牵强的默里夫妇说，并未迷失。他只是在没有你们的帮助下给自己找了一片更青翠的牧草地。

假如我们没有因自相残杀而灭亡，吉尔伯特喜欢改述杜鲁门总统的话，我们必须和平共处。那个宝宝将是他们第一个在黄金时代诞下的孩子，他说，他们还会生更多孩子，他们个个有着光明的前途。莉利亚猜想，他这么宽宏大量地与她结婚，和联合国大会上那个感染他的梦想有点关系。他乐此不疲地谈论全世界百分之八十的人相亲相爱。罗兰准会取笑吉尔伯特，不过他取笑每个人。在旧金山的酒店，莉利亚问他做什么工作，他大肆嘲弄同英国代表在一起的苏联代表。他模仿某个来自中国的要员，此人做了一次被报纸称为重要的演讲，他笑话美国人、加拿大人、新西兰人、澳大利亚人、南非人，尤其还有法国人。

可你为哪个国家做事呢？莉利亚问。

加拿大、美国、英国，有何区别？我为世界和平做事，他回答，但你要对此付之一笑，如同你对每个国家付之一笑一样。

事事哪里这么可笑?

当你去看这样一场马戏表演，里面的人把自己如此当回事，甚至不知道他们是马戏团的成员时，你除了笑还能做什么?

你确定这是一场马戏表演吗? 莉利亚问。

是啊，罗兰说。正是。怎么，我伤了你小小的爱国心吗?

莉利亚说，她不明白她为什么要因他对各国的态度而烦心。只要别再打仗，她说，我的几个弟弟便可平安无事。

但会打仗的，罗兰说。记着我的话。

那么，你在这儿干什么呢?

战争是阻止不了的，罗兰说。如同你无法阻止暴风雨的来临一样。但起码你可以判断出暴风雨从何而来。

所以你像是天气预报员吗? 莉利亚说。

可以那么讲。

你擅长你的工作吗?

我比其他人有先见之明。我的直觉很准。

莉利亚不知道她能相信罗兰的话几分。也许他的确见多识广，这见识包括不留下来，看她以后会变成什么样。在去过那家酒店的两周后，她又找了个借口进城，这次他已经走了，没给她留下一丝线索。后来她考虑怎么办，是否该写信告诉他怀孕的事。她推想应该有个政府机关，她可以把信寄到那儿，然后转递给他，但意义何在。他知道在哪里可以找到她，但选择不来找她。吉尔伯特来了，所以势必是吉尔伯特。

是否曾有另一个女人怀过他的孩子？莉利亚认为没有。1946年2月，露西出生——当时罗兰正横渡大西洋，去和他未来的新娘赫蒂聚首。莉利亚看过角色光彩靓丽乘坐这类远洋客轮的电影，女人穿着某种会在海风中飘动的衣衫，男人打扮得精干利落。他们中的有些人谅必不得不在尚未准备好时退出人生的舞台，与泰坦尼克号一同沉没或身染由伤风诱发的肺炎。但罗兰不是那种人，他绝不会登上一艘会沉没的船或一架会坠毁的飞机。他寿终正寝，简直算是喜丧。

　　在合宜的心情下，莉利亚会让罗兰变成电影明星，她年轻时给他安排过的相同角色。合宜的心情：不是感时伤怀那种，而是一种让莉利亚——一个与他同出现在一幕场景中的女演员，观众正看着那场戏——可以自由进出的心情，一种她过去不能自由进出的心情。活到这个岁数，莉利亚早明白电影无非是根棒棒糖。棒棒糖不能治愈失眠或止痛。

莉利亚头一胎怀孕的过程不好受，当个母亲，比她记忆中自己的母亲生儿育女更辛苦。但由于年轻，由于受新婚丈夫的宠爱，并由于自信这个宝宝旳父亲没有完全从她的生命中消失——种种因素使得莉利亚心满意足，别无他求。她的美貌和她的脾气一样，变得柔和，许多人注意到那变化，议论纷纷。

露西生下来哭闹不止。那点在意料之中，同在意料之中的是吉尔伯特的孩子没有一个在婴儿时这么难弄。但莉利亚和吉尔伯特心甘情愿地彻夜不眠，白天累得筋疲力尽，他，出于对妻子和人类的爱，她，出于对他那份爱的敬意，还有对某个不在之人的怀念。

新婚的那些日子——总归可以称作快乐的回忆。莉利亚和吉尔伯特在相识之地、歌剧院前的长椅上野餐。搬出他父母的家，有自己的住处，虽是租的，却仍使他们感觉自己名正言顺地成年了。晚餐时，听吉尔伯特谈论他的工作，即使每天的内容大同小异，还是洗耳恭听。带露西散步，同时已怀着蒂米。如此之快——莉利亚记得自己感到惊愕，但她向大喜过望的吉尔伯特隐瞒了这份心情。不介意当备胎的可怜男人。他该有一个他自己的宝宝。

人们向婴儿车上盖的麦斯林纱下张望，时常惊叹于那张被系带童帽勾勒出的天使般的面孔。真是个漂亮的宝宝，像极了她的母亲。在当时的露西身上，莉利亚看不出很多罗兰的影子。这样对大家都好。没有理由时刻提醒吉尔伯特这个宝宝的出身。有些日子，连莉利亚也想不起露西的生父。然而，当她一个劲儿地哭闹时——在莉利亚的怀中，在吉尔伯特的怀中，深夜、凌晨——莉利亚纳闷，这种近似盲目的愤怒是不是罗兰对她的惩罚，惩罚她没有起码通知他女儿的出生。但这么一想，莉利亚也怒从中来。她生下了露西。无论罗兰还是吉尔伯特，没有人能有权命莉利亚在抚养露西长大的过程中选谁当父亲。

蒂米两岁多一点时，莉利亚又怀孕了。再添一个孩子会给他们的经济造成压力，莉利亚考虑找份工作。此时她的双胞胎妹妹都已不再上学——玛戈在接受护士培训，露西尔在英保良百货公司的卖场工作。莉利亚可以学习打字和速记，但当吉尔伯特在印刷厂获得升职后，相关的讨论没了下文。杜普雷先生和杜普雷太太决定搬回东部住一阵子，离她姐姐更近，她的姐姐刚失去了她三个儿子中的最后一个，这次是死在朝鲜半岛。

莉利亚与杜普雷夫妇走得不近。杜普雷太太犹如第二个婆婆，但不像吉尔伯特的母亲，她对露西和蒂米没有一点祖母般的慈爱。但不管怎样，她姐姐的消息真令人扼腕。想象送小蒂米上战场，或露西变成军人的遗孀。倘若莉利亚是个多愁善感的女人，这些可能发生的事会令她万念俱灰。但罗兰曾说，绝无一场战争会是最后一战，她应该做好心理准备。

原来你讲的世界和平不过如此，莉利亚说。

吉尔伯特叹了口气，承认他之前缺乏远见。但在旧金山的大会上，我们个个对和平抱有信念，他说。可惜你不在现场。

她在。她见过身穿白色长袍的阿拉伯人和身穿五彩服饰的印度女人。她见过来她父亲牧场的外国人，但她不是通过吉尔伯特的眼睛看他们。你会觉得命运对像吉尔伯特这样的男人特别残酷，其实不然，命运在他面前格外小心。那么多士兵在行动中失踪或丧命，但他没少一个哥哥。他不必讨好难以取悦的老板。他没有体会过有些日子醒来，明知有人爱自己却仍感到孤独是什么滋味。在那样的早晨，莉利亚会在床上多赖几分钟，驯服自己宛如野马般的心。一栋房子、一位好丈夫、两个可爱的小孩，来，这些好比喂马的苹果，她会摊开手掌递上。乖乖的，放松，放松。

哦，好吧，我现在年纪更大，更明智了，吉尔伯特说。

二十亿人无条件地相亲相爱，莉利亚心想。人类那样的一个未来转眼就失去金色的光泽。罗兰是对的。要么选择加入那个马戏团，要么观看那些杂技演员和小丑自命不凡的表演。但罗兰笑话每一个人。莉利亚仍会鼓掌，因为有些人的感情不应受到伤害。我们现在岂不都年纪更大、更明智了嘛，她附和吉尔伯特。

既然杜普雷先生把生意交给我，说明我一直以来的表现没那么糟，吉尔伯特说。

莉利亚弯腰去捡一个滚开的球，以免吉尔伯特看出她眼中的不耐烦。管理一家小得不起眼的印刷厂，她心想，吉尔伯特的志向仅止于此。

几个星期后，莉利亚收到一封罗兰的信。他把信寄去了牧场。

95

肯尼和他的朋友计划星期五进城游玩，他顺道将信捎来，对上面贴的加拿大邮票没流露出些许好奇。就算家中有人注意到那点，肯尼也没提起。莉利亚给了肯尼两个五十分的硬币，让他给自己买点好东西。

定期邮寄来的是账单，但从未有人给莉利亚写过信。她记得以前她的母亲在邮递员一走后去看信箱的日子。莉利亚同情她的母亲，始终在等待。如果着火，邮袋里的信被烧了会怎么样——无人会知道烧掉的是什么。如果她的朋友有一天早晨醒来，意识到写信没有意义——所有的话对他们的生活毫无影响——会怎么样。等待一封信比等待幸福更惨。后者可能永远等不到，但人不会让自己相信那个结果。一封信——如果它不来，后果过于严重，可一旦来了，并不让人从此心满意足。

罗兰的信也不例外。他的来信表示他没忘记她，但在那个事实和幸福之间，隔着上千个问号。是什么促使他寄出那封信？假如莉利亚是个意志薄弱的女人，她也许会相信他是受了露西的召唤，血脉之亲；假如她盲目自大，她也许会认为自己魅力无穷。但莉利亚觉得这两种解释都是无稽之谈。她干吗凭收到一封只有一页纸的信就任自己联想到幸福呢？

莉利亚认为她的婚姻是幸福的。操持家务和抚养孩子很少令她觉得乏味。她天生劳碌命，如同马生来干苦力一样。令她烦恼的是，她不再从盘旋于上空的某个地方观察自己。从前一直存在两个莉利亚：一个打量着镜子里的自己，另一个以相同的兴趣观察镜子里和镜子外的女孩；一个做出嘟嘴的表情与海员讲话，另一个看着隐藏在那表情底下的浅笑。她与罗兰共度的时光，另一个莉利亚无一刻不在，评估着她自己和罗兰。但那个莉利亚消失了，现在，当她去市场或与邻居交流近况时，当她喂蒂米吃东西或陪露西玩时，甚至当她在孩子们入睡后和吉尔伯特一起躺在床上时，她感到她可以闭着眼睛过这种生活。一个好邻居、一个好妻子、一个好母亲。对人人来说都够好。

她又读了一遍那封信。她想念当两个莉利亚的刺激。那是她想要的幸福吗——知道自己有从一个莉利亚变成另一个莉利亚的自由？但那是否意味着，即使婚姻幸福，她也没有得到真正的幸福？

露西吵嚷着要那封信，蒂米立刻也要。莉利亚想哄他们安静下来。当两个孩子都不肯罢休时，莉利亚发出尖叫。

默里太太，你没事吧？有人在外面喊道。自然是纳尔逊太太。

莉利亚严厉地瞪了露西一眼，那张小脸蛋看上去冷若冰霜，她的眼睛更偏灰色，而不是蓝色。露西能转眼变成这样一个陌生的小孩，这点让莉利亚百思不解。如果莉利亚有时间，她会摇着露西的肩膀，讲些狠话。但纳尔逊太太又喊了起来，假如莉利亚不答应，那个女人下一刻准会来敲他们的门。

莉利亚走到窗口，探出上半身，这样她可以望见街道的尽头。隔壁的纳尔逊太太正站在人行道上，一脸关切的表情。

我刚被蒂米的球绊了一跤，莉利亚说。没事。

别把身子伸到窗外，默里太太。现在你得照顾好自己。

莉利亚思忖，纳尔逊太太是不是整日在她的窗旁，留心已婚妇女任何身体变化的迹象。或当关系到这条街上少数几个未出嫁的女儿时，她的注意力可能益发敏锐？在纳尔逊太太看来，莉利亚太年轻，不该已为人妻或是两个孩子的母亲，她向其他邻居表达了她的看法。有几位邻居把这番评论转述给莉利亚。

好，我会的，莉利亚回道，然后说她得走了，去哄蒂米睡午觉。假如纳尔逊太太能察觉到莉利亚身体的变化，那么罗兰也会吗？噢，莉利亚，她笑出声。在罗兰的信里，他没说一点值得期盼的话。你不再是十六岁了。

罗兰的那封信在哪里？追忆往昔的麻烦是一想起什么就希望立刻找到那样东西。可人生并不是照这次序排列的。假如回忆是一条小径，这条小径不会像电影里那种通往宏伟的乡间别墅的林荫车道，由辛勤的管理员维护，花儿按时盛开，枯死的被扫走。"不，我收回那句话。"莉利亚大声说。赫蒂回忆的小径应该就是那样：像画一般十全十美，无人问津。

莉利亚追忆往昔的过程更像是在野外远足。虽然如此，她仍在各处作上一些标记。想一想，莉利亚，想一想。她知道她收到的不是一封而是两封罗兰的信。啊，和她母亲写的那些小故事放在一起。莉利亚朝壁橱走去，在里面搜寻，可她找不到那个牛皮纸信封袋，她又想了想。对，那个皮箱，威廉森先生和威廉森太太送的结婚礼物。啊哈，两个牛皮纸信封袋塞在盖子内的衬垫里，她记得一点没错。一个标注着"重要"的信封装的是她一命呜呼后她的子女会需要的全部法律文件。信封上绑了三根橡皮筋。莉利亚拉扯一根。已经没有弹性，"啪"地断掉。另一个信封上没写字。现在该修正一下，于是莉利亚用工整的印刷体写道：由莉利亚本人焚毁。万一猝死：莫莉·默里-劳森和凯瑟琳·A.廷曼必须同时在场接收这个信封，不得打开，连信封一起焚毁。

把一项任务交给两个竞争对手共同完成比较好。那样的话，谁也不会出于好奇而偷看。

1950 年 7 月 12 日

　　亲爱的莉利亚，不知你是否会收到这封信。我猜现在的你可能已经幸福地结婚，有一个甜蜜的家和一位深情的丈夫，一个跟你一样漂亮的女儿，或一个让他父亲引以为傲的儿子。难以想象当了母亲的你是什么样，莉利亚。那时，你自己也不过是个大孩子，但我有什么资格抗议时间的流逝和人心的变化呢？

　　喔，莉利亚，我写信给你的原因如下。我将于 8 月 10日到月底那段时间在旧金山。不知道我可否作为朋友去探望你一下。假如这样做会引起任何不便，请别勉强，但能了解你目前的生活状况，将令人深感欣悦。我一直记得你是个大胆放肆的女孩，留着金赤色的鬈发，生在阳光普照的加利福尼亚。

罗兰没有提到他结了婚，也没说他谎称的动机是来旧金山见几个珍本书商，而真实的原因是想暂别他的妻子，从他称之为"一段忧伤期"中恢复心情。这些都是日后莉利亚从罗兰的日记里拼凑得出的，但并非事情的全貌。罗兰有时可恶得很。那么多要紧的信息遗漏。他讲的事，没有一件是完整的版本。

莉利亚打开另一封信，是四年后寄的，但措辞之相似，让人以为罗兰必定预备了一沓信，等着他填上名字、日期和少许细节

100

（阳光普照的加利福尼亚，金赤色的鬈发）。罗兰啊，你这个呆头鹅。如果有个像他这样的人走入凯瑟琳的生活，莉利亚会给他的双颊拍上白粉，给他的鼻子涂上红颜料。扮小丑啰，她会说，让我们瞧瞧这出戏会演多久。

1950年8月，莉利亚在罗兰抵达前夕寄了封短笺到费尔蒙酒店。她将于周三下午顺道拜访，假如时间不凑巧，她写道，那么祝他在旧金山停留愉快，在加拿大生活幸福。

她有没有担心过见不到他？莉利亚记不起来。哎，好吧，人生不会在一天或一周的中间停下，让你理清所有回忆。但日后有的是时间。现在她真正需要做的是打几个电话。她不能再耽搁，因为感恩节快到了。

在获得莫莉的邀请后，她打电话给凯瑟琳。

"你找卡萝尔商量过吗？"凯瑟琳问。

卡萝尔住在南加州。照节假日的交通状况，开车去那儿至少要八个小时。离莫莉一个小时的车程，顶多一个半小时。这个数学问题，凯瑟琳有哪里不懂吗？"我找了，"莉利亚撒谎，"我甚至和威尔也商量过。但假如你不想去莫莉家，我理解。我可以自己去。"

"谁开车送你呢？"

"那个你不用操心。"莉利亚说。莉利亚看得出凯瑟琳摇摆在想要去爱（她的丈夫、女儿、莉利亚自己、甚至莫莉）和想要能够斩断爱之间。凯瑟琳在"爱"那个字上头脑糊涂。她像露西，露西一直不加区别地什么都爱，直至她斩断爱，也是不加区别地，

101

一概都不爱。哦，可怜的露西——是因为这样，所以你活得那么辛苦吗？

"听着，你觉得怎么最合适怎么来。我不一定要去莫莉家。"莉利亚说，她从对凯瑟琳的同情中感到自己宽宏大量。还有她对露西的同情。

"嘘，让我想一想。"凯瑟琳说。

"想吧！"莉利亚说。真没料到有那么多人在根本不知道怎么思考的情况下却习惯把"让我想一想"挂在嘴边。

"把安迪一人留在家里会不会太无情？"

"我们要不要给他订几只泰迪熊，这样他不必哭着入睡？"当个无情的人胜过被人无情对待。这个教训是露西通过自杀给大家留下的。

"要么——我知道这个要求有点过分……"凯瑟琳说。"如果你带约拉去莫莉家，我会求之不得。我可以开车送你们到那儿。我不用见任何人。"

"那你打算去哪里？回去找安迪吗？"

"我可以沿着海岸开车兜风。"

"你要去见谁？"

"不见谁。我可以在阿卡塔或尤利卡住一晚。一个人待一天，让自己的头脑清醒一下。"

只有头脑糊涂的人才会说，独自待一段时间会使他们的头脑清醒。头脑清醒的人——他们可以一个人，也可以和别人在一起，他们的脑子不会因此而有一丁点儿区别。莉利亚不介意有个犯糊

102

涂的凯瑟琳。但多么不可思议，她仍坚持决心要使自己的头脑清醒。假如凯瑟琳说，就一个人待一天，沉浸在我的糊涂中，莉利亚会鼓掌喝彩。

"那一带有连环杀手出没。"莉利亚说。

"你乱讲。"

"这可不一定，"莉利亚说，"我在报上读到，有个住在格伦海德的妇女，雇人在她的后院搭了一个烧烤炉，后来警察发现她丈夫的尸体被用水泥封在里面。"

"哦，天哪，别再编这种恐怖故事。"

"她告诉人们，她的丈夫出门走亲戚去了。"

"所以她杀了她的丈夫吗？"

"不，她的丈夫是自然死亡。年纪大了，加上生病。她不知道怎么处置他的尸体，所以想出烧烤炉这个主意。"

"你相信那故事吗？想必是有记者躺在床上凭空捏造的。"

"我给你和约拉留了那份报纸。"莉利亚说，其实并没有。

"千万别给约拉看。"

约拉，莉利亚想说，她不识字。"那个记者采访了许多邻居。他们一致声称她是个善良的女士，只是头脑迷糊。我要跟你讲的是，人有时会非常迷糊。"

"她怎么让工人把尸体埋进去的？"

"她自己埋的。那工人只是挖了坑，倒入水泥。"

"我以为她是个老太太。"

"老太太有时会让你吓一跳。"莉利亚说。

"这个故事漏洞百出，"凯瑟琳说，"而且，我们是在讨论头脑不清的老人还是连环杀手？"

"有人可能对你的生命构成威胁，我想讲的只是这个，"莉利亚说，"谋杀案发生的频率没有更高，堪称奇迹。"

"外婆，若换个人听你讲话，他们准会认为你才是疯子。"

"有些人的问题是，不管怎样，他们永远不会发疯，"莉利亚说，"我把自己算作其中一个，相信我，有这问题是好事。"不像你的母亲。不，不对，莉利亚心想，露西没有疯，只是犯了迷糊。

莉利亚理解凯瑟琳对莫莉的疑忌。她们是两代人，但只差六岁。莉利亚和吉尔伯特决定收养凯瑟琳时，本是意外怀上、生下后被惯坏的莫莉反对这个主意。露西结婚时她四岁，露西死后，莫莉不像她的哥哥姐姐，不大明白为何要哀悼或让他们的父母哀悼。

凯瑟琳为什么不能跟她的爸爸待在一起？莫莉曾问。假如她需要祖父母，为什么不能是史蒂夫的父母？

我把你养大，不是让你来质疑我的决定的，莉利亚说。小孩子都自私。莉利亚接受这个事实，但不可原谅的是，莫莉不懂怎么隐藏那份自私。

我为什么不能质疑？莫莉说。

因为那样做对你无益。

你也对露西那么讲吗？莫莉问。她有没有听你的？

真该给莫莉一巴掌。如果莉利亚下手的轻重正好，这一掌会发出清脆的声响，但不会在那张白里透红的脸上留下乌青，莫莉会记住的不是痛，而是声音。她目不转睛瞪着莉利亚的样子令她想起露西。可莫莉不是露西。露西是独一无二的。

你尽管继续质疑吧，莉利亚说。但请搞清楚，我没义务回答你。

你是个刻薄鬼，莫莉说。

过完那个夏天即将去外地上大学的卡萝尔在争吵进行到一半时悄悄溜入房间。她把莫莉拽走，说她有几样东西不能带去宿舍，问莫莉要不要看一下，有没有她想放在她房间的。

卡萝尔令莉利亚想起她的妹妹玛戈。心肠软，可莉利亚不喜欢心肠软的人。在所有孩子中，卡萝尔和吉尔伯特最亲。有些莉利亚不能给予他的安慰，卡萝尔可以。他们像两只蜂鸟，从仁爱的花蜜中得到滋养。

莉利亚永远镇定自若。她刀子嘴，那一点让她引以为傲。虽然有时冷漠，其他时候不耐烦，但她从不让自己被极端的情绪左右。在一有冲动的迹象、恨不得把她周围的一切摧毁时，她会听见自己对世人说，你们了解我多少。天知道她有足够的理由那么做，许多次她差点付诸行动。但接着她记起这个世上全是一点不了解她的人。她可以做到善待他们。

如今莉利亚纳闷，是不是就因为她的沉着镇定，露西才转而投向史蒂夫的变化无常。"我怎么一直没想到那一点呢?"她大声发问。史蒂夫对露西的情绪做出戏剧化的反应，有时用眼泪，有时用拳头。啊，露西深谙挑衅之道。她没有别的活法。她不知道她所认为的自身优势仅是脆弱敏感。把脆弱敏感当武器，一生只能用一次，最后，当露西认识到那点时，她毫不犹豫地用了。

多么厉害的武器。多么聪明的姑娘。

莉利亚决定，在那个星期三下午她去罗兰酒店期间，请纳尔逊太太帮忙照看露匹和蒂米。始终与你的敌人为友——或更进一步，莉利亚心想，让敌人成为你的同谋。纳尔逊太太不可能犯错，她的清白会洗脱莉利亚的罪。

她想给吉尔伯特买一份结婚周年纪念的礼物，当作惊喜，莉利亚向纳尔逊太太解释。没问题，纳尔逊太太说，为自己被纳入一个妻子的秘密行动而兴奋不已。她问莉利亚他们结婚几年了，莉利亚说五年。纳尔逊太太拿出一本相册，里面收藏着礼仪专栏的剪报。

五年，纳尔逊太太念道，木婚。买件木制品？相框？这上面说银质餐具也可以。但讲真的，应该是吉尔伯特给你准备一份礼物，你不觉得吗？

这礼物也是为了庆祝他升职，莉利亚说。今年对他来说是特别的一年。

当然，纳尔逊太太一边说，一边把眼睛意味深长地瞥向莉利亚的腰腹部，但莉利亚确信她还没有显怀。

那天下午完事后，她最好有件可以拿给纳尔逊太太看的东西，莉利亚在走进费尔蒙酒店的大堂时心想。酒店内的商铺看起来比英保良百货公司更高档，但莉利亚自信有她买得起的东西。她是个能干的主妇，在必要的时候懂得节俭。

她在给罗兰的短笺里没留下地址和电话号码。他完全可以不在酒店，但他在，当他邀请莉利亚上楼去他的房间时，表现得颇为坦荡。她没让自己预先设想会发生什么事，但在电梯里，她不知不觉抓紧她的双肘，仿佛感到紧张，她不得不一直背对罗兰，以免自己会突然笑出声或哼起歌来。

莉利亚，你不再是个孩子了，罗兰在他们走进他的房间时说。

默里太太，莉利亚朝他伸出手。他的眼镜不是她记得的那副，但镜片后的眼睛仍是同样的青灰色。他的头发分梳得无可挑剔，不像吉尔伯特，没有显露一丝变秃的迹象。在罗兰的天地里，男人到底会不会老？莉利亚不知道那个天地是什么样的，但她料想，在那个天地里，每个白天、每个夜晚都与众不同、富有意义、令人难忘。在她自己的天地里，有些日子在日历上被作了记号——节日、生日、纪念日——但更多的日子，日复一日，没有区别。

你好吗，默里太太？罗兰说，继而问道，默里先生和默里太太有没有一个他可以致以问候的小孩？

不止一个，莉利亚说。

不止一个？到底有几个啊？

两个，她说。软弱一点的人会讲出其中一个是他的。

所以我没猜错，莉利亚。我知道你会抓紧时间结婚。

而且顺利实现，不过今天下午我们别把默里先生扯进来，行吗？

也好。

罗兰丝毫不掩饰他的婚戒。跟我讲讲布莱太太的事吧，莉利亚说。

我们也别把她扯进来，你同意吗？罗兰回道，同时以近乎慈父般的和蔼姿态领莉利亚走进他的卧室。

事后，莉利亚再度问起他的妻子。她应该不会是奥格登太太吧？

你记性真好！我忘了我告诉过你有关西德尔的事。

你不经常与你的女人谈论她吗？你和你的妻子谈论她吗？布莱太太对奥格登太太有何看法？她们见过面吗？她们是朋友吗？

罗兰大笑。你一点没变，莉利亚。

他完全错了，但她没有纠正他。你怎么想到写信去牧场的？莉利亚问。假如你认为我已经结婚，难道不担心我可能永远收不到这封信吗？

就当寄出一封瓶中信，并无坏处。不管怎样，我们重逢了。

可为什么呢？

我为什么写信给你？罗兰说。事实上，我不知道。

她该相信，他千里迢迢来加州，与五年前她去他的酒店一样，也是一时兴起吗？抑或他是在用最简单的回答敷衍她？我以为你总是无所不知，莉利亚说。

听着，罗兰说，我知道的是，男人可以爱一个女人，如同爱他最严重的过错，男人也可以把一个女人当作他的救赎去爱。两种爱里拥有任何一种，这个男人就是幸运的，但假如他两种皆有，有时他必须稍作休息。

所以他随便寄出一封瓶中信，期待最好的结果？

随便？对你自己有点信心，罗兰说。你和我犹如逍遥法外之徒，但你更多是天生如此。若把我们比作扒手，我会是训练有素的一位，我会完善我的技能，我会清点我的收获。但你，莉利亚，你连自学成才都算不上。你能从一个人身上取走某些东西，悄悄放进另一人的口袋，完全若无其事。

这是称赞吗？

是的，罗兰说。只可惜我们隔得太远。

奥格登太太——她还在英国吗？

是的。

那我们离得不那么近也无关紧要，莉利亚说。

和她，是无关紧要。

和我呢？

假如我们每隔五年见一次面，罗兰说，那样有何意义？

他的意思是，每隔五年进行一次的偷情简直不能称作偷情。他要的是在他的日常生活中，她对她自己的丈夫不忠。

后来他们再度做爱。莉利亚觉察出一些他上了年纪的迹象。现在他想必年逾四十。那样算来，西德尔·奥格登该有多老？在莉利亚的母亲四十岁时，莉利亚已把她视为老古董。

你在想什么？罗兰说。

至少他有一点和吉尔伯特相同，好像做爱以后，女人的心思变成男人的财产。

我寻思，不再年轻是什么样的感觉，她说。

如同你在讲电话，一句话没讲完，线路咔嚓断了。你知道所有你想说的东西，但你无法再将它们说出口。

莉利亚惊讶于他语气中的忧伤。我在问的是变老，她说。不是死掉。

人死了，便没有想讲的东西了。

当然有。我相信大多数人到死也没能把他们想说的话说出口。

那这样讲吧，人一旦死了，不可能再有任何想望，罗兰说。一切问题迎刃而解。但变老呢？谁会为你再把线路接上？

那是你的感受吗？你想把心里的话全讲出来，但线路已经断了？莉利亚问。

你有时不那样觉得吗？

我没老，莉利亚说。

你确实年轻得很。

你想把那些话讲给谁听？莉利亚问。

年轻气盛的你真会审问人，罗兰说。

奥格登太太对日渐老去也是那种感觉吗？

不，她永远不会老。记住我的话，她会有一死，但不会是像老太太那样死去。

你凭什么这么肯定那一点？

因为我自成年以来就认识她。发生什么事由她主宰。

莉利亚心想，那点她也做得到。发生什么事听凭她的意愿，不是吗？眼下的她，腹中怀着吉尔伯特的孩子，同时罗兰重新出现在她的生活里。以前，她的双面人生从未如此和平地共处过。

瞧那些政客和外交官，他们个个谈论世界和平，却一无所得。要是他们能从她身上学到些东西就好了。

那晚，莉利亚问吉尔伯特，你记得明天是什么日子吗？

当然记得，他说。

她告诉他，床头柜的抽屉里有件给他的东西。明天的礼物，她说。

我现在可以看吗？

你得等一等。

床头柜抽屉里的那条领带——一条新领带——是她在和罗兰告别前从他的衣橱里拿的。一件纪念品吗？罗兰问道，看着她把领带放进她的手提包里。她索要了这条领带，知道他不会拒绝。

是的，莉利亚说。

你不担心被你的丈夫发现吗？

我以为我们说好不把他扯进来的，莉利亚说。

连罗兰也不知道女人是怎么保守秘密的。也许没有一个男人知道。

凯瑟琳在离莫莉住处一个街区之隔的地方停下车，约拉再度问她为什么不一同去参加晚宴。莉利亚提醒这小姑娘，一路上她们已经反复讨论过这问题。"他们是你的姨妈姨父和表哥表姐，"莉利亚说，"他们会很高兴见到你。"

　　"我都不认识他们。"约拉说。

　　"你不必跟他们很熟。"莉利亚说。

　　凯瑟琳转过身，整理好约拉的鬈发。"听着，宝贝，有时参加晚宴和上学一样。你不一定喜欢。就勉强去一下。"

　　"感恩节放假期间不上学。"约拉说。

　　"生活没有放假一说。"莉利亚讲完，打开车门。她们可以在那里坐上几个小时，争辩不出结果。

　　凯瑟琳把那盘南瓜布朗尼递给约拉。"告诉大家，是你帮我一起做的。"她说。

　　趁约拉还没来得及反驳说她并未帮忙时，莉利亚先打断了她。"我来拿吧，"她说，"切记准时来接我们。我们不想滞留在这儿。"

　　"滞留。"约拉说。她喜欢重复她不懂的话，这个习惯令莉利亚对这孩子心生同情。人们可以轻易看出她脑子里的漏洞，好似瑞士奶酪一般。每个孩子都会有差不多数量的漏洞，但聪明点的孩子起码会知道怎么隐藏这些漏洞。

"约拉有问题，"莉利亚对凯瑟琳说，"她重复别人讲的话。"

"你是指言语模仿症吗？她没有。她只是在扩充她的词汇。"

"言语模仿症？"约拉说。

莉利亚问过凯瑟琳好几次，那天晚上她打算去哪里，但她闪烁其词，不作明确的回答。她会不会对安迪不忠？不大可能。背叛太需要心机。

翌日早上，凯瑟琳打电话说，她将于两点来接莉利亚和约拉。莉利亚提醒凯瑟琳别迟到——由于节假日交通繁忙，他们开回去所需的时间可能比平常更久。莉利亚不想错过五点的晚饭。她希望和约拉及凯瑟琳一起穿过走廊，让每个人可以目睹她的归来。

"还没来吗？"莫莉问莉利亚。先前，当到两点五分凯瑟琳仍未出现时，莉利亚坚持把行李箱推至车道尽头。她们像结束营地活动，父母忘记来接她们而余下的小孩。老去的又一坏处：退化到和六岁儿童一样的地步。

"不是人人像你一样干练。"莉利亚说。但这话听起来不真诚，所以她加了一句："昨天你办的聚会真隆重。"

"人越多越热闹。"莫莉说。

陈词滥调，莉利亚心想。莫莉多么擅长散布那种话。前一晚，除了莫莉、罗伯特和他们两个大学放假回来的孩子（老大纳塔莉留在芝加哥，住在一个朋友家）以外，来的还有罗伯特的两个兄弟姐妹和他们的家人。莫莉还邀请了她的以色列同事及她的两个孩子（你们的父亲在哪里？莉利亚问两个孩子，但没人告诉她答案），再加两对年轻夫妇，一对来自巴西，一对来自加拿大，他

114

们和罗伯特的研究小组有点关系。莉利亚当即对那两个加拿大人燃起兴趣，可结果他们是从不列颠哥伦比亚省来的。她去过吗？他们问她，她坦率地回答他们，不列颠哥伦比亚省对在加州长大的人没什么吸引力。假如那对夫妇来自新斯科舍省，莉利亚会更激动。

"看起来像快要下雨了。"莫莉说。

"我们正需要雨，"莉利亚说，"迄今我们已经闹了十年旱灾。"

"我的意思是，没必要在外面淋雨，"莫莉说，"实在不巧，贾森和阿曼达出去购物了，没有人跟约拉玩。"

莫莉怎么变得如此善于装模作样？凡有眼力的人均看得出，约拉不是那种轻率的小孩，欢迎随便任何一个人走进她的世界。她生来见过贾森和阿曼达不超过五次；他们和两个陌生人无异。更别提他们现在是大学生。留在家里，逗一个淘气的小表妹玩？假如他们甘愿那样做，莉利亚会大大瞧不起他们。

"不，雨准会等我们上了车后再下的。"莉利亚说，并再度感谢莫莉昨天的晚餐。莉利亚没有解释凯瑟琳缺席的原因，莫莉也没问。避开许多雷区，莉利亚和莫莉相处得还算愉快。莉利亚每年寄生日和圣诞礼物给莫莉及她的家人，从未间断。莫莉坚持每两周打一次电话给莉利亚，问候情况，每个月去探望一次，始终不渝。

在莉利亚的儿孙中，莫莉最有出息，当上一所女校的校长，此前是一所大学预备学校的招生负责人。凯瑟琳这人就是这样，看不出与莫莉保持友好关系的长远益处。

"约拉，向你的爸爸妈妈问好，"莫莉说，并把一袋从她后院摘的柿子递给那女孩，"谢谢你做的南瓜布朗尼。"

"我没帮忙做布朗尼。"约拉说。

"你帮忙吃了，"莉利亚说，"你干得棒极了。"

莫莉让约拉再去上一趟厕所。"我知道你刚去过，宝贝，但要坐很久的车。"等那女孩走出她们的视线后，莫莉说："妈，你要对约拉更和善些。对凯瑟琳也是。"

"好像我是恶毒的后妈似的！"

"不是，但像凯瑟琳和约拉这样的人，她们很敏感。"莫莉说。

莉莉亚不喜欢莫莉讲话的口气。"不管什么女孩，在你看来都可能受过精神创伤，"莉莉亚说，"那是你的职业病。"

"我想讲的是，你必须对某些人多费点心。"

"你是指，凯瑟琳和约拉是娇贵玲珑的蛋，我必须格外轻拿轻放吗？"

"你不能否认她们的过去。"

"什么过去？"

"哎，露西呀。"

"你都不记得露西。"

"我当然记得。一点点，但我们后来谈论过露西。"

"这个'我们'是谁？"

"爸爸。还有蒂姆、威尔和卡萝尔。"

"你们一齐得出什么结论？结论是我虐待她，所以她自杀了？"

"不，不是那样。我们只是觉得露西可能对事情更加敏感。"

一时间莉利亚没有讲话。

"你为我们做了那么多，"莫莉说，"露西的事，无人可以改变，但对凯瑟琳来说，面对这样的处境不容易。我们应该尽全力对她和对约拉好一点。"

说到这个女孩，她就无声地从莫莉身后冒出来。

莉利亚坚持她们要在路边等。她对莫莉已无话可讲。除了罗兰的日记和她自己的回忆以外，她不探究人们对往事的记忆。无论是否有价值，他们可以有他们自己的过去，但这些过去犹如莉利亚没兴趣打量的商店橱窗。不，亲爱的，谢谢，但不用。

"妈妈在哪里？"约拉问。

"别再踢了，"莉利亚说，并把那袋柿子从女孩的脚边移开，"如果你累了，可以坐在行李箱上。"

"我不累，我无聊。"约拉说。

偶尔，莉利亚认为约拉有本事只瞅一眼这个世界，就断言上帝在创世时犯下一个根本性的错：凡事皆无意义，凡事乏味无聊。每个孩子都生来具有这样一种对人生的非凡否定吗？莉利亚不记得她的弟弟妹妹或她的子女表现出这种态度。她自己从没有一刻觉得人生乏味无聊。

"你总是那么讲。"莉利亚说。

"因为我无聊。"

莉利亚想到一件她该做的事。在她死前，她要把她子孙后代最喜欢的口头禅列出来，给他们每人各做一幅刺绣。约拉会得到一幅彩虹色的，上面布满小树枝、花朵、蝴蝶、沙果、松鼠和蜥蝎的图案，它们全都围绕着那句抱怨：我无聊。莫莉会得到一幅有象牙色花边的，上面绣着精美的羽毛和小巧的鹩鹩：恕我直言。

"我可以用一下你的电话吗？"约拉问，事实上，那天上午她已经问了好几次，并被告知，莉利亚没有随身带电话。

"想听个故事吗？"莉利亚问。

约拉看着莉利亚，仿佛她吃不准这问题是不是个陷阱。

"只要回答想或不想，没别的意思。你想听一个故事吗？"

"那听上去像是逗小宝宝的。"约拉说。

"我不是在讲小宝宝的故事。"莉利亚说。她有的是故事。问题在于，她从不愿把这些故事告诉她的子女，现在，他们似乎已编造出他们自己的版本，来弥补那遗失的东西。莫莉怎么会认为莉利亚待露西不好，对她的死负有责任呢？

"你知道多少你外祖母的事？"莉利亚问，"不是祖母葆拉，是外祖母露西。"

"外祖母露西？"约拉说，"她不是已经死了吗？"

莉利亚张开嘴。她语塞。这辈子她第一次身处什么话也讲不出来的境地。

莉利亚决定给凯瑟琳和约拉留下一份纪录。不，她没有把莫莉的指责放在心上。莉利亚没兴趣为自己开脱毫无根据的控罪，但应该让凯瑟琳和约拉对事情有清楚的了解。她们不能只听莫莉的一面之词。

莉利亚向楼层主管尼科索要一本作文簿。"什么颜色？"尼科问，指着架子上的一叠簿子给她看。"近来，人人都要作文簿。"

"给我两本吧，"莉利亚说，"黑的和红的。"

凯瑟琳和约拉：我决定给你们留下点东西，连同露西生父写的这本书。他叫罗兰·布莱，这里面是他的故事。莉利亚在作文簿的首页写道。她努力不让她的字超出横格线。我在1945年认识罗兰，露西生于1946年。我是他人生中的一粒微尘，露西根本不存在于他的人生中。但那不要紧。记住，只有软弱的人才从他人身上寻求回报。我们的回报是我们自己。

接着她剪下这段话，把它仔细地粘在罗兰日记封面的内侧。

第三部　如日中天

我在 1925 年 11 月 12 日、十五岁生日前夕，正式开始记日记。重读我头四年的日记，我体会到一种不算难受的眩晕感，仿佛喝了太多过于青涩的酒。这些日记表明，一个男孩的自我有时会像希腊悲剧那般宏大、听天由命。我坚守那个自我，但有足够的自知之明，不给读者增加负担。我真正的人生，如下所示，始于 1929 年夏。——罗兰·布莱，1989 年 3 月 2 日

1929 年 7 月 1 日

下午茶时，伊舅妈开玩笑说，堂表亲戚是唯一危险的街坊邻居，我假装没注意到赫蒂缠绕的手指。她还小，早晚会长大，不再对我痴心一片。眼下，她派得上用场。她来这儿度夏期间，年长女伴的角色落在伊舅妈身上。花时间跟赫蒂在一起等于更接近伊舅妈，胜过一年中的其他任何时候。我对赫蒂所尽的远亲之责是个方便的借口。我实际活在对伊舅妈的爱里。

昨晚读奥维德时，我思忖，假如我表白心迹，我会被变成什么植物或动物。伊舅妈会是我唯一的心上人吗？我们必须谨慎，别把自己的心置于一个仅有一把钥匙可以打开的笼子里。

然而，我渴望伊舅妈认可我的爱。也许甚至接受我的爱。反正，我死去的可怜父母不会赞成，我的所有亲戚也不会。但这难道不是世人对一个孤儿的亏欠吗，孤儿应当获准有权利做不寻常甚至被禁止的事？一个人不是白白成为孤儿的。

我们会引起天大的公愤。我深信，我能够以这份对伊舅妈的爱为素材，写出一部杰出的小说。

————

伊夫琳舅妈是我妈妈的长兄、艾伯特大舅的遗孀。他在我出生后的第二年死于败血症。那段婚姻留下两个女儿，安娜贝尔和多萝西，两人都选择了远嫁，让她们有机会离开哈利法克斯——安娜贝尔去了多伦多，多萝西去了波士顿。

维克托舅舅娶了一位贤妻。他和杰拉尔丁舅妈育有两个儿子，使弗格森家免于绝后，这一厄运降临在新斯科舍省好几个古老的家族头上。乔治和哈罗德都在英国上学，夏天四处旅行，去的是我尚不认识的地方。大女儿爱玛找到了合适的归宿，嫁给哈利法克斯一位前途无量的律师。

威廉舅舅是单身汉，我对他的风流史一无所知。有个被抛弃的情人，在没有暖气的房间里死去？有个在贫困中长大的私生子？但威廉舅舅本人无聊极了，很难把他写到小说里，即便是情节最老套的小说也不行。

我的母亲罗莎琳违抗家人的意愿，嫁给来自波士顿的大

124

卫·布莱。他们受到惩罚，年纪轻轻就在一场火车事故中丧生。赫蒂的母亲玛丽安娜有眼光地嫁了一位外科医生，临海各省的人都来找他看病。他们有四个无可挑剔的孩子，过着美满的生活。赫蒂是兄弟姐妹中的老大，但比我小两岁。在我所有的表亲中，她与我年龄最近，我们的友谊也最亲密。

这栋坐落在山岗上、可以俯瞰哈利法克斯湾的房子被称为埃尔姆塞宅。它不美，但实用，造于 1829 年，在弗格森家兴旺时做了扩建。亲戚来访，有时多住上些日子，但无一个像我这样寄人篱下——穷亲戚绝不可集聚。我读过的小说里，没有一本写五个孤儿在一个屋檐下被他们的恩人抚养长大。孤儿不成双结对地出现。假如有五个罗兰，我们何来的勇气一边假装维持尊严，一边从收留我们的人手中争抢吃的？

————

最后一遍通读我的日记时，我加了几行话，说明家庭关系和发生的事。人年轻时可以伪造自己的回忆；到了晚年，必须放下自我、实事求是。——罗兰·布莱，1990 年 1 月 5 日

莉利亚的注释贴在相应的篇目旁

一点提醒：上文中弗格森家的族谱看似清晰，但读下去你们会发现，堂表亲戚如走马灯般过场，差一辈的、差两辈的、差几

百辈的。如果罗兰是个名人，大概会有人做这项工作，追溯弗格森家和布莱家的祖先到不管多少代以前。我们可以加上露西，还有你俩，珍贵的一支。但一根分枝对一棵树而言算什么？一棵树不会因掉落一根枝杈而悔憾。

我自己的家族谱系——你们也在其中。我们有明确可考的根。

他们在着手创办一个宗谱学俱乐部。广告传单随处可见。"一周碰头两次。由著名历史学家罗伯塔·M.林奇教授主持"，底下罗列了她的一串研究成果。我的看法：这个俱乐部旨在与回忆录写作班竞争，林奇教授称它做的是知其不可而为之的事。

————

后来。

赫蒂拿着一封信进来，我正打字打了一半——我的首部小说，事实上是我的第四部，但这本将是我第一部成熟的小说。专心创作吧，赫蒂要求，我只能开玩笑说，这本书一旦完成，我会把它题献给某个我从小到大认识的人。她红了脸（当然并不知晓，我心中想的是另一个女人）。但愿她别再脸红。不，我不反对女性脸红的美德。我愿不惜一切代价见到伊舅妈脸红。但赫蒂的脸红像白开水，毫无滋味。而人想喝的是香槟。

我浏览了一遍那封信，是阿瑟寄来的。他谈及即将开学，语气中已透出似是怀旧之情。每过一天，我们离英国就更近一点，他写道。

我和赫蒂讨论这个话题。夏天如此短暂，她说。短得让人受不了，我附和道，又说，下个学期也许会有男生掳获她的芳心。她强烈否认这种可能性。圣玛丽的学生，她说，没有一个会爱上艾吉希尔的男生。他们有什么不好，我问。他们仍很幼稚，她说。

我寻思，伊舅妈会不会那样形容我。罗兰只是个小宝宝，永远是个小宝宝：孤儿罗兰，被调包的罗兰，罗兰，他唯一的希望是长大，成为一个足够体面的男人，这样他可以娶赫蒂为妻。

不。我的人生不会是那种结局。罗兰·维克托·悉尼·布莱：你会通过你自己的努力而名利双收。你不会出于义务或图方便而娶一个女人。

————

罗兰娶了赫蒂。这句话算不上泄底。

罗兰曾向人介绍我是他的一个表亲。这件事发生在 1954 年，我们最后一次见面时。他写信至罗斯福路的地址，他说他在电话簿里查到这个地址。他要来瓦列霍的海军基地探望某个人，问我们可否在附近见面。

他不是第一次这样突如其来地写信给我。我也不欺骗自己，认为我是唯一收到罗兰意外来信的女人。在他寄出这些信时，他

127

可能并不清楚自己的目的是什么。但当我同意见他时，我知道我想要的是什么。

当时是 8 月，学校开学前夕。露西八岁，已经很难对付，难弄的程度超出吉尔伯特或我能理解的范围。我告诉他，我要带露西单独出去一天，认真地跟她谈一谈。吉尔伯特一脸紧张。怎么了？我问。他说他想起童话故事《汉塞尔和格蕾特尔》。我大笑，说我不是继母，他们是我的亲生孩子。

蒂米和威利也想跟着去。但我答应给他们买玩具或漫画书，所以他们留在家里。我不想带吉尔伯特的儿子与我同行。我们在贝尼西亚的海滩与罗兰见面。有些父亲能一眼认出他们的骨肉。罗兰不是这样的父亲。他对露西耐心而淡漠，那态度如同对待邻居的一条狗，只要这可怜的畜生不吠叫即可。平时，要指望露西置身事外是不可能的，但那天，她大部分时候在沙滩上翻拣搜寻，走来走去，喃喃自语。我事先充分警告过她。尽管如此，我仍惊讶于她没有吵闹、缠着我不放。也许就在那个时候，人生开始令她心灰意冷，因为有一个对她毫无感觉的父亲。

罗兰和我聊天。我们表现得像一对从前的邻居。当露西感到厌倦时，我们去了一家小餐馆。那儿的女服务员想必以前在店里见过罗兰。她不怀好意地看着我，又无礼地打量露西的脸。罗兰说我是他在旧金山的表亲。我知道那位女服务员识破了他的谎话，我也看得出他不在乎。

罗兰没有提到此行别的在加州的女人。他果真记下我们的会面。只有两句话。"L 不是独自前来，而是带了一个小孩，这小姑娘美丽的外表因她闷闷不乐的性情而减色。我们可否说，这次见面是一个加州梦的终结？"

我们答应保持联系，但他不是信守承诺的人。我没抱希望。我以为在他询问露西的年龄时，他可能猜到我为什么想让他们见面。但带她去是个错误。罗兰和我好比一条双人独木舟。多一个人，舟就翻了。

回家的路上，我嘱咐露西，不准向吉尔伯特或两个弟弟提及与我的表亲见面的事。为什么不行？她问。我说，她尽管一五一十告诉他们，但那样的话，开学时别想有新连衣裙穿。那么他也是我的表亲，她说。是的，我说。她耸了耸肩，说她不明白我们为什么得大老远地去见一个表亲。有其父必有其女，我心想。他们对彼此视而不见。

孰料，当你提笔把事情诉诸语言时，这些事会变得更历历在目。假如我继续这样做，当我完成时，罗兰这本日记的厚度会增加一倍。我仿佛搞大了这本书的肚子。那样如何，罗兰？

————

1929 年 7 月 2 日

不同族类的两个人更有可能谱出真正浪漫的恋曲。否则要怎么解释母亲和父亲的婚姻？既然我已到了该开始有我自己的感情生活的年纪，我对分析婚姻和男女私情变得痴迷起来。任何夫妇都保守着尚待我去发现的秘密。我可怜的父母当然是我沉思的焦点。

————

你们不觉得有趣吗，他称加拿大人和美国人是两个族类？但让我把族类和浪漫的恋情搁在一边，和你们讲点与这两者完全无关的事。世上有两种人。第一种人，他们需要梦想，如同他们需要空气和水一样。第二种人，他们视梦想如面包屑或蜘蛛网。从这两个不同的群体中各取一人，最后他们往往能维持一段长久的婚姻。

例如，罗兰与赫蒂。我人生中有一段时间，想起赫蒂令我咬牙切齿，但我现在懂了，罗兰需要一个没有梦想的女人。当他用香烟在窗帘上烧出一个洞，或一边走神一边碰翻一个餐盘时，都有她在，把事情重新整顿好。他就那么干。不止一次。在我看来，有意为之。一封情人的信摊放在书桌上。西德尔的一份电报留在睡衣口袋里。否则他怎么忍受得了赫蒂？

我的母亲喜欢做梦。她一度想成为作家，写了一些故事。那番追求徒劳无功。但当一个梦想失败时，它就不再是梦想了吗？我的母亲和罗兰有着相同的志向——此前我一直没想到这点。所以在某种程度上，我的父亲和赫蒂同为没有梦想的战友——多么不可思议！

凯瑟琳：在我的兄弟姐妹中，有几位你认识，但你没见过我的妹妹露西尔。她和我，我们都是爱做梦的人。玛戈，露西尔的双胞胎妹妹，活在她的影子里。玛戈可能有过一些二手的梦想。

我们的几个兄弟承袭了我们父亲的索然乏味。那样没什么不对。做梦这个习惯代价高昂，对男人来说尤其如此。

在相信自己有多重人生方面，罗兰是高手。我没有多重人生，我不欺骗自己作此想法，但我知道怎么做梦、何时做梦。

露西身上有某些罗兰和我共同遗传的东西——把两个爱做梦的人合起来，谁知道是什么结果。

————

后来。

表亲佩特拉在去布雷顿角的途中来访。她假装惊讶地发现我长成了她口中所谓的帅小伙子，抵得上十个拜伦勋爵加在一块儿。她对蒂的评语是，一打十四行诗，井然有序。

我不知道，我说，假如被送回布莱家，我会不会变成和现在一样。我已学会不在这个家里提起父亲的名字，但我以为，表亲佩特拉也许能在无意中透露一些有关我父母婚姻的事。

她发出夸张的声音。与这家族里的大多数人一样，她不得不宽恕我父亲作为美国人的原罪。我们绝非保皇派，她说。她的口气听上去仿佛美国独立革命仍在我们窗外继续进行着。历史——不管是国家的或个人的——对我母亲的家族而言，并不成为过去。

不，不是因为我们支持大英帝国，表亲佩特拉说。罗兰，你要永远感激弗洛森家的人。没有他们，你会长成一个粗鲁、野蛮的美国人。

加拿大人不喜欢美国人，没错，但实际的情形是一个大家族对抗一个男人。谢天谢地，我的长相遗传自我的父亲。我又像我的母亲一样，向往禁忌之恋。

假如母亲依照对她的期望，嫁入新斯科舍省的一户人家，她大概会闷死，而不是死于火车事故。只有像赫蒂那样的女孩才会如此毫无怨言地生活在这个规行矩步的天地里。母亲多半会认为赫蒂配不上她的独生子。你必须永远谨记这点，罗兰。你的血管里流着她的血，莽撞、颓废。

————

弗格森家先是在新斯科舍省做锯木生意，给造船厂提供木材。镇上出了几起致命的火灾后，爷爷弗格森预见到，砖砌的房子不久将取代木头房子，遂举家从事砖块生产。后来，他买下一间工厂，这间工厂据说是最早在新大陆大规模生产溜冰鞋的，但他的雄心不仅限于冰鞋。到维克托舅舅和他的几个兄弟加入家族的生意时，这间工厂已扩大规模，变成钉子、重型门合叶及桥梁和船只的各种金属部件的主要生产商。——罗兰·布莱，1989 年 3 月 6 日

————

在她家人的眼里，罗兰的母亲是个嫁错人、上错火车的女子，

两人一起奔向死亡。但所有的婚姻不都是那样吗？只是我们大多数人走得更慢些。

他们年轻、相爱，所以事情有一线光明。不是说我相信有一线光明这种事，那是无法接受有时人生就是一败涂地、悲惨无望的人捏造出来的。在露西的葬礼上，有人对我说，感谢上帝，你还有其他孩子。我没什么可感谢上帝的，我说，那位妇女只和她身旁的一位男士交换了一个会意的眼神。

我们对罗兰的母亲了解不多。他只提到过她几次，但她英年早逝。死时比露西更年轻。他的母亲和他的女儿遭逢相似的命运，他没有送别她们中的任何一人。

但有一个区别。罗兰的母亲不是自寻短见。

那些胡说八道、议论他母亲的人——他们想必由生到死都在同一个地方，看着一桩桩灾难如惩罚般降临在别人身上。

我们争吵时，我的母亲常对我们讲的一句话是：没有人说你们必须喜欢你们爱的人。我过去认为她的意思是：我们是手足，即便我们不喜欢对方，我们也应当相亲相爱。但也许她只是在告诉她自己，她不一定要喜欢我们。

不管她的意思是什么，我可以告诉你们，人们经常分不清喜欢和爱。凯瑟琳——你的外祖父吉尔伯特相信，一旦这个世界的人能够相亲相爱，全球和平有望实现。那时的他年轻稚嫩，所以我们别嘲笑他的观念。但他错了，不是因为要所有的人相亲相爱是不可能的，而是要他们喜欢彼此是不可能的。让一个人喜欢另一个人难如登天。但实现爱更容易。正因为如此，你们听到各种讨论爱一个人的歌，不是喜欢一个人。

想象一下，假如罗兰的父母没有早逝。那些舅舅、姨妈和表亲对罗兰的父亲如此反感，以致他们会把那份反感延伸到罗兰身上。可"嘭"一声，他们反感的那个人死了。这下他们该拿罗兰怎么办？喜欢他吗？没门儿。爱他吗？何乐而不为。他们收留罗兰在那个家里，在我看来是为了提醒自己，他们多么讨厌罗兰的父亲，他们多么不计前嫌地疼爱罗兰。

假如人们把他们的人生建立在自己的嫌恶上，也许会活得更始终如一。喜欢是如此麻烦的事。把喜欢变成不喜欢，只需像对待鲜牛奶一样，放上一个夏日即可。把不喜欢变成喜欢呢？那简直胜于把水变成酒的奇迹，你们不觉得吗？

————

1929 年 7 月 6 日

德斯蒙德昨天说，我花太多时间与那个没人要的自我交涉，想证明我一心追求享乐是有道理的。我感到泄气，但不是由于他的批评，受他的批评是一种荣幸。大家怕的是他的赞美，总是尖刻而轻蔑；更令人害怕的是他的漠视。

伊舅妈今天通知全家人，她在考虑去西部一趟。西部哪里？杰拉尔丁舅妈问，但伊舅妈闪烁其词。为什么，有人追问她（不是我——慌乱中的我必须鼓足勇气，表现得不以为意），可她没有回答，只说她还未最终决定。她这人就是这样，透露一点口风，隐瞒一大堆内情。假如我主动提出，趁着没开学，我当她的旅伴会怎样。她会带上我吗？她会不会愿意借钱给我，让我可以陪她去？

会有女人付钱换取一个男人对她的爱吗？

后来，我读塞内卡讲的——杜撰的？——一则故事，说有个男人自杀身亡，用的办法是绝食三天，然后坐在浴盆里，他的奴隶不断往盆内加满水，这样他不会觉得冷。但他的身体肯定变冷了，同时照塞内卡所述，这个男人的灵魂在他享受奢侈舒适的沐浴之际飘走了。人们不禁要问，非分的色心是不是就像那样：愉悦、无时间限制、致命。

昨晚，我决心不这么老想着性。我不知道是不是每个男人都下过这样的决心，而且也都像我一样差劲，根本做不到。男人是不是永远靠性欲过剩而为自己赢得名声？

————

许多男人正是那么干的。可怜的罗兰，太没经验。这篇日记里的他十八岁。我认识的大多数人——我的兄弟姐妹、我自己、吉尔伯特——在十八岁时对人生有更多了解。但我们得体谅他。有时孤儿过着比父母在世的孩子更备受呵护的生活。

我觉得特别值得玩味的是：他会变得更老练，但他从未真正蜕去这份稚嫩。有多少人可以像那样始终如一？

135

1929 年 7 月 9 日

原来伊舅妈计划去的地方竟是科罗拉多。她在我们从教堂回来后公布了这一消息（出发日期——下下周二）。突然间，贝茜和埃塞尔虽未得知气氛转变的原因，却在上菜时更小心翼翼。他们身后的刘易斯，一副垮着脸的表情。

孤儿和仆人是人类的晴雨表——这件事再度提醒我，我的处境和贝茜、埃塞尔及刘易斯的相去不远。

为什么去科罗拉多，为什么这么突然，杰拉尔丁舅妈非要弄清楚不可，她替维克托舅舅发问，维克托舅舅在觉得有人以任何方式背叛了他的情况下，不会屈尊开口讲话。他动辄认为有人背叛他，随时准备作出惩罚。我的表姐安娜贝尔和多萝西因为忤逆他，嫁到未得他批准的地方，已经成为不受欢迎的人。我也早早在没到上学的年纪时就吸取了宝贵的教训——我相信，我对我母亲的背叛负有责任。

科罗拉多？威廉舅舅说。那地方不适合你去。

他听起来可怜兮兮。威廉舅舅对伊舅妈的态度有点神秘莫测，可在一个人人被不断翻旧账的家里，这个谜团始终无人探究。我不知道是否只有我能察觉到伊舅妈和威廉舅舅之间有秘密，他们同意不让这个秘密暴露在全家人的众目之下。我揣测，威廉舅舅曾向伊舅妈求过婚。在她嫁给艾伯特舅舅前还是在艾伯特舅舅死后？无论哪种可能，都会给我要写的小说添加一个情节上的转折。要是威廉舅舅是个比他实际本人更有趣十倍的角色就好了。就目前的他来讲，乏善可陈得算不上一个角色，完全可有可无。

我对艾伯特舅舅了解不多，只知道他与母亲最亲，并极力反对她和父亲的婚姻。婚后，他与母亲再没互相讲过话。

假如艾伯特舅舅仍活着，我在这个家里的地位会不会没那么讨人喜欢？说来不可思议，他没有把我像货物般交托给加拿大国家铁路局，贴上"易碎品"的标签，送回布莱家。不管怎样，活着的人有权利滋扰死去的人。假如我向伊舅妈示爱，我可以报复艾伯特舅舅对我父母的不公。想象伊舅妈去除弗格森一姓，改姓布莱。有法律不准人娶他守寡的舅妈吗？我从未想过查询一下这个问题。

为缓解紧张的气氛，伊舅妈说她只去没几天。

若要横跨北美大陆，时间不会短，威廉舅舅说。那儿到底有什么？

愚蠢的美国人，维克托舅舅说。

杰拉尔丁舅妈用餐巾的一角轻拭嘴唇。赫蒂专心打量她的布丁。可怜的赫蒂。她不必像我们更年少时那样，一整个夏天都待在这儿。乔纳森、托马斯和苏茜如今只在夏初时来小住一阵子。赫蒂想必提出令人信服的理由，说明她为何留下来。要不然一定是他们看中我身上某些难得的品质，所以不制止对大家来说显而易见的事。

令我惊讶的是我没有早点意识到这件事。

––––––––

假如赫蒂的父母仅是通情达理而已呢，因为他们相信，这种少女的迷恋不会持久？我通情达理地认为，一旦露西和史蒂夫闹够了，乡村音乐风格的剧情、令人头晕目眩的剧情、走特技效果路线的剧情——我认为有一天，当露西把这种种都经历一遍后，她会说，够了，到此为止。

可是没有，通情达理的父母会犯错。赫蒂的父母本该坚决反对，告诉她，她有一千个理由不该嫁给罗兰。他们本该在她人老珠黄前把她嫁出去。

露西嫁给史蒂夫时，我起初盼着他们赶快离婚，后盼着他们都能冷静下来。我没有把期望定得很高。然而对接下来发生的事，我仍缺乏准备。露西刚死的时候，我首先想到的是：这下绝对无人会再令我惊讶了。

––––––––

后来。

看我能否把发生的事原原本本准确地记录下来，但保持一个小说家的距离和镇定。

我先于伊舅妈和赫蒂去了马厩，假装是被叫去帮忙把马备好。弗雷迪不介意。他明显看上去心神恍惚。

等伊舅妈和赫蒂来到时，我对赫蒂大献殷勤，表现得像恋人一般。为什么，为什么，我们为什么要这样卑鄙无耻？有时，我奇怪地觉得，我在等待赫蒂做出令我惊讶的事。假如她把一把勺子伸到火里、烫红，然后按在她的手臂上，并且从头至尾，目不转睛地看着我，犹如俄罗斯小说里那种炽烈的贵族女子，那样会如何？假如赫蒂证明自己能够有这样的激情，我该怎么办？我会因为那个勺形的伤疤而几乎不得不娶她。有人会认为我是贪图她的钱。和气的人不会当着我的面讲这话，佂这个世上和气的人不多。

唉，赫蒂不是一个让人起色心的人。她是那种因自己的思绪而分心时拿起勺子当镜子的女孩。对一个长得漂亮又有可观收入的姑娘来说多么可悲。

———

露西曾从吉尔伯特的盒子里偷过一把安全剃刀。当时她十二岁。我们不是挥霍匀人，那时我们还对一切精打细算。我告诉过你们吗，我们把每笔花销记得清清楚楚，精确到分？偶尔，我对吉尔伯特讲，我们该把早几年的账簿扔了，但他说，重读那些账簿会很有趣。等有一天我们老了时，他说。在这点上他像罗兰。今天不管什么小事，未来可能会增加十倍的意义。向前看的男人，他俩年轻时都是那样。罗兰没有变。他一直前瞻到他的后人。

每天晚上，在孩子们上床睡觉后，我们算账。那是一天里我最喜欢的时光。吉尔伯特字写得比我漂亮，我做加减法更麻利，我们有说有笑。谈的不是什么特别的话题。有时我真希望能回到过去，教我母亲几件事。婚姻里的时光是用来虚度的。丈夫与妻子把时光虚度得好，一起虚度，那样足以称得上幸福。

我曾对幸福有过一些不切实际的想法。每个少女多半从电影里得来这些想法。但人生中的一天长于电影里的一生。我学得很快。

我没有告诉吉尔伯特少了把剃刀的事。说不定是他折断了一把，忘记跟我讲了。我一直那么认为，直至我在打扫露西的房间时发现那把剃刀，外面包的蜡纸还未拆开，在她玩具小屋的娃娃床底下。藏得不错，只是蜡纸的一角露了出来。我没收了那把剃刀，什么话也没讲。她没来问我剃刀的事。我观察了她一段时日，想看她是否知晓我知道她的秘密。她知晓。我以为她随时会坦白，可她始终没有。如果我盯着她看，她就也盯着我。

自那以后，她想必知道要用她的零花钱买剃刀。我纳闷，兰德先生怎么一点不起疑。她可能用动人的谎言，说是她父亲叫她来买的。

提醒我注意的人是丽甘·斯托莱的母亲。丽甘是露西学校的朋友。我忘记是斯托莱太太本人看到那些伤疤，还是丽甘告诉她的。反正我当面质问了露西，发现那些伤疤整齐地排列在她的手臂内侧。

时下，人们对这类事大惊小怪，而我只是警告她，倘若她继续这样做，夏天穿裙子时看起来会很丑。她答应不会再犯。没有悔恨的眼泪。没有解释。我没问她原因。我也没把这件事告诉吉尔伯特。孩子有孩子的命，谁也不能替她活——我一直那么认为。

有时我好奇，用剃刀划过赫蒂苍白的手腕会是什么感觉。她估计不会怎么出血，尽显优雅的风范。假如把少女时的露西和赫蒂摆在一起，她们大概是日和夜、阳和阴、一片野花地和一株盆景。露西有如此丰富的内心。她应该活得长久，你们不觉得吗？

算了，现在这并不重要了。

————

我告诉伊舅妈，我来这儿看看今天有无多余的马。我已有一段时间没有骑马，我说。那不是撒谎。

现在你是指望我把我的马让出来，伊舅妈说。我不知道她是否看穿了我对赫蒂的虚情假意。

无巧不成书，赫蒂头痛起来。她叫我去骑撒哈拉，说她会在门廊等我们。不再懒洋洋的弗雷迪——他从不接近赫蒂——开始忙着掸去摇椅上的灰尘，派他的儿子去莱恩店里买冰镇的橘子水。

伊舅妈和我骑着马朝小溪奔去。在沉默了半晌后，我鼓起勇气问她，对我陪她去科罗拉多有何看法。她睨视我，说她不是需要护卫的千金小姐。

我只是想可以换个环境，我说，我指的是，给我自己。

去波士顿，她说。你已经长大了，能自行前往。布莱家的人见到你会很激动。

再穿上破衣服去讨饭吗？我说。

他们的家境没那么贫寒。

那为什么人人说我的父亲另有所图呢？

男人干的坏事里，有比为钱而娶妻更恶劣的，伊舅妈说。

像是什么？

伊舅妈没讲话。

像是什么？我又问了一遍。

我不想诋毁你的父亲，她说。我在这个家的地位和你没什么区别。

但你是弗格森家的人，我说。你不用依靠谁。

我是生活在弗格森家的人，我在这个家里不依靠谁，我的独立自主仅限于此。

但你可以想走就走。当你说你要出门旅行时，无人可以阻拦你。

假如我有一天回来，也无人会开门，伊舅妈说。

为什么？我说。

你不必倒打一耙才算背信弃义。只要不受嗟来之食，便等于犯了忘恩的罪。

我不懂，我说。

我听上去想必稚嫩得可怜。伊舅妈再度开口时，用的不再是逗弄的语气。罗兰，听好了，你留在这儿没有前途。

当然没有，我心想。我一直在和我的舅舅们商量去牛津的事，我说。

你去不成牛津，伊舅妈说。

为什么去不成？

因为没钱了，供不起你去。

我妈妈的钱呢？

财务上的事，你可以问你的几个舅舅。我只是提醒你。

是他们派你来传话吗？

我何曾按他们的吩咐行事，罗兰？

那你现在为什么跟我讲这些事？

（写到这里，我羞愧地记起，我讲话时带着哽咽的口吻。）

我喜爱你的父母，伊舅妈说。他们会欣慰，我一直待你不薄。

那样的话，我该怎么办？我说。我能跟你一起去科罗拉多吗？

假如我决定在那里嫁人，我要拿你怎么办？伊舅妈问。

正如那句话，心跳停止了一下。这说法虽然老套，但我的心委实停跳了一下。嫁人？我说。嫁给谁？

（结婚可以让你得到什么？有什么是一个男人能够给你而我不能的？你为什么要抛弃我？可惜我没有把这些话一一大声地对她讲出来。）

真想嫁的话，总会有对象的，伊舅妈说。

维克托舅舅和威廉舅舅会说什么？

我想你不会跑回去，把这个消息透露给他们吧？

不会，我说。但你不认为他们想要知道吗？

十七年了。我不可能守寡一辈子。

为什么不行，我心想，再多等我几年？伊舅妈几岁？令我惊讶的是，我从未想过那是个问题。这番倾心的交谈给了我勇气，我问起她的年纪。

比你大多了，伊舅妈说。

大多少？

我三十九岁，罗兰。

我十八岁，几乎已成年——我多想那样对她讲。多希望我可以做一番表白。可我没有，我怯懦地应了一声，哦。

————

三十九岁。还是黄口小儿。吉尔伯特常说，从二十世纪起，这个世界开始变得更好。眼下至少有些正面的现象佐证他的观点。人们停留在黄口小儿阶段的时间比六十年前长许多。

另一方面，吉尔伯特没有目睹我们的二十一世纪。迄今我们经历了许多坏事，这些坏事只会继续恶化。这个世界的好消息快到头了，所以也许我们将一起共赴末日，如同奥克兰的那位牧师不断警告我们的一样。在高速公路上看到他的宣传牌时，我记下那个日子。2011 年 5 月 21 日。让我们看看六个月后，世界会不会终结。

————————

1929 年 7 月 23 日

伊舅妈今天走了。赫蒂与我去车站为她送行。家里剩下
的人敷衍了事地道了别。埃塞尔和贝茜俩似乎真心为她的离
去而悲伤。她们好比这栋房子里的家具，只能眼看她们侍奉
的人来来去去。我觉得埃塞尔在这个家待的时间够久，不会
在意维克托舅舅的不悦。贝茜想必太年轻，不会相信她可能
要像埃塞尔一样，在一户人家干一辈子。

————————

我应该和你们讲讲我母亲写的那些故事。最近我会找一天把
它们重读一遍。说不定你们也会喜欢阅读那些故事。

我的母亲不是杰出的作家。甚至算不上是个好作家。她写的
全是爱情故事，讲同一个四处漂泊的女人，以及她遇见的不同的
男人。她给她起名桃金娘小姐。从故事里看不出她来自哪儿或要
去什么地方，但她总是身在旅途。

在一篇故事里，桃金娘小姐走进一家发廊，发现四条腿的家
具均以两条或三条腿立着。前后发生了什么事？是不是在这同一
个故事里，她邂逅了一名将要被处决的瑞典人，因为他偷了他同
伴的金子，并谋害了他？在那篇故事里，她的罗曼司不只是与那

145

个命运受诅咒的淘金者。找来为罪人灵魂祈祷的牧师也爱上了她。这两个男人谁也没有从相思病中解脱出来。

我一直认为家具比桃金娘小姐和她的恋人们更有趣。我记得我一整年想象我们的马只用两条或三条腿站立，那样会是多么滑稽。

桃金娘漂泊的主题想必取自我的曾外祖母露西尔。她和我当医生的曾外祖父马修从密苏里长途跋涉至加利福尼亚，他们在布兰科沙洲和杜奇沙洲住了两年，与矿工一起生活。但桃金娘小姐没兴趣当人妻。她独自上路，和凡是她所见到的男人攀谈。每个男人都倾心于她。在一篇故事里，一群矿工准备用朗诵《独立宣言》来庆祝 7 月 4 日，他们特别订购的文献没有从萨克拉门托如期寄达，除了桃金娘小姐，那儿有谁背得出宣言的全文？眼下，所有矿工疯狂地爱着她。在另一篇故事里，她与几名法国矿工讨论革命史，事后，其中一名矿工用法语为她写了一首诗。我不知道我的母亲竟懂法语。假如她懂，她绝对没有告诉我们。即便不懂，她也有够多附庸风雅的地方，供我的父亲嘲笑。

桃金娘小姐，若问我她有没有坠入过爱河，差一点，总是差一点，但随后故事便收场，她撇下心碎的人，动身去下一个营地或下一座小镇。我的母亲认为她给了桃金娘小姐美貌、智慧和自由。男人能给予什么她还没有的东西？但我的母亲错了。

我的母亲谅必也梦想过让几个人心碎。可事实上，她好比一件家具，一辈子不得不用两条或三条腿立着。创作那些小故事想必是她给自己贴金的方式。但不管可以贴多少金，她仍像一件旧家具。有凹坑和划痕。摇摇晃晃。有些女人不懂怎么使自己受到珍爱。

你要过得比我的母亲好，凯瑟琳。也好于露西。

————————

伊舅妈留给我一个纽约的地址。在西行前，她要先去探望她的一个表亲。过去十年里，这个表亲花了很多时间陪伴一位既是小说家又是音乐家的女人。是我听说过的人吗？我问。伊舅妈说没有，她认为没有。我们在车站喝茶之际，我探问更多有关她们的事。表亲克莉欧娜学过钢琴，曾想成为一名演奏家，可她练得太多，毁了她的双手。和舒曼一样，赫蒂说，伊舅妈说不完全如此。表亲克莉欧娜没有像舒曼那样发疯。关于另一个女人，伊舅妈讲得不多。

所以伊舅妈的人生不只局限在这个家里，她有我不认识的亲戚朋友，有在她看来没必要让我知道的往事。我真是个大傻瓜，一直以为她少不了我。

我也跟赫蒂谈起我的未来。我说，上学期一名教授告诉我，我也许有资格申请牛津给英属殖民地公民的奖学金，她听了以后回道，这个消息想必令我欣喜。我想提醒她，不管有无奖学金，我都非去不可，但她用忧伤的表情打断了我的话。

你很快也要走了，她说。我多希望伊舅妈和你都能留

147

下来。

赫蒂脸上的表情。她从哪里学来那样的表情？

后来。

和伊舅妈预先告知的一样，家里没有钱送我去英国。维克托舅舅说，他们一直谨慎打理我的钱，但连续数月来，经济波动大，母亲留下的财产大部分在小麦上，由于旱灾而亏损严重。当然他的意思是，我应该仍心存感激，因为我并非一无所有。

本已空落落的那个夏天变得益发空虚。镇上有的是姑娘，有的是舞会和野餐。舰队将抵达，带来更多新面孔的海军军官。但赫蒂与我，两个生活在我们年轻躯壳里的老人，将过着按部就班的日子。我因失望透顶而心在淌血。赫蒂因为爱而了无生气。

———

遥想大萧条前的那个夏天。它好比旧金山大地震前的晚餐。我的父亲喜欢讲那顿饭的事，讲他的母亲把一块烧得太焦的肉喂给家里的狗，让它安静下来，那条狗和别的动物一样，在地震来临前狂吠不止。地震过后，狗不见了。我的父亲想要搜寻它，但父母不准他去。那时他六岁。

我父亲的家族没传下许多旧事。与我母亲的家族正相反。人活得越久，越欣赏那些埋藏他们往事的人。

148

我的父亲几度说起那条失踪的狗。他的曾祖父在立陶宛当鞋匠。全家人省吃俭用，送他们的大儿子来美国。他在芝加哥的一家造船厂干了一年，然后加入1849年淘金客的行列，搬到加州。有关他的家族，我们知道的就那么多。约拉，你的身上有一点点立陶宛的血统。你应当知晓那个国家在地图上的位置。

谁没在大萧条中吃过苦？但罗兰做不到不往心里去。他像农夫的妻子一样，在小鸡孵出来前数着他损失的小鸡数目。我的母亲也是如此。像他们这样的人，永远看不到还有别的蛋，会变出别的小鸡。最漂亮的永远是那些不肯孵出来的小鸡。他们抱着无法孵化的蛋不放。

也许正因为那样，他们都想要写书。

我的母亲常拿话逼得我怒不可遏。日子过一天少一天，她会一边洗碗一边说。少在谁的身上，或什么东西上？我想问，可她仅是自言自语，即便我就在她旁边，正在擦干盘子，她也对我视若无睹。她是那种最可恨的悲观主义者。不是玻璃杯里的水半空或半满，而是装了毒药。她问自己的问题是：有没有足够的毒药可以杀死一个人？

我的父亲在别人面前取笑她，情有可原。不然他怎么经得住她的悲观？他起码能从她的不快乐中得到一点东西。

我惊讶于谋害彼此的夫妻寥寥无几。至今我仍不能相信我的父母没那样做。上小学时，我以为他们兴许就会走到那一步，但我不确定下杀手的会是谁，或他们会怎样行动。用储物棚里的斧头或一段绳子，还是用我们橱柜里的老鼠药？枪？有一次，我的父亲不得不射杀一匹在夜里逃出去、吃了一整袋燕麦的骟马——它腹胀得没有其他办法可以解除它的痛苦。但我的父母有胆量犯下的唯一的罪是继续维持他们的婚姻。她先认输，但她实施了报复。要忘记一个人，有什么办法比在他面前死去更好呢？他孤苦伶仃地多活了若干年。当他刻薄的对象不在后，他注定只能记着她。

从这件事中给你们一个教训：只爱一个人是愚蠢的，但更愚蠢的是只跟一个人过不去。假如想刻薄，最好对许多人刻薄。我认识相当数量的人，男女皆有，他们跟我的父亲一样。对所有人友好得很，只对一个人除外——这个人有时是配偶，有时是孩子，有时是朋友。

————

1929 年 7 月 24 日

皮尔金顿少校的侄女今日抵达。将举行一个欢迎她的舞会，成箱的香槟随她的火车一同抵达。这个在几小时内不胫而走的小道消息，让人想起这座城镇没有一点拿得出手的东西。可想而知，在纽约，或在皮尔金顿的侄女居住的阳光明媚的加利福尼亚，生活是另一番面貌。

————

这是罗兰第一次在日记里提到加利福尼亚。我不确定那位年轻的女士可以完全代表我们。我没那个福气，在出行时带着成箱的香槟，但我不想与叉尔金顿少校的侄女互换身份。有些女人虽然既不漂亮也不聪明，但运气更好。运气，要我说，乏善可陈。

我喜欢构想罗兰在这个年纪时的模样。稚气未脱！假如我请你们想象一下十六岁时的我，你们极有可能说，有什么意义？

什么意义？因为你们源自那时的我。你们也源自他。

今早简在抱怨，她能记得的全是她十岁以前和八十岁以后的事。中间那七十年去哪里了？她问我。

也许那七十年是虚度的，我说。

不对，并非如此，她说。

也许那七十年无关紧要。

今天下午，我从窗口俯瞰外面的街道，想告诉那些趾高气扬四处走的年轻人或中年人：等着吧，有一天你们会意识到，你们经历的这些岁月将无足轻重。

————

1929 年 7 月 26 日

昨晚参加皮尔金顿家的舞会。镇上的人几乎都去了。见到皮尔金顿小姐。发现她令人大失所望：没什么姿色，庸俗地喜欢卖弄，不过她的牙齿倒是洁白发亮。

有个人寸步不离赫蒂，我没听清他的名字，但他是英国人，来这儿度假。我本该感到轻松，但事实是，在赫蒂第一

151

次被人一把带走时，我心情沉重，像个失恋的人，望着舞池。

舞会上的大多数年轻人将留在新斯科舍省。他们将继承家业、结婚生子，他们的孩子将来也会这样。是我太不安分吗？是的，可一个人得先有点自己的本钱，才可享有不安分的权利。天资，或财富。这些东西是前提。

后来。

要不是有伊舅妈的电报，我会怀着百无聊赖的心情过完今天。她问我想不想去纽约。我不禁觉得，她一定真的非常疼爱我。她不可能仅是看在我父母的分上而这么做。

———————

有一段时间，我认为我会游历这个世界的很多地方，但莫莉出生后，我明白那些地方得等一等，晚一点它们才能迎接我。

接着露西死了。

凯瑟琳，露西死后过了几天，你的父亲提出把你带回阿拉斯加，交给他的父母，或把你送人收养。我们从未告诉过你这件事。我相信他的父母根本不想要你。

有一阵子，每年在你生日时，我们都寄一张你的照片给史蒂夫，他寄给我们一张支票。五十美元。有时少一点。几年后，支票断了。我说我们应该别再寄照片给他，但吉尔伯特说，我们不应扣押你的照片当作交换条件。我说，那样做好像是我们在利用你可爱的脸蛋向他讨钱。结果一封信以无法投递的理由被退回来，争论就此结束。

凯瑟琳：昨天我说你的身上有罗兰的因子和我的因子。你的身上还有你父母的因子。"你的母亲露西"——我从未响亮地讲过这话。我也从未讲过"我的女儿露西"。她永远就只是露西。

起码在你读到上面这些话时，我已经死了。

露西刚死时，我考虑一走了之，再不回这个家。不是因为我不爱我的孩子，而是杂了莫莉以外，他们都已到可以没有母亲的年纪，至于莫莉，她有一位称职的父亲。吉尔伯特对他的孩子没有偏心。每个人都拥有他全部的爱。我不是那样。爱犹如储蓄账户。你存一笔钱，把这笔钱用在各种地方，偶尔在你最意想不到的时候减去一笔金额。虽说有利息，但利息微不足道。在露西死前，这个账户基本收支平衡。但露西死了，账户里的钱被掏空。这样一来余额为零。

我向我的妹妹玛戈询问机票事宜。她的丈夫拉尔夫在旅行社工作。我打电话给她。她讲的第一句话是：你也打算逃跑吗？我告诉她，我需要静一静，她说，露西尔在去澳大利亚前就是那么讲的。

我生露西时，露西尔和玛戈前来探望。露西尔与我不亲。事实上，玛戈总是怪我逼得露西尔去国离乡，放弃原本的生活。不管怎样，那个故事改天再说。

露西五天大时，露西尔感谢我给宝宝起这个名字，与她的名字同源。不客气，我说。我沉浸在喜悦中，所以懒得指出，在我们家，每一代人中都有一个女孩以曾外祖母露西尔的名字来取名。

接着她又说，你一个人独占母亲留给我们的东西，这样不对。

我吃了一惊。当时我们的父亲仍健在。我告诉露西尔，我们的母亲没留下任何东西。

你在她衣箱里找到的那些稿纸呢？露西尔问。

我们的母亲去世时，我十六岁，这对双胞胎十三岁。我想她们没必要阅读我们母亲写的那些故事。现在我仍觉得没必要。

父亲把它们烧了，我说。连同她朋友寄来的那些信。

你撒谎，露西尔说。我问了父亲。

事实上，我把它们烧了，我说。

她告诉我，我无权毁掉我们母亲留给我们的任何东西，我说她没把那些稿纸留给我们，我猜想她会感激我把它们烧了。你不知道母亲想要什么，露西尔。我说，我比家里任何人更清楚她的心愿。我们争执不休，玛戈试图劝阻我们。最后，她与宝宝露西一同哭了起来。那次是露西尔和我最后一次吵架。她出国，最终定居澳大利亚。她寄明信片和信给她的每个兄弟姐妹，除了我。她在那儿成了家。玛戈十分想念她，去那儿看过她几次。

最后我没有逃跑，因为你，凯瑟琳，成了家里最新的一员。我一点不后悔那个决定。但试想，我本可以周游世界，去敲露西尔的门！

咚咚。

是谁。

莉利亚。

哪个莉利亚。

从加利福尼亚州瓦尼西亚来的莉利亚·利斯卡。

最没想到会出现在她门口的人。她可能以为我是鬼。或许我们会一起开怀大笑。说不定听到露西的死讯，她会哭。但露西尔与我一样铁石心肠。我们不以泪洗面。

要是露西尔与我不生在同一个家庭就好了。我们会尊重彼此。我们会阻止彼此干傻事。但知交身上的最佳品质，在姐妹身上变得最难容忍。或在孩子身上也一样。

好啦，我没有逃跑。直至在玛戈的葬礼上我才又见到露西尔。我不该说我这辈子没什么后悔的事。露西尔是个遗憾。迟早有一天，他们会捎来她的死讯。

我不知道她对我是不是也作此想法。我们谁也不会讲，现在不管做什么都太晚了。我们只会说，事实如此。

后来。（我喜欢罗兰动不动用这个词。）

我一直没旅行是个遗憾吗？朱莉每年报名一个国际观光旅行团。朱莉比我没小几岁。每次回来后，她给大家看她的照片。假如我意志薄弱点，我会像那些小妇人一样，坐在她旁边，哦呀——啊呀，惦记着这个世上我们错过的所有地方。

但我没兴趣和其他三十个男人女人坐在一辆长途汽车上，他们个个已一只脚踏进坟墓。我没兴趣被人领着、赶着，走过圣彼得堡、巴塞罗那或凯里环线风景区。不，那样的旅行不适合我。游历世界应该只找一个旅伴，并且去的时间之久，使整个行程不再仅是度假。假期如梦，但就算再美的梦也有终结。

凯瑟琳：吉尔伯特与我力所能及地让全家人的假期与平日不同。即便只是在俄罗斯河畔或托马勒斯湾亦然。这些假期犹如美梦。但愿你也那么觉得。

我们第一次开车去俄勒冈时，露西指挥她的弟弟妹妹在我们快到州界之际倒数。像跨年似的。没有一个十一岁的女孩比那天的她更标致动人。她脸上的表情如此开朗，没有一丝郁郁寡欢。无人会相信那个女孩会做出自残的事。我多希望我们可以让她永远保持那样。

不是说我不欢迎你的降生，凯瑟琳。但一个母亲的心好似加了酵母的面团。只可能有一个时刻是最理想的。那天，望着露西，她如此标致、活力四射，我心想：这就是幸福。我别无所求。

现在我的心是不再新鲜的面包。适于丢在窗台上，给任何贪食的鸟儿。再过些时候，这颗心会硬得像石头，可以用它来打昏入室的盗贼。

那次旅行是我们第一次去别的州。吉尔伯特一边开车、一边咧嘴笑着，像一头年迈的熊。这日子，不管让我当什么国王我也不换，他大声说。

但没有国王会对他和在他身后反复喊着那话的他的一窝孩子感兴趣。他不起眼的幸福。

我相信罗兰不理解那种幸福。他从未有过那种幸福。他会说他根本不想要那种幸福。但那样好比是声称你从未尝过的食物不值得一吃。

156

————

1929 年 8 月 2 日

　　无需细述上周发生的事。辜负他人的宠爱比辜负他人的养育更罪大恶极。值得称道的是，我泰然地忍受羞辱。

————

　　世人很少理解一个写日记的人的无私精神。我一生中所有难堪、沮丧、屈辱的时刻，均可在我的日记里找到。就算生活中的我并不总是诚实，纸上的我始终如此，诚实是我与我自己之间的协定。谁能否认，阅读我这些话的人——一个走到类似人生关口的年轻人，或一位怀着渴念、最后一次回顾青春的上了年纪的人——不会有片刻惺惺相惜的亲切感？

　　我人生的成就是在小小年纪时养成了跟自己对话的习惯："瞧那个人，他长得跟你一模一样，过着和你一样的生活，但表现得比你愚蠢许多。幸好你不是他，你不高兴吗？"区分一个人的自我和外在，随时做好嘲笑后者的准备，永不动摇对前者的关爱——这几样本领对我大有裨益。——罗兰·布莱，1989 年 3 月 26 日

————

让我们原谅罗兰的虚张声势。让我们细细品读它。不是每个男人的虚张声势都值得敬佩。许多男人对此投入满腔热忱。犹如女人炫耀她们的珠宝一般。不管那些宝石和珍珠多么昂贵，你瞅一眼，想对她们说：没有它们，你们该怎么办？虚张声势的男人也一样，好比那些在台上把他们的肌肉扭得变形的健美运动员。

但罗兰不是。他的谎言像量身定做的西装。谁会忌妒一个把谎言讲得如此冠冕堂皇的人？

————

1929 年 8 月 8 日

　　纽约。昨晚，我抵达格林威治村时已近十点。似乎没有人在睡觉，但一些老头子和一些幼童倚在路灯柱上或瘫倒在门口。有轨电车、高架列车、出租车和各种年纪尖叫的人：眼前的情景令我笑着想起，在家乡，我们担心一条计划经过镇北的新铁路支线会吵得我们无法安宁。

　　伊舅妈为我订了行程，利落高效得和她安排她自己的出走一样。我为我能证明自己遇事不慌而感到欣慰。她清楚我在家乡不得不面对的阻碍。她没问，故无需大肆宣扬我的勇气。（此外，我让我的离去在赫蒂和杰拉尔丁舅妈听来像是临时起意。具体怎样，也无需细说。）

克莉欧娜表亲和她陪伴的那位女士——森博基夫人——计划下几周去海边小住。我的工作是照看她们的鹦鹉科特库。

今早我才与这两位女士碰面。意识到她们也许是我日后可以利用的首批真实的人物，我以小说家的眼光打量她们。

森夫人看上去一点不像外国人。她像从乔治·吉辛的小说里走出来的人。她穿着一条灰绿色的连衣裙，质地和样式难以名状。她不年轻。克表亲也不年轻，穿得也不合潮流，但看上去没她的女主人那么古怪。克表亲待我热情，但话很少。森夫人仿佛一直在谛听某种我们其余人听不见的音乐。

旁边有这两位奇女子，伊舅妈在我眼中失去了少许光彩。也许是纽约这座城市的影响。有多少小地方的恋情在迁移到大都市后仍得以幸存？

————————

亲爱的读者，为和这次纽约之行做对比，我强烈建议你们看一下 1969 年 5 月 11 日的那篇日记。当天，我陪两位来自莫斯科大剧院的苏联艺术家去探望森夫人，祝贺她的百岁寿辰。西德尔，森夫人最后一位在世的亲人，因病得太重而无法前来，她安排我代她完成这项任务。在远离公众视线多年后中选，身后跟着一个摄制组——我可以这么说吗，比起一个没见过世面的年轻人首次远征纽约，那次是更风光的时刻？——罗兰·布莱，1989 年 3 月 27 日

———————

　　我欣赏这两个女人。首先，她们寡言少语。

　　今天中午吃饭时，八楼的两个傻瓜插到我们桌上来，就节食的心理特征大发议论，唠叨个没完，他们共同提出六七套理论，我没继续数下去。学问多得足以要了任何妻子的命。不管怎样，他们一个劲儿地啰哩啰嗦，于是我切开一个小圆面包，给其中一半涂上黄油，另一半没涂。喂，我对他们说，请给这个面包做一番透彻的心理分析。

———————

　　后来。

　　早饭后我去散步。街上的人一副胸有成竹的模样，水果小贩将他们木箱周围的空间划为自己的地盘，行人脚步匆匆、目标明确。但他们汗津津、疲惫的面孔让人觉得，不管他们做什么，或不管他们是什么样的人，一切只是暂时的。他们将来的命运会怎样？我将来的命运会怎样？

　　纽约宛如一个芳华已逝的娼妇。没办法揭去这层衰老的、既油腻又肮脏的外壳，看到这座城市最初的原貌。有没有一座大都市可以保持处女之身？我还没去过巴黎，它始终令我心驰神往，但它具有的是一个不会变老的名妓的魅力。

由此我想到去年夏天去纽芬兰的露营之旅。威廉舅舅的一个朋友，正职工作是在人的牙齿上钻洞，业余爱好地质学，他叫我陪他去搜寻一个小湖。在经过一天的长途跋涉后，我们找到那个湖，与他先前根据当地人的描述而推测出的位置相去甚远。他打算给它取名哈丽雅特湖，他说。为什么叫哈丽雅特湖，我一边问，一边心想，这个肯定是他妻子或情人的名字。他解释，他是按字母顺序，并告诉我，他给他上一个发现的湖取名格奥尔吉尼亚湖。

想来，三生有幸的话，也许可以发现一个别人看不见的这座城市的裂隙。克瑞西达裂缝。鲍西娅洞。

一个年轻人不管什么时候到纽约，总是迟了一点。好比来见一个心上人。而她早就嫁于富豪，为他生儿育女，现在是继承了亡夫财产的遗孀。你甚至没机会在宴会上怯怯地朝那些家族成员走去，介绍自己是他们的一位乡下远亲。哪个看门人会让你跨过那道门槛？

后来。

难以想象克表亲和森夫人怎么在这栋房子里消磨时光。它不是一栋单调乏味的房子，里面摆满各种奇怪、没用的物品，一个铜佛像头在伞架后面做深思状，一块辨认不出刻了什么的牌匾正面朝上，放在窗台上。钢琴上方有一幅镶框的素描，画的是一个男人，秃头、表情忧郁。成叠的乐谱堆在琴凳上。一面日式屏风——厚重的金色背景上用令人不安的笔触绘以看上去更厚重的群山——将起居室一分为二，使那

161

个房间给人感觉益发昏暗、拥挤。饭厅、走廊、楼梯平台和安顿我住的小客房——目光所及之处，看到的东西都更适合陈列在博物馆或坟墓里。屋内一尘不染，但岁月留下抹不去的印痕。

想象和一个如赫蒂那样的妻子在这栋房子里变老。

或不管什么样的妻子。

———

你真想象过这件事吗，罗兰？

赫蒂是给你结婚成家那口棺材所垫的品质绝佳的丝绸衬里。天天有人给里面的物品掸尘。这些物品无其他用途。花瓶里永远插着鲜花。那个家里还能塞得下什么？这些事我不必想也知道。想象这项活动最好留给你看不清的事。而我对你的婚姻看得一清二楚。

我无法看清的是，你怎么从旧金山的那个罗兰变成结婚的罗兰。我不知道你自己是否了解其中的转变。

———

以下是森博基夫人的故事，故事的梗概，部分是我从伊舅妈处听说的，剩余是我拼凑起来的。伊丽莎白·纽金特出生在爱尔兰，母亲是英国人，父亲是盎格鲁-爱尔兰人。和但凡有意思的人一样,她是孤儿——虽不是幼年失怙,但岁数仍小,必须由一位监护人负责照管,两人不合,她反抗监护人的那股劲头和人类历史上任何一次革命所需的热情相当。获得独立后,她前往欧洲大陆,在布拉格学了几年音乐。她在那里认识了米洛斯·森博基,一个比她大三十岁的男人——一位波兰的革命党人,不久将被流放到西伯利亚,但在被流放以前,他使他的女门徒相信,她对他的革命事业和他的个人幸福负有崇高的义务。当时已改名莱丝·森博基的伊丽莎白·纽金特没有跟随丈夫一起被流放。相反,她搬去莫斯科,先是当英语家庭教师,到头来开始出版用俄语写的短篇和长篇小说。不过她的文学事业因收到米洛斯·森博基的死讯而中断。森博基夫人返回英国,继而回到爱尔兰,1912 年,她从爱尔兰移民美国。她定居于纽约,在同一栋楼里住到一百零二岁过世为止。

据闻马克西姆·高尔基曾将她的作品引荐给列宁。1917 年后,托这两个男人的福,她的书被誉为逼真地刻画了欧洲大陆的革命者、宣告了人类共产主义的未来,因此变得畅销,成为苏联学校教授的课文。——罗兰·布莱,1989 年 4 月 4 日

1929 年 8 月 10 日

今天,森夫人和克表亲去海滨度假了。伊舅妈已订好去芝加哥的行程。她说,既然她已见过克莉欧娜,知道一切安好,她没有理由继续留在这儿。

她怎么会有事? 我问。

要知道，有的人一辈子注定只有一项作为。一旦他们在那方面失去前途，他们的人生将找不到方向。

她不像是没有方向的人，我说。（森夫人创作声乐套曲，但不是为了发表或拿来演出——我在与克表亲的一次交谈中获悉这件事。她们一起办了一个音乐社，教职业妇女和身无分文的少女。）

你不认识以前的她，伊舅妈说。

我不知道我是不是那种只能有一项作为的人。假如写作这份职业没有让我名利双收会怎么样？可名利双收的可能性有多少呢？不可能的事照样发生——火车会脱轨，去牛津的前景会成泡影，但那些事不在一个人的掌控之内。形诸笔墨是我能够做到的。我绝不可抱着认输的心情去做。

克表亲对我疼爱有加。她在某个亲戚的婚礼上见过我父母一次。论岁数，他们不是现场最年轻的，她说，但他们看上去最青春洋溢。好像一对从波希米亚民歌里走出来的恋人，她说。

把他们想成两个从音乐盒里迸出来的跳舞的人……假如他们是那对童话般的恋人，他们会永远地跳下去，这个世界不会迎来罗兰·布莱的降生。

一个人可以幻想自己的父母是处子吗？这问题一旦提出，不能收回。我的父亲婚前肯定有过别的女人。想到这里，我心生焦虑，尤其因为我还看不到有何办法可以改变我身为处子的命运。

把人区分归类的办法无穷无尽。若看电视新闻或读报纸的话，你会发现人们无时无刻不那么做，当他们用尽现有的类别称谓后，就会发明新的。越多越热闹，越自以为聪明。但迟早，这些称谓将多到把每个人与每个人区分开还绰绰有余。接下来怎么样？我们人人举着自己的名号，没有两个是一样的。每个人都有理由谴责其余世人。也许到那时候，我们会实现吉尔伯特所相信的全世界的人可以团结起来。如果我们不能在相亲相爱的基础上团结，那么只能靠恨了，不是吗？

　　讲一个我保证更有趣的事。我把人分作两类。一类人，我能想象他们做爱的画面，我会在我想这样做时这样做。另一类人，我想象不出他们有浪漫亲密的举动。

　　和罗兰一样，我从来无法设想我的父母同房。孩子惯于在他们的想象中否认他们的父母有此类行为。我指的是，那些仁厚的孩子。

　　可我有一件不为人知的乐事。到了一定年纪——十二三岁时——我开始给我的母亲编造风流韵事。你知道多少小姑娘幻想有年轻男子追求她们吗？我常在我的活动范围内四处为她物色情郎。牧场的帮工、邮递员、推销员、店员、教师。一直编到她将密谋与那个男人私奔为止。我不再继续往下构想他们入住某地的一家旅店或在另一座小镇安顿下来。

也许我给我的母亲编故事，和她给桃金娘小姐编故事如出一辙。我大概在找寻一条途径，让她可以走出她的婚姻（也走出我的人生）。但我所编的故事仅存在于我的脑中。把故事形诸笔墨后，总会有像我这样的人阅读它们。有时是在违背本人的心愿下。

这些留给你们的札记不同。我知道它们是写给谁的，将来谁会阅读它们。

我可以不费脑筋地想象我的弟弟妹妹结婚后的画面。即便是在他们的卧房内。这儿挂下一条腿，那儿丢着一件内衣。不过除非有人拿枪抵着我的头，否则我不会想得那么远！人不应当把想象浪费在每个认识的人身上，除非委实心理变态。我心智正常。

我对幻想罗兰与赫蒂上床的事没多大兴趣。那过程想必漫长、沉闷。如同我八十岁生日时莫莉坚持要我品尝的主厨特选套餐——以其"精美的摆盘和充满诗意的细腻口味"而著称！我凭借强大的自制力才忍住，没问侍应生有没有老人死在他面前过。"史密斯先生在吃一个水煮鹌鹑蛋时心脏病发。""史密斯太太被一块烟熏洋蓟噎住，没救活过来。"精彩的讣告素材。

主厨特选套餐不是一顿让人享用的美食，而是一次让你保持头脑敏锐的训练。为了不打瞌睡，我一个劲地夸赞那位侍应生的行头。他穿着一件白色外套，系了一个黑蝴蝶结领结。我穿了一条带白领子的黑色连衣裙。我说，要是我年轻二十岁，我会跟他私奔。他问我会不会准许他和别的女人调情，我说，只要他不介意我和别的男人调情就行。当他又端了一道新的菜回来时，我找到一张我从报上剪下来、藏在我手提包里的分类广告。读一下，我对他说，他说他没带他的老花眼镜，于是我大声把那条广告念出来。"选我吧，狐媚、性感的老妇人，受过良好教育，健康、活泼。穿着干净整洁、优雅得体，诚觅一位绅士，一百岁以下，无感情包袱，经济宽裕。对我不得有二心。若要与别的女人调情，烦请不必应征。我的心态是习惯被人追求。"那名侍应生说他不合格，我说，那个女人不是我。我俩一致认为应该祝她好运。从头至尾，你能听见莫莉在算着要多给多少小费，用她事后对我讲的话来说，补偿"那位彬彬有礼的男士不得不忍受的持续、无休止的骚扰"。

哦？我心想。也许从今以后，她对点主厨特选套餐会三思而行。

话说回来，我跑题了。不，一旦罗兰和赫蒂调暗卧室的灯光，他们之间无论发生什么，我一概不感兴趣。但我倒是很想看看他们吃早饭的场景。赫蒂搅着咖啡——我猜想，每天早晨她会数到同样的数目，二十下，三十下，然后拿起杯子喝咖啡——罗兰，他会向她道谢，感谢她为他准备了他面前的一切，在整个用餐过程中数着自己讲了几句话。一旦讲得差不多够数，他便会翻开报纸。

念及他的情人时，我喜欢想象她们在他床上的样子，但不管是谁，罗兰对她们的描述不超过一两句话。有几个现在想必早已亡故。但年轻点的几个可能还活着。无论是死是生，她们都要感激我，因为我想象的她们，停留在她们最好的年华，而且是通过一个情人的眼睛所看到的。

————

后来。

当晚，伊舅妈说，如果有什么想知道的事，尽管问她。谁晓得我们下次会何时相见？她说。赫蒂为我送行时讲了类似的话。为什么女人喜欢用这么戏剧性又消极的口气说话？连伊舅妈也不例外，如此多愁善感。

我要跟你去西部，我说。

不，别这样，伊舅妈说。

那我干什么呢？我问。离家前，经过争吵恳求，我和维克托舅舅及威廉舅舅就我二十一岁前管理我名下的部分财产达成协议。

留在纽约。在这儿给自己找一份有前途的事。

伊舅妈给了我一张我可以联系的人的名单。她还建议，不妨和布莱家联系一下。我答应会对她要我做的事——照办，但一个年轻男子所做的许诺有时永远不会兑现。

今天森夫人和克表亲发来一封电报。森夫人的一位远亲，西德尔·奥格登太太将造访纽约。我可否腾出时间，以防万一她需要有人接待？想到来纽约不足一个星期，我已能做东，令人振奋。

———

你们可以从这页一直往下读，读到最后，你们的感觉可能仍和我一样——我想象不出西德尔作为罗兰情人的样子。但愿这么讲对你们来说不是泄底。没错，西德尔和罗兰当了若干年情人。

露西死后，我向图书管理员安德森太太询问一位名叫西德尔·奥格登的诗人。她找不到任何署名西德尔的诗作。我又问我的邻居霍利的女儿，她在读研究生。罗兰提过一次西德尔的名字，但直到很久以后，我卖了这本书，才知道她的故事。

露西死后，我周围的女人——妹妹玛戈，我的姻亲、朋友和邻居——她们个个想方设法讲恰当合宜的话。但恰当合宜的话往往是最没用的。当时我寻思西德尔会说什么——罗兰口中的她听起来不同寻常。

霍利的女儿在大学图书馆为我找到一本书。某个女诗人的传记，现在我想不起是谁了。她似乎比西德尔有名得多，但连那位女士，霍利的女儿说，也已经过时，没人再读她的作品。

诗人不像电影明星。如果罗兰与琼·芳登或琼·克劳馥有过一段情，他会千古留名。但他没找对情人。他对西德尔的这种专一不可思议，仿佛无人能与她相提并论。因此他选的其他女人是他能够轻易忘记的，让她们像歌舞队一般在西德尔身后又唱又跳。

那本传记里有几张插图，展示的是那位女诗人做的一本关于她朋友的剪贴簿。有一页介绍西德尔，六幅照片。我本该拿着那本书去复印店，请他们为我把那一页影印下来，可当时我太自傲。我不想觉得自己对西德尔念念不忘。现在我后悔了。

我不记得那位诗人的名字，所以我无法告诉你们查找的线索。一条教训：眼下劝自己舍弃的东西，有一天可能正是你想要的。我没有许多可传授的教训，所以每当我提出一条时，敬请注意。

由于眼前没有照片，我能告诉你们的仅是我记忆中的西德尔。在一张相片里，她抽着烟，留着黑色的短发，身穿一件男式外套。另一张里，她穿了一件带毛皮领子的黑色长袍，袍子外面覆了一块毛皮披肩。眼睛深邃，鼻子狭长，下巴尖尖的。一个精明的女人。其他照片是与朋友等男男女女的合影。没有一张照片里的她是笑着的。

她美吗？有些人可能会这么认为，但我不关心那个问题。我的难处在于，我可以想象罗兰端给她一杯葡萄酒、为她取来一件毛皮大衣或帮她点烟的画面。我可以想象他与她在公园散步或一起坐出租车的画面，我也可以想象他对她低声细语，一如好莱坞老电影里那样的场景。但不管我怎么努力，我无法想象他们上床的画面。

西德尔脸上这种凌厉的表情甚得我心。我有着类似的表情。我们农场的一位帮工老容尼常说，男人在娶我以前得先去铁匠那儿买一副盔甲。我那时顶多七八岁，否则我会狠狠踢他。你自己照一下镜子，他说。你看每个人的神情，好像你要扑过去、杀死他们一样。像狮子吗？我问。像豹，老容尼说。

从那时起，我开始仔细照镜子。这辈子我对自己的面容了如指掌。

在我们第二次约会时，我把老容尼的话讲给吉尔伯特听，吉尔伯特大笑。你不是一头豹，他说。你是一只小猫。他多么真心实意地让自己受骗。有时我觉得我怪想念他的。

————

1929 年 8 月 16 日

伊舅妈又一次走了。现在我怀疑我对她所谓的痴情仅仅是生活在埃尔姆塞宅反常的氛围下而产生的。如果神明之手把我们抓起，放回到那儿，我会不会仍对她痴心一片？

过去几天，和她相处时，我感到一种以前没有过的让人卸下防备的自在。我们四处游玩，对整体世界而言，我们同等无足轻重，但在我们自己的天地里，我们是同等的主角。这么看来，我们无异于两条身处两个小碗里的金鱼，暂时被并排放在一起。

望着伊舅妈的火车启程，我想到安娜·卡列尼娜。任何火车、任何月台都使我想起恋爱的恐怖。有一瞬间，我想问我旁边的那个男人，他是否有过相同的念头。

————

我和西德尔渐渐熟络后，这个关于火车站的问题出现在我们的一次谈话中。不，她从未想过安娜的死有何恐怖之处，西德尔说。假如安娜留在世上活下去，那样才恐怖。她又讲了一件在康斯坦斯·伽内特的乡间别墅遇见她本人的轶事。康斯坦斯·伽内特透过厚厚的镜片窥视每个人。如果有人不知道她是谁，西德尔说，她看起来谅必和她院子里的南瓜一样慈祥木讷。——罗兰·布莱，1989 年 4 月 5 日 [1]

————

后来。

我应当记下几天前伊舅妈和我的谈话，但首先，我要提醒自己这句不久前我在读书时标记出的话：

Prosperum et felix scelus virtus vocatur. *【＊成王败寇。】

我向伊舅妈打听那些过去在家时从未讨论过的事，尤其是我父母的事。

你父亲出身不错，伊舅妈说。惹恼你几个舅舅的是他过分单纯地以身为美国人自豪。

他是个头脑简单的人吗？我问。

不，一点不简单。但你瞧，问题就在那儿。在你的几个舅舅看来，美国人最大的毛病是他们有时坚持他们的美国性，仿佛它具有魔力。

你认为他有那个毛病吗？我问伊舅妈。

————

[1] 康斯坦斯·伽内特（Constance Garnett），十九世纪俄语文学的英语译者。也是《安娜·卡列尼娜》的英译者。

172

任何单一文化背景下的人免不了染上一定的傻气。像你我这样的人——你知道我母亲一方是美国人，两个种族的混血儿更善于保持不疑精神。

我不知道伊舅妈的母亲是美国人。所以你打算去美国，去看你母亲那边的家人吗？我问。

我和他们分离得太久。现在他们更像是陌生人。

我应该把布莱家的人当成陌生人吗？

你应该试图与他们建立联系。他们中也许有一人能够帮你。但别抱太高期望。他们不认同你的父亲。

因为他娶了我的母亲吗？

因为他一辈子尽干没用的事，一无所成。你应当小心，别像他那样，伊舅妈说。

我尽量不露出受伤的表情。每个儿子都要接受这样的教诲，不要重蹈父亲的旧路吗？伊舅妈是在代我的母亲这样做吗？

下面是伊舅妈告诉我的故事：父亲和母亲相识于皇家港，正值法国人庆祝在那儿建立殖民地三百周年。当时母亲还在上学，随她的合唱团从哈利法克斯一同前去。父亲从美国越过边境而来，因为那时候他没别的事可干。他怎么独独挑中她，令她倾心于他，只有上帝知道。回到家后，她告诉她的几个哥哥，她计划去美国，在康奈尔大学攻读梵语学位。

你的几个舅舅均不理解。接下来发生的事，如你所知，一场无人赞成的婚姻，还有一个孩子。你应该庆幸，那次旅行他们没带上你。

他们把我留在哪儿？

留给在伊萨卡的一个保姆。我们立刻派人去接你。布莱家过了一阵子才收到消息。他们丝毫没表示想把你要回去。

伊舅妈没有告诉我很多有关她自己婚姻的事。穷极思变，她讲的仅此而已。我必须牢记那句话。

————

我时常纳闷，伊舅妈为何在新斯科舍省那个家待了那么久。是的，确实，她得抚养她的女儿，但她可以带着她们一起嫁人。有志者事竟成——我喜欢把她想成是那样的人。罗兰根本没考虑过那问题。他想的只有他自己。那是阅读他日记的一个缺憾。随便翻到哪页都有疑问。那本书被填得满满的，犹如一座拥挤的城市。但碰上的各种疑问，早晚变成无解之谜。

伊舅妈的命运如何？从这本书余下的部分里可获知的不多。罗兰没忘记她。否则他不会把写她的那几篇日记保留下来。但他记住，并把她写到日记里，原因是她使他显得像个耐人寻味的小伙子。她是个耐人寻味的女子。这一点，他忘了。

————

1929 年 8 月 20 日

闷热的一天，是那种我从以纽约为背景的小说中了解到

174

的夏日。体会某种早已通过文字而为我所知的东西——说来奇怪，那效果削弱了。

此刻，我正坐在比尔特莫酒店，等着奥格登太太。这家酒店的宏伟气魄与我想象的一点不差，正因为如此，我觉得我应该感到失望。我尽管心高气傲，但并不认为自己具备一流的想象力。（一流的观察力，我可以承认有。）我纳闷，莫非这整个世界是一件二流的产物。

后来。

与一位令人难忘的女士度过了一个令人难忘的夜晚。

奥格登太太可以称得上貌美吗？我对自己的判断没什么把握。天生丽质的女人往往表现得像华冠丽服的吉娣。有多少女人能在举手投足间表现出像奥格登太太那般惊人的从容自若，一个衣着普通而引人注目的安娜？

我们喝了茶。奥格登太太问我有关我的家庭和出身背景的问题。我给我的故事稍加润色：父亲和母亲违背双方家人的意愿而结婚，我从小是孤儿，现在的我，自己出来闯天下。我没有讲我是一个在纽约看不到前途的人。在奥格登太太问我有何打算时我说，见一点世面，并写写东西。我回答的语气仿佛我是除却了优柔寡断的哈姆莱特，或添补了愤世嫉俗的堂吉诃德。我甚至拿有一天我会写出的那些书开玩笑。

奥格登太太还向我问起克表亲和森夫人的情况。我相信，我像杰出的小说家描绘他心爱的人物那样描述了她们。我深情地模仿她们的鹦鹉。我额外讲了几句有关伊舅妈的话。和托尔斯泰一样，不漏掉任何一个细节。

喝完茶后，我们上到楼顶，在花园里漫步。我努力显出满不在乎的样子。（可当赫蒂读到我信里的这种颓废情绪时，她会作何想法？）

亏他们想得出来，以为自己是在这儿建造卢浮宫，我说。我没去过卢浮宫，但我认为这句评语世故老成。

我们需要记住，卢浮宫本身不是在一夜之间建成的，奥格登太太说。凡是我们视作理所当然的东西都生于毫末。

当即我后悔自己出言太轻率，但奥格登太太放过我，没作进一步评论。她不以让人下不了台为乐。她不用那样做，因为无论谁，在她面前已经感到窘迫。

她提议我们星期四再见。她不像克表亲或森夫人那样乖僻。在这座城市，她肯定有的是可以见的人。为什么找我？为什么还一而再？

————

这一点我与罗兰不同。我绝不会问那个问题，为什么轮到我？

没有法律禁止灾难降临在你头上。反过来，也没有法律禁止幸福落到你头上。换一个当母亲的，处于我的境地，也许会因一个孩子的死而恸哭：为什么是我？真正的问题是：为什么不是我？

176

凯瑟琳，你听过你的外祖父讲述在联合国大会上邂逅我的事，我们认识后的那周，他上门来，我对他颇有好感，所以继续与他约会。他带我去市政码头野餐。我们望着渔夫，尽管是六月，他们头上包着头巾或破布。我们试图辨识恶魔岛上守卫和狱犯的身影。吉尔伯特讲了一则报道，说有个男的因绑架一名少女而被关押在那里。他是报纸的热心读者，他说。他接着拿出一条牧场的广告给我看。我是从这儿找到你的，他说。我微微一笑，没讲话。要不是我在我们第一次见面时指出这条广告，他不可能知道从何查找。不过让一个男人自满一下，对女人而言没有损失。

我们还干了什么？我们聊天。父母、兄弟姐妹、他兄弟姐妹的孩子、我们最近看的电影。后来旁边一位渔夫，一个彬彬有礼的老人，问我们可否沿码头去远一点的地方。我们以为是我们的谈话吓跑了他的鱼，可我们还没来得及开口，他先道歉。他无冒犯之意，他解释，但他当了一辈子男仆。身为仆人，人们料想除了在跟自己讲话时以外，一概不听不闻，他说，可实际正相反。我的职业使我的听力更加敏锐。现在人们以为我老了，听不见他们的话，但不巧我有着过人的听力。我不以此为傲。

我向他打听有关他工作的事，我总是对人们的谋生手段感到好奇。

男人说，他得从头讲起，从他在日本成为孤儿的那天开始。他正在创作一首记叙他人生的诗，他说，一部关于他人生的长篇大作，结尾将是他被迫与其他日本人一起撤往内陆。

可你的人生还没走到尽头，吉尔伯特说。现在你可以自由地做许多事。别给那首诗画上一个悲伤的句号。

那位老人说，以一个悲伤的音符作结好过以一个给人希望的音符。我看得出吉尔伯特想反驳。我捏了他一下，并问那位老人，他将花多久时间完成那首诗。

再过几个月，他说。他背诵了一组对句。我忘记具体的措辞，但大致意思是揣着一颗沉重的心和一个瘪瘪的钱包乘船赴美。他说他才写到他开始为第三任雇主干活的部分，这位雇主是个女人，他不喜欢她，因为她苛待她的所有仆人。结果呢？我问。之后你有没有找到更好的人家？

那位老人只莞尔一笑，叫我耐心。他主动提出寄一册副本给我们。吉尔伯特写下他的地址，给这男人。我们向他道别，沿着海岸线散步。后来吉尔伯特讲了几句有关那个男人的话，令我停下脚步。你不会有兴趣阅读那首诗吧？我问。

哄一位老人开心不碍事，吉尔伯特说。要紧的是，让别人自我感觉良好。每次有人讲笑话时，即使那个笑话不好笑或我以前听过，我都大笑。

没有法律禁止一个男人有好奇心，但吉尔伯特看不到事情的那一面。

他接着给我讲了一则故事，有个给小镇报纸写笑话的作者去到大城市，他各种以裤衩和树杈为梗的笑话均无法引人发笑。最后一位老人递给他一本字典说，除非你能使裤子和树杈押韵，否则你在这儿待不下去。

什么和裤子押韵？我问。

吉尔伯特做出一副苦思状，朝我转过脸，显得满面愁容、垂头丧气。屌子，他说。

就在那一刻，我意识到他也许比我所想的更加风趣。那么，当一个男人费尽心思逗一个女人笑时，且说，为什么不是我呢？

————————

1929 年 8 月 22 日

今早醒来，我感到胸口发闷。起初，我归咎于压抑的热浪和令人憋得慌的空气，还有街上传来的无休止的鸣笛声、汽车喇叭声和尖叫声。我想我要去中央公园，我把那儿定为一个我可以认真做点思考而不是想些鸡毛蒜皮琐事的地方。可当我终于躺倒在树荫下时，没有一丝缓解热浪的微风，也没有一点诗情之思启迪我的头脑。我到纽约已经两个星期。我给伊舅妈名单上那些人寄去的信，至今未有回音。我猜那些能帮我的人此刻都出了城。等森夫人和克表亲回来后，我将何去何从？我有勇气千里迢迢回埃尔姆塞宅吗，假装我甘心继续生活在那个冷漠的屋檐下？

可事情有了起色。我无意中听见两个姑娘在用法语交谈。一人坚称另一人撒了谎，后者否认，并援引某人论述真实的话，我没听清。我请她重复一遍。她们可以嘲笑我的法语，但我讲的还是比这儿的大多数人强。我的偷听令她们起了敌意，但我有本事哄逗她们。黑头发、黑眼睛、比较活跃的那个叫伊薇特（另一个是阿梅莉亚，长相平凡得多，也更矮），问我有何看法。

她们的故事如下：

她们是女装裁缝，以前在巴黎的某个地方当学徒。伊薇特把那家时装店讲得仿佛家喻户晓似的，我装作熟悉，流露仰慕之情。她们于六个月前来这儿。她们不会讲英语，在二十三街的一家商店工作，那儿的女工头讲英语，同时从她们身上取走一大部分报酬。今天，伊薇特和阿梅莉亚休息，仗着比她们六月前刚到时更流利的英语，她们去第五大道上毛遂自荐。她们走进的第一家店的女店主，听说她们当过学徒，立刻表现出兴趣。她问她们现在的薪水，伊薇特说一周二十四美元。

那位女店主说，你们来为我打工的话，我付你们一周三十。

从头至尾，伊薇特讲得踌躇满志。阿梅莉亚一直用双手捂着脸。她撒谎，她对我说。在二十三街，他们付我们一周十二美元。

哦，我说，她讲的也不尽是假话。你们挣的是二十四美元。

一点没错，伊薇特用法语说。

我们同行了一段路。你们怎么决定来美国的，我问她们，伊薇特说，在她们当学徒的店里，有一位家世好的姑娘，是从美国来的常客，据说她的父亲拥有长达一万英里的电报线。

我们为什么不能像他那样富有，我想。所以我们决定来美国，伊薇特说。对吧？她对阿梅莉亚说。

阿梅莉亚点头。

我向她们打听她们的住址，喜形于色的她们毫不犹豫地告诉了我。不过现在回想整件事，我感到一丝嫉妒，还有一丝羞愧。她们明确知道怎么在异国找到前途。一直以来阻碍我的是什么？

————

不是每个人都能漂洋过海，发现一块新大陆。不是每个人都能有一个以他的名字来命名的王朝。有些人生来开荒拓土，移居他乡。有些人生来过着安逸、慵懒的日子。罗兰的母亲一方是落脚于新斯科舍省的移民，他的父亲一方是落脚于美国的移民。我不明白的是，为什么一切听起来对他而言如此困难。

反过来，我为什么要抱怨我的子孙一点不像我的母亲、我的外祖母或我的曾外祖母呢？

————

1929 年 8 月 23 日

今天下午又去见奥格登太太。出于礼貌，我问候她过去几日是否安康。迷恋没有减退。

你不在期间，迄今还没死人，她说。

我吓了一跳，不知该作何回应。她微笑着说，这句话出自她想创作的一首诗。

我问，等这首诗完成后，我是否有幸拜读。就在这时，酒店经理过来，送上一封放在银色托盘上的电报。奥格登太太草草瞥了一眼。有一瞬间，我产生一股奇特的妒意，深信那封电报是一名男子发来的，他一天会给她发好多封电报。

她的丈夫因病耽搁了，她解释。他们本来要去西南部的沙漠旅行，但现在计划不得不推迟。

这是奥格登先生第一次出现在我们的谈话中。我对他一无所知，奥格登太太也没做更多介绍。我断定他必然是那种样样俱全的男人，能够时刻让像我这样的男人自惭形秽。（昨晚，我开始阅读《一个失意人的日记》，忍不住忖量，也许有一天，我会把这些日记集结出版，取名"一个平庸的梦想者的日记"——不，必须等我成名以后再出版。悲惨可怜本身并无有趣之处。）

————

你不在期间，迄今还没死人。无论西德尔挂念的是谁，此人是幸运的。想象那些临终时的人，撑着最后一口气，就为等这个人。也或许他是灾星。他一现身——哗啦啦，我们全都化为灰烬。

我不读诗。罗兰记录了那么多西德尔的话，但只在这篇里提到一句她的诗。为什么？我推测，她的诗写的不是他。

她喜欢谈死亡。那是她吸引他的地方吗？他是那种想要长命百岁、拥有一切的男人。他无法斩断情丝，也许是因为她把每个人的死像木偶般玩弄于指尖。

罗兰没记录很多赫蒂的话。我猜即使隔壁有人命在旦夕，她也会谈论压花、蛋糕食谱、金鱼、鸟和墙纸。当她自己卧床不起、性命垂危直至死去时，她想的可能还是那些事。

想象她们在你这个年纪，约拉。赫蒂会收集蝴蝶，把它们放进杀虫瓶里快速处决，然后钉住，做成一排排整齐的标本。她会小心翼翼地摆弄翅膀和触角，在写下那些蝴蝶的名称时，她的笔迹会和那些死蝴蝶一样匀整，排列得分毫不差。

人们现在还收集蝴蝶吗？吉尔伯特以前为杜普雷先生工作。他去世时，把他收集的蝴蝶遗赠给吉尔伯特。质地精良、带玻璃罩的木匣子，每个匣子里有许多只蝴蝶。我建议处理掉这些匣子。它们既占地方又积灰尘。吉尔伯特说，它们是杜普雷先生留给他的，所以我们必须保存着。而且，他说，我们恐怕没认识到这样一批藏品的价值。

价值，我暗自嘀咕。这么多死的东西有什么价值？但我知道何时该停止纠缠他。

西德尔不会收集蝴蝶。她会折下它们的翅膀。

你们也许认为我是那种会虐待虫子或青蛙的女孩，可事实是，我从小就明白，因在万物的秩序中占据更高地位而折磨其他生物，这么做没有意义。

（如果你们觉得最后这句话莫名其妙，事情是这样的：卡伦每周都在网上做一个智商测试。昨天，她说服吉尼也去做。吉尼得到的分数不如卡伦高。吉尼说，原因是她累了，所以她开始胡乱填选答案。可以理解，但卡伦在吉尼背后大张声势地嘲笑她。）

————

今早我读我写的东西，说罗兰想要一切，由此记起很久以前的一天。露西三个月大，一日傍晚，吉尔伯特与我带她出去散步。一轮满月悬在海湾大桥上，又圆又亮，和在明信片上见到的一模一样。吉尔伯特对露西说，瞧，月亮，然后继续推着她往前走。过了一会儿，他转身问我怎么了。我痛哭流涕，那轮月亮在天空中变得模糊一片。

我说，肯尼年幼时，我的母亲喜欢带他出去看月亮。我说，现在我自己有了宝宝，我想念我的母亲。吉尔伯特说他懂。可怜的吉尔伯特，随时愿意采信最简单的借口。换作罗兰，他会讲些更动听的关于月亮的话，像是它只属于露西。他会使东西听起来显得特别。必要时运用谎言。

可是不管谁，在把某样东西或某个人说得很特别时，不都是撒谎吗？不是欺人，就是自欺。

以上是我第一次也是最后一次在脑中把罗兰和吉尔伯特放在一起比较。这么做对吉尔伯特不公平。对我也没好处。

说起来，那批收藏的蝴蝶到哪里去了？

———————

1929 年 8 月 24 日

　　前天收到赫蒂的来信，但我现在才拆开。野餐、舞会、家人朋友的来来往往，掩藏在她文雅的措辞和优美的笔迹下的哀愁和沉闷。要说我不想念她是骗人的，但想念她，仅因为她是我能用来比较眼前的新生活和过去生活的准绳。我对我那些舅舅和舅妈的爱快速消退。也许有些情感是用逐渐隐去的墨水谱写的。假如所有情感都是这么谱写的会怎样？

　　眼下我过得像个特拉普派修道士。我已不再用那只鹦鹉的名字跟它打招呼。它从来没对我友善过。我在这座城市尚未交到朋友。（奥格登太太算朋友吗？白日做梦吧，罗兰。）今天，与我讲话的人不超过五个，其中两个是年轻的兄弟，坐在大楼外的门廊上，从清早坐到深夜。最残酷的磨难是追求一个远大的目标而失败。但任何失败都是磨难。

———————

　　露西曾常威胁我她会自杀。从她很小、十一二岁时开始。她没在吉尔伯特身上试过那招。我由不得她挑衅我，所以不理睬她。我以为有一天，这威胁会变成我们之间的一个玩笑。她有时是个性子暴烈的女孩，没错，但在她不发脾气时，她是我的子女中最

185

快乐的。偶尔她大笑不止。不管笑的是多么小的事。她称她的笑有魔力，蒂米、威利，连卡萝尔也会学她，但他们不具备那魔力。你必须有本事完全放开自己，才能笑成那样。

我不理解她的愤怒，正如我不理解她的那种大笑一样。我以为我的职责是当一根避雷针，或一个电路保护器。这么想是当母亲的失败吗？可有多少母亲不是失败的？

————

1929 年 8 月 25 日

暴风雨过后的星期日。雨水洗刷了我的怠惰。早晨散步时，我绕道至西二十四街，到得刚好晚了一点，没碰到伊薇特。

伊薇特星期日有安排，阿梅莉亚告诉我。她坚持与我讲英语。她想练习那门语言，她说。她费劲的模样给她增添了几许魅力。凡是表现得结结巴巴、努力找到正确用词的姑娘都显出一副撒娇的情态，透着不多不少、恰到好处的无防备色彩。

伊薇特星期日兼职去给一帮画家当模特。阿梅莉亚说到"帮"字时的口气，令我当即对这些画家心生厌恶。

她为什么还留在女装裁缝这一行？我问。（为何不干脆过着觥筹交错的生活，柔软的织物轻易滑落下来，挺起胸，侧过头？）

那些画家，他们很穷，阿梅莉亚说。但伊薇特喜欢干点不一样的事，这样等我们回到法国后，她可以有谈资。

你们打算回去?

是的，但等我们赚够钱后，阿梅莉亚说。

美国有什么不好? 我问。

这儿的人根本不懂帽子和连衣裙。

我没想到一个朴实无华的姑娘会如此严厉。这样讲很不客气，不是吗? 我说。

呸，阿梅莉亚说，柏林、伦敦、纽约的人以为他们了解时尚。那样好比一个不懂音乐的人……

五音不全吗?

是的，阿梅莉亚说。那样好比五音不全的人谈论音乐。

贝多芬是聋子。

他即使聋了仍听得见。就像我们——伊薇特和我——我们买不起我们做的衣服，但我们看得到别人看不见的东西。我们知道怎么让女人认为，如果她们没穿对衣服的话，说明她们愚蠢。

怎么?

我们每一季做的东西不一样，所以凡是六个月以前的东西，穿在女人身上就显得傻。

原来是那么回事，我说。（赫蒂知晓这个道理吗? 她关注每一季的时尚吗? 奥格登太太呢? 她肯定无所不知。）

这场对话比我预计的更有意思，因此我问起阿梅莉亚她在法国的生活。她出生在乡下，紧邻一座名叫贝桑松的小镇。这座小镇离瑞士的边境不远，和许多住在那儿的男人一样，她的父亲是个钟表匠。他们过着安逸的生活，直至他失明、无法继续工作。她六岁。家里有五个孩子，她的两个哥哥去给一位钟表匠当学徒。母亲种菜。以前她经常看很多书，所以人们嘲笑她，阿梅莉亚说，但当她开始在集市卖菜时，人们意识到他们错了。她对她做的事很在行。

她现在还种菜卖菜吗？

是的，和我的两个妹妹一起。

你的父亲呢？

他仍双目失明。我的母亲念书给他听，可她没有很多时间。她忙于打理菜园，阿梅莉亚说。

法国的乡下，一个多浪漫的地方。我真想去那儿定居，与鲜花、蔬菜和当地的姑娘为伴，有一间属于自己的小屋，过着作家的生活。你喜欢种菜吗？我问。

我喜欢上集市。对我们而言，那是个好玩的日子。我们坐着马拉的车，身下是蔬菜，手里拿着用餐巾包裹的午饭。我们家的狗莱昂追在马车后面跑，不管我们多大声地吼它，命它回去，它总是一路跟着我们。

我想对狗和人发表一番高论，但看到阿梅莉亚泪眼婆娑时，我打消了此念。陷入遐想的她比平时添了些姿色。也许回忆是女人最佳的饰品。

几年后，阿梅莉亚继续往下说，她的母亲意识到她，阿梅莉亚，和她的妹妹不同，在菜园里帮不上很多忙。她和家里的每个人一样有耐心，她的手一点也不笨，但她不会养花种菜。

所以你去当女装裁缝了？

如果她是个男孩，她解释，可以从事钟表制造业，这样她就不用离开家。但要学女装缝纫，她只能去巴黎。她在那儿认识了伊薇特，她们是店里两个年纪最小的姑娘。

我询问那家店的名字，我曾假装对那家店很熟。

鲁夫。伊薇特的姨妈在那儿工作，阿梅莉亚说。她总是没好气，甚至把伊薇特骂哭。有时她会给她们那条街上的孩子和贫苦的女人做衣服。她在给了他们衣服后祷告。一天，她发烧病倒，几习后，她看上去奄奄一息。她是个邪恶的女人，她哭着对这两个姑娘说。早逝是对她邪恶的惩罚。两个姑娘认为她神志不清，可这位上了年纪的妇人说，她给穷人用的布料是从顾客身上偷取的。她时常祷告，但还是不够弥补这项罪。她含恨而终。

那件事后，伊薇特决定来美国，阿梅莉亚说。

你也想来吗？我问。

她耸耸肩。我无所谓。

你们打算在这儿工作多久再回去？

几年吧，阿梅莉亚说。有时我想念我妈。以前我常觉得她的手臂好像最水灵的萝卜。天热时，她在头上盖一片白菜叶子。我的妹妹和我也盖白菜叶子。我妈从我们的院子里摘些花，镶绕在叶子边缘。我们个个看起来又野又开心，并非我们拿不出一点钱来买像样的帽子。

我瞥了一眼阿梅莉亚的手臂，白皙匀称，但可能不像她母亲那样丰腴。我试图想出点可以讲的话，当我讲不出来时，她谅解地朝我一笑。人们通常来找的是伊薇特，她说。那没关系。

我喜欢听你谈你的人生经历。

真的吗？她问。不过你当然喜欢啦。原因是我们并不真正了解彼此。

————

阿梅莉亚是个相貌平平的女孩，但她把一切编成故事。她知道用那种方法可以让人们记住她。活在故事里的人给人印象比实际的他们更动人一点。我们对我们记得的人宽宏大量。我们忘却他们的许多缺点。

生来无多少姿色可言，那样是什么感觉？你们一定认为我听起来不可理喻，好比一个有钱人在纳闷，当穷人是什么感觉。但我的意思是：我无法想象，如果我天生是个相貌平平的女孩，我长大后会变成什么样的人。或天生是个丑姑娘。我还会是今天的莉利亚吗？没有人规定相貌平平或长得丑的女孩，她的人生不能有所作为。

有一点我确信无疑：我不必靠讲故事让自己觉得与众不同。那是他们在回忆录写作班做的事。讲故事——他们不断重复这个说法，仿佛它有神奇的魔力。找一个没有故事的人给我看。然而令我

190

发笑的是，他们格外强调讲述的成分。穿上华美的外衣，化上适量的妆，随便什么故事都能更添几分难忘的色彩。有人可以把这个小裁缝的故事拍成电影，我们谁也不记得她无一点吸引人的地方。

话说回来，我必须更正一下。赫蒂没有可讲的故事。她长相不凡。她不穷。但谁能用玩具烤箱做菜呢，端出的是塑料食物和不会割破婴儿手指的袖珍塑料餐具？赫蒂的人生正是如此。不管什么东西、什么人，均无烫伤、受伤或毁灭的危险。

如果你们认为我对她的评语过于严苛，好吧，确实。有何不可？一旦活到我的岁数，你们会明白，人生中有一些真正的痛。那种痛绕不过去。它不像在电视上看到的雷区，人们带着特殊装备在那儿标出地雷的位置，然后携带另一批特殊装备的人把这些地雷除去。哦，不，你不知道何时何地会有事发生在你身上，但迟早会。唯一的区别呢？你的下场可能不是行动时少了一条胳膊或腿。在世人眼里，你看起来没有两样。

大多数人，连罗兰在内，不得不容忍几回那样的意外。但赫蒂不然。她活得如此小心谨慎，恐怕从未扭伤过脚踝或淋过雨。没有事故、没有痛，什么麻烦都没有。不，不是说我嫉妒她。我同情罗兰，他害怕感到无聊。到头来他给自己找的竟是个无聊的妻子。

————————

1929 年 8 月 26 日

　　奥格登太太今天问我是否愿意陪她去一趟匹兹堡。我猜肯定是她的丈夫来不了，所以她必须找一位男士同行，可为什么挑我呢？

什么时候？我问。

随时，她说。除非你有事走不开？

我反思我的人生，它行进得像一列没有时刻表的火车。那列火车需要多久会脱轨或撞毁？

为什么找我？我问。

年轻人不该对事事存疑，她说。

我只是在评估我能否当一个好旅伴。

在这座城市里，有十几名男子想当你所谓的好旅伴，陪我同行，她说。在这座城市里，你找不到十几个让你有这种机会效劳的女人，也没有十几个女人愿意带你见识你没见过的世面，你说呢？

一个女人凭什么认为她对一个男人的了解胜过这个男人对他自己的了解？我说，假装奥格登太太和我之间平起平坐。若我开口的话，阿梅莉亚会讲述钟表匠和女装裁缝的故事。伊薇特说不定愿意介绍我认识那些穷画家。但她们是前途有限的女人。我的前途不可能在她们身上。

你是一个在寻找未来出路的年轻人，奥格登太太说。你应该问自己的问题是怎么找到出路，而不是为什么人们做他们所做的事，让你有可能找到出路。

我常常思考，我们之所以是人，因为我们用尽一切可能的办法，使别人走投无路，我说。

奥格登太太看着我，不愿——我忿忿地认为——进行一场在她看来无意义的对话。我誓不罢休。难道不是那么回事吗？动物不关心其他动物的未来。只要有食物，它们连自己的未来也不关心。

奥格登太太微微一笑，然后谈起前一晚与她见面共进晚餐的一位雕塑家。我注意到她的这种做法。当我听起来开始让人觉得厌烦时，她转变话题。可我还是忍不住。我受她的影响，在她面前变得愚蠢起来。更糟的是，我非但必须靠她引导走出那愣头磕脑的窘境，而且在这样被她牵着走的情况下，我感到几分愉悦和释然。她并不对我的失态大惊小怪。从不停下质问我。对此我心怀感激，直至我能重新变得无拘无束，展开另一番争论。

她继续讲述昨天的晚餐。她去的原因是好奇，想看看那位雕塑家是否仍爱着她的一位表亲，这位表亲据说一度是托洛茨基的情人。

她是俄国人吗？我问。

一半英国血统，一半欧陆血统，奥格登太太说。我们和所有人一样，祖先来自四面八方。

我不是，我说。我是从新斯科舍省出来的乡下少年。

你让我想起我的这位表亲。一次，在一个别墅宴会上，她坐下五分钟，然后令大家骇然地取来她刚交给女仆的冬衣。整个晚上，她一直把自己裹得紧紧的。要不是她出了名的性格古怪，别人会认为她一点不懂礼貌。

也许她冷呢？我说。也许她着了凉？

关键不是你怎么觉得，而是你让女主人有何感觉，奥格登太太说。

她的话刺痛我。我说在我看来，我的身份不足以让她有任何感觉。

我在跟你讲的正是我的表亲伊丽莎白，你认识的森博基夫人。

噢，后来怎样了？

我想她最后得到了宽恕。人们宽恕她。有些人招人钦佩，有些人招人同情，还有些人招人讨厌。她招人宽恕。

那么……我想说，那么你呢，也或许我想说，那么我呢。不管哪一个，我及时止了口。

真正危险的是那些让人百感交集的人——那些是你务必躲开的人。

为什么？

当一个人让你百感交集时，你会误以为自己恋爱了。你不同意吗？

我想起伊舅妈。我还没有过坠入爱河的福气，我说。

要我讲，那不算损失。

即便在我这个年纪吗？我说。当即我知道自己讲错话了。

一个人如果到十三四岁时尚未充分想清楚人生的许多事，我相信他没有希望，奥格登太太说。

可如果，我说，一个人确实让人五味杂陈怎么办？如果我真的相信自己恋爱了怎么办？

那样的话，不要作任何付出。

没有付出就没有回报吧？

否则怎么掌握自己的人生呢？

那是你掌握人生的办法吗？

不，但我有我可以仰仗的经验。

我没有一点可仰仗的东西吗？我问。

你有我这个朋友。

奥格登太太讲故事的本领不见得高于阿梅莉亚，但她知道我如饥似渴地谛听她。她知道我永远宁可听一个奥格登太太，而不是一千个阿梅莉亚，或甚至一千个伊薇特。我气愤她知道那一点，可如果她不知道，我会更气愤。

这样的我显得温驯吗？不，比起逃跑，一个人需要拿出多十倍的勇气，留在一位像奥格登太太那样的女人身边。假如我只在阿梅莉亚和伊薇特这类人的圈子里寻求安逸和爱，我才是一个温驯的男人。

————

西德尔讲得对，危险的是那些让你陷入剪不断、理还乱的情感中的人。幸运的罗兰，有人向他说明那番道理。无人提醒我。我凭直觉认识到。

他俩都做得漂亮。我指西德尔和罗兰。多年来，我一直对罗兰在西德尔死后写的一段话百思不解："我们，西德尔和我，终生履行做减法的技能。我们之间不管发生什么，我们一致同意，我们可以当作没那回事。找一个能在这方面与我和她匹敌的人给我看。无人企及。连赫蒂也不行。"

但现在我认为我读懂了。在两个人决定他们可以什么都不要，而且是他们共同做出那个决定的情况下，好吧，最终他们不能没有的是彼此。维持日常生活所不需要的东西——这些东西是真正的奢侈品，关系并改变你的人生。罗兰是否在乎与赫蒂并坐在沙发上、聆听古典音乐的每个夜晚，或她在各种慈善委员会任职期间，他不得不陪她参加的宴会，或他们的旅行，把井井有条的生活打包成行李，然后在千里之外的度假屋内打开取出？我们记不记得我们早餐吃的每一块烤面包？

我曾想从罗兰那儿得到一个梦，他确实给了我那个梦。远远不止那个梦。

想象去找亲爱的吉尔伯特要一个梦。那么做好比在麦片盒里搜寻钻石。

————

1929 年 8 月 29 日

傍晚，我去拜访伊薇特和阿梅莉亚，这次她俩都在。我告诉她们，我将出城几日。伊薇特转向阿梅莉亚，露出会意的表情，仿佛我已功败垂成，而且在某种程度上被伊薇特

196

（或她俩？）预言中。

这次拜访为时短暂、气氛冷淡。事后，阿梅莉亚下楼，送我到门口。你什么时候走？她问。

下个礼拜，我说。

她没接话。我被她的沉默搞得不知所措，感觉需要说点什么。我问她，她想不想周六一起看场电影。

噢，她说，仿佛因话锋的转向而错愕。我只是在看你的衬衫，她说着，指指我的袖子。那颗扣子松了。要不要我去拿针线？很快。

阿梅莉亚身上有某些地方令我恐慌，那不等人开口就主动献殷勤的态度。换作别的男人，也许会利用这种个性特点而占便宜，可我是那么卑鄙无耻的吗？我告诉阿梅莉亚，她不必操心那颗扣子。

可谁来管这颗扣子呢？她问。

我差点讲出贝茜。哦，会有人的，我说。房东的女儿，我撒谎。

阿梅莉亚用她灰色的双眸看着我。那就这样，我们星期六一起看场电影？她说，那语气介于疑问和陈述之间。

————

在这本书的后面，罗兰承认他有时在日记里撒谎。或更改事件的顺序。夸大其词。凡是一个男人可以用来让他觉得自己"一流"的手段。你们认为罗兰这样做是不是那么回事？

————————

1929 年 8 月 31 日

我不再是童男。记下这一笔时，我是怀着庆祝还是哀悼的心情？

伊薇特引诱了我。不对，是我让她引诱我的，而且她确保阿梅莉亚逮到我们。我的行为可耻吗？如果可耻，伤害的是谁？如今，我被赶出她们合住的小窝。可以想象，她们之间无论出现什么裂缝，凭借伊薇特的足智多谋，加上阿梅莉亚的忠心，准会弥合。她们的友谊定能继续长存，和以前一样顺遂，仿佛只是一时被一根掉落的树枝或一块碍事的大圆石打破了平静。

————————

在我上学前班时，班上有一位老师，我最好的朋友埃米和我都满心喜欢她。她叫科里老师。她是个好老师吗？我不记得从她那儿学到很多东西。我们最喜欢的是她的红头发，始终剪得短短的，弄出完美的手指波浪卷。

科里老师习惯在我们的练习册上画小花和动物。她这样做想必是为了美化我们的作业，即便有时我们的字写得奇丑无比，这样一来也能显得更好看些。但她并不一以贯之。你永远猜不到某天她会选中谁的练习册。到头来，埃米和我都认定科里老师偏袒对方。我相信科里老师其实不知道她造成的伤害。罗兰也是如此，但我想那两个法国姑娘肯定比埃米和我聪明。他说得对。不管有没有罗兰，她们的友谊不变。

从中得出一个教训：不要让自己因他人轻率的行为而受伤。倘若有人一心想伤害你或摧毁你，你至少不能漠视他。但更多时候，人们由于粗心大意而伤害别人。他们挤你、推你，因为他们没想到那地方可能会有你的存在。约拉，你必须谨记这一点。

粗心大意是第八大罪。

————

1929 年 9 月 2 日

和奥格登太太在她的酒店共进晚餐。屋顶凉快一点。尽管如此，到用餐结束时，我的衣领还是完全走了样。我寻思，那些侍应生是不是每隔一个小时换一次领子。他们看上去干练、清爽、处之泰然。样样是我心目中一个成熟的男子汉该具备的特质。可再看他们所处的岗位，上述优秀特质为他们谋得一份招待人的工作。

如同夏日任何慵懒的谈话一样，我们慢慢地聊起来。未几，奥格登太太终于能够像撬开蛤蜊般撬开我的话匣。吐露的是有关和伊薇特及阿梅莉亚的事，没什么价值。

我不明白这件事为何让你如此烦心，她说。

我解释，我感到自己被利用了，吃了亏。

你没多少损失，奥格登太太说。这个法国姑娘，据你讲，是个美人。

我说，假如她对我有几分真心，我会什么损失也没有。

不过另一个姑娘对你有兴趣呀。倘若她当你的恋人，你会开心一点吗？

我犹豫了一下，然后说不会。

因为她相貌平平吗？

是的，我说。

奥格登太太点了一根烟。我每次想给她点烟时，总是慢一拍。我端详她的脸。她会不会把那回答视为对她本人的批评？她不是一个漂亮的女人，但决没有谁会说她长相平平。

不但如此，我急忙补充道。我对她没有任何浪漫的情愫，所以不管用什么无耻的方式把她卷进来，都有违绅士风度。

你前面的人生还长着，罗兰。不要养成习惯，为不必要的事苦恼。

那么，什么是必要的事？

尽我们所能过得好。没有什么事是我们可以掌控的，假如我们担心发愁，等于庸人自扰。例如，万一明天我们从这儿到匹兹堡的火车脱轨会怎样？你还会为你不圆满的恋情而难过吗？

（我们第一次见面时，我告诉奥格登太太，我的父母死于

200

火车失事。她是健忘，还是故意戳人痛处？）

对你而言，过得好是件比较容易的事，我说。

你想说，我活得比较容易吗？

你拥有你想要的东西，我说。

但我也有我不想要的。

我猜，女王有时会为一枚镶嵌得不完美的戒指而难过。公主会因一颗豌豆而睡不好觉，我说。

奥格登太太挥手驱散她眼前的烟。想一想，罗兰。我们小时候最早学会说的一个词是"不"，但我们的抗议对我们有用吗？我们依旧要听从父母、保姆、女家庭教师，然后是什么？上帝？命运？如果我们百依百顺会怎样？

百依百顺？

不管好坏、酸甜、善良或残忍，奥格登太太说，有什么区别？

区别是，我心想，假如我把那样做当成人生的信条，我压根儿不会离开哈利法克斯。那种我已经拥有的一成不变，体现在赫蒂身上。她像一座灯塔，代表着不变与不可变：任凭天空中暴风骤雨或繁星闪烁，我找不到改变的理由；这个世界危机四伏，但我会在我的能力范围内让你安枕无忧；没错，我在这儿，到我身边来；没错，到我身边来，一切会平安无事，相反，离开我，离开我，风险自负。

想起一个女人了？奥格登太太说。我试图否认，但她说，她看得出一个男人何时把心思转移到另一个女人身上。不在场的人总有办法加入谈话，她说。那个幸运的女孩是谁？

噢，只是一个表亲，我说。我们从小一起长大。

奥格登太太微微一笑。堂表亲结婚的可多了，她说。

她是个小女孩而已，我说。我们的感情像兄妹，仅止于此。

很多人结婚不是因为爱，那种被你当作先决条件的爱。

你的婚姻是那样吗？我说。老是被她逼得无力反驳，教人难堪。

你指我嫁给奥格登先生，还是前任先生？

你之前结过婚？

还守过寡，她说。

奥格登太太讲这话的口气仿佛我们是在就事论事地讨论某个人，对其不应掺杂任何个人感情色彩。我一直自豪地认为我能够把人生中经历的各种事看成将来有一天我要写的那些书的潜在素材。可那份自豪感在奥格登太太面前消失不见。她有比我多十倍的素材，但她轻易地无视过往，如同她轻易地无视我的雄心壮志一样。

我不是……很抱歉，听你这么讲。

你不必感到抱歉。这恰巧是我人生中确实发生过的事。没错，一个姑娘会为了爱和幸福嫁给一个小伙子，但无人可以保证他能在一场死了几百万人的战争中生还。没错，她会再婚，嫁给一个老得不可能再被送去上战场的男人——战争会有的，记住我的话——但无人可以保证这个不一身戎装的男人不会病故。

奥格登先生，他不会——我结巴起来——我想他的病情没那么严重吧？

讲到一个上了年纪的人时，没有谁知道死神的心思，她说。讲到小孩子时也一样。

你有……？

对，我有一个儿子。比你小不了多少。但也许让一个母亲失去孩子，好过让一个孩子失去他的双亲。休比他的父亲先死。或者我应该说，查尔斯参加战争是为了忘记他儿子的死。

当个孤儿没有那么难，我说，试图能够重新开口讲话。

想来你讲得对。但你明白我的意思吧，说"不"，阻止不了病痛、死亡、战争或任何我遇到的小灾小难。

但谁也不可能张开双臂欢迎这些不幸的事，我说。

不是张开双臂，而是以不在乎的态度。

然后呢？

顺其自然地活下去。例如，要不是因为我的表亲，我们恐怕不会相遇。但相不相遇要紧吗？没什么关系。眼下，我可能坐在这儿与另一个年轻人聊天，你可能和另一个女人聊天。

我努力不露出受伤的表情，但我的脸想必出卖了我。

————

要是西德尔和我有机会见面就好了。有个人驻留在你的脑海

203

中这么久，而她却从不晓得有你的存在，这样听起来也许不公平。可事实是，我不想陌生人了解我的生活。西德尔也不会喜欢，但她没什么办法阻止我认识她。

她失去了一个孩子。我也一样。虽然可以说她失去的是她唯一的孩子，但孩子的死是无法用数学计算的。她失去了两任丈夫。我失去了三任。那也无法用数学计算。

我们不习惯对什么都说不。西德尔讲得对：倾尽全力反抗，徒劳无益。

我希望能了解更多的是西德尔是个什么样的母亲。从罗兰的日记里也许可以得出一个印象，她不是一位热情的女人，但他并不了解她为人母的一面。她可能没有让他看到那一面。

还有另一种可能。罗兰自小没有母亲，所以通往母亲天地的门并不自动为他敞开。换一个人，也许会意识到西德尔是一位母亲。这一点，不是一定要看见女人带着她的孩子才知晓。或许之前我搞错了，误以为是赫蒂不能为他生育。或许是他不能给她一个孩子，因为他无法想象自己的妻子当母亲。在这件事上，让我们破例把责任归咎于他，而不是赫蒂。

由始至终，罗兰一直迷恋西德尔，所以关于她，他不知道的事恐怕多于他知道的。我把琢磨那些他不知道的事当作游戏。有些事大，有些事小。现仍勾起我好奇心的是那些小事。一束花刚掉了一片花瓣，她是不是就把它扔了？（赫蒂，我猜，永远只在他们家里摆放最新鲜的花。）她临终前有没有戴假发？（赫蒂会戴，你们不觉得吗？）她焦虑时会不会动动脚指头？（我仍会这么做，我极少数的癖好之一。）她是不是和我一样，有时一下子记不起罗兰的相貌？或他的声音？或若不是罗兰，则是她两任死去的丈夫？她是否思念她的孩子，重温他在世的时光？可他幼年夭折，她没有那么多可回顾的岁月。

死去的孩子不会变老。露西活到二十七岁，现在她仍是二十七岁。我无法给过了那岁数的她编造一段人生，但我重温了那二十七年许多遍。

自露西死后，我每天早晨醒来，对自己说：今天又是露西拒绝度过的一天。不是她放弃的一天。假如她放弃某样东西，我也可以放弃那样东西。可她是干脆不要今天、明天、后一天、再后一天。正因为如此，对我来说，度过每一天，是要证明一点：我拒绝接受她的不要。

她死的时候我没有痛哭流涕。我猜不管哪个母亲，碰到我的情况，忍住的泪水不会多于我。假如奥运会有那么一个比赛项目，我说不定能拿金牌。可不哭对一个人产生奇特的影响好比用一道堤坝拦住所有要流的眼泪，一辈子活得像个值班的看守。日日夜夜。确保没有裂缝、没有渗漏、没有洪涝的危险。倘若是那样的话，将是帮了每个人的大忙。可你年复一年看守那道堤坝，有一天，你对自己说：我想再看一眼那里面的水。堤坝说，什么水，女士？于是你爬到坝顶。对呀，什么水？另一边是一片沙漠。

我想说——哦，我以前从未讲过这句话：露西真的令我心碎。她令我心碎的程度超出我的想象，我没料到一颗心会碎成这样。如果我泫然泪下，那些眼泪也许会使心的碎片漂浮在我的周围。

不求修补，但让这些碎片留在视线内倒可能是好事。

好吧，木已成舟，没必要伤心。西尔德也没为她儿子的死而落泪。别问我怎么知道的。我就是知道。

———

1929 年 9 月 3 日

清晨。马上要与奥格登太太一起乘坐十小时火车。我将第一次与一位女士共度这么久的长途之旅。当然，不算上和家人的出行，那些时候兴致勃勃，转眼又意兴阑珊。这次情形将不同——若即若离的亲密。令人心跳的好酒必须保持适度的陌生感。

昨晚，尽管夜已深，我还是去拜访了隔壁的那对夫妇，科特尔先生和科特尔太太。表亲克莉欧娜说过，有紧急事时，我可以找科特尔夫妇求助。接下来的几天，我不在，要有人照料鹦鹉的安康——我把这情况算作紧急事件。那对夫妇乐于助人。科特尔太太说，她会派他们的侄女艾琳一天过去两次，照看科特库。我不知道他们家住着一个侄女。我只遇见过他们的两个年少的儿子。艾琳是个靠得住的人，科特尔先生说，并派其中一个儿子去把那女孩找来。结果发现，艾琳比我更晚来到这座城市。若非她冷峻的眉毛和严肃紧闭的双唇，她的脸称得上漂亮。那眉毛和嘴唇也许会因这新的生活天地而软化，但同样很有可能变得更冷酷无情。

事后我思考艾琳的未来，对这女孩产生一种身为作者的喜爱，她在这逆境中的命运始终是个未知数。想想那各种将降临到一个少不更事者身上的悲剧，给人多么得意的感觉。在临行前夕，我们常对那些留下的人怀有温存，即使在上面这个情境里，对象不过是一个仅有一面之缘的陌生人亦然。

————

晚上。彭威廉酒店。

今天会是我人生的一个新篇章吗？可这陈词滥调令我发笑。不，罗兰，你的人生经历还不足以写出一页开场白。你有的仅是一两行题词。即便题词也是你剽窃自贺拉斯或莎士比亚。

但今天过后会有更多篇章。也许现在我终于该认真对待我准备撰写的那部杰作。

我们乘八点零五分的火车出发，待在一个两人专用的包间。有一阵子，奥格登太太声称头疼，躺在沙发上，那张沙发不够长，所以她把脚搁在扶手上。一个优雅的摆出侧卧姿势的女模特，但我挥之不去的感觉是，有更合适的艺术家，能以多几分批判、少几分痴迷的目光刻画出她的全貌。

我坐在窗旁，假装读书。我很快看乏了盛夏浓绿的乡间景色，兴味索然。一个风华正茂的小伙子，穿行过一片富饶、充满生气的土地，一路舒适奢华，不必自己负担费用——在

207

艾琳、阿梅莉亚或甚至伊薇特看来，我是个幸运的人。但运气这样东西，有等于反过来突显了没有的东西。

我们过了费城后，奥格登太太来到我坐的窗边。你在读什么？她问。

我给她看那本书。罗纳德·弗班克的一部小说。

噢，是他，奥格登太太说。

你认识他吗？我问。

不太熟，有过接触。如果我是你，我不会对他有太大兴趣。

我的脸颊发烫。我的品味和我这个人一样，没见过世面，我说。

别讲傻话，奥格登太太说。不过，这世界有一个弗班克足矣。

假如，我心想，这个世界根本不需要一个罗兰·布莱会怎么样？

我觉得他令人乏味，但查尔斯称他是天才。

一位死去的丈夫犹如一个陷阱，我是那种直接往里跳的家伙。他……他？他怎么死的？

确切的死因吗？我不知道。我并不想知道。战争是一件可怕、非常可怕的事，但那不稀奇。查尔斯本可以像弗班克那样置身于战争之外。但你瞧，现在他们都死了。

可你是爱他的，不是吗？

不然我为什么嫁给他呢？

208

我纳闷，一个女人怎么可能忍得住，不想知道丈夫去世的真切细节。可话说回来，我从未试图想象过我父母的死。他们活着的岁月，我倒经常沉思。

死亡是一件寻常事，奥格登太太说。每个人都会死。可大多数人并不明白那道理。我们把死说得好像多不寻常。同理还有人的出生。

那么，什么是不寻常的事？我问。没有，我既料到又害怕她会这样回答。

昨晚，我在读塞维涅夫人的书信，奥格登太太说。她向她的女儿诉苦，说她的儿子与一位女演员恋爱。

真是典型的法国人，我说。

当这位女演员终于愿意接受她儿子时，他们没办法圆房，塞维涅夫人把这个插曲当作大笑柄。假如你是那个男的，你的母亲写给你姐姐的这封信恐怕会让你觉得丢脸极了，你说呢？可正是他自己，在与女演员同房失败后，当即冲进他母亲的卧房，叙述了他的窘迫，由始至终，他明知道他的母亲会把这件事告诉他的姐姐。

顷刻，我的舌里有股苦涩的味道。我记起自己同奥格登太太谈论阿梅莉亚和伊薇特的事。说不定我也让她有机会与某人分享一个大笑话。

奥格登太太似乎并未注意到我的不安。我想知道那位母亲与她的两个孩子之间是怎么回事，她说。我会把那称作不寻常。

她听起来叫人讨厌，我说。

我们不应谴责她。假如休没有夭折，长大成人的话，谁能保证我不会是个同样骇人的母亲呢？

我能勉强忍受奥格登太太的丈夫，无论在世的还是死去的。但她提起一个已入土的孩子，让我在这夏末的日子里打了个寒颤。我们都有过早死去的人写入在我们的往事里，但我们之间仍隔着一道深渊。对我而言，那经历无非是知识。我希望我们能达成一个协议：我将永远不再谈起我的父母，她不再谈起她的孩子。

———————

西德尔说她不关心人的出生或死亡，那是因为她在这两件事上无能为力。那又怎样，人们老那么说，我不在乎。而这是有史以来编造出的一个最大的谎言。

现在，当我回想我的人生，我常想起的是有人出生和死去：我子女的出生，孙儿孙女的降生，还有约拉和你的出生。你想必觉得自己有一点特别，因为在我有生之年，我可能不会再迎来一个曾孙辈的后人——如今，年轻人喜欢做永远的少男少女，尽可能推迟生儿育女的时间。

每个人的出生犹如一封瓶中信。你希望他们漂得远远的，永远别回来。

我人生中那些死去的人——他们的死均始于别人捎来的

信——是的，我很欣慰收到他们的死讯。只有露西的除外。

———————

　　一对夫妇刚从我的门外走过，因美酒或有望即将沉浸在极乐中而迷醉。我涉世未深，不必在寂寞的酒店房间里谛听别人的欢愉。奥格登太太表现得好像没有事要紧到能搅乱她的心绪。我也可以摆出那副模样。一个演戏的人看穿另一个演戏的人。

　　要发掘什么对她来说至关紧要，什么让她心绪不宁，不会是一件单调乏味的差事。说不定我甚至是答案之一呢。

　　这个念头如一杯热牛奶般抚慰着我，让我今晚安眠。

———————

罗兰，我们有时的确所见略同。

———————

1929 年 9 月 4 日

　　今天，奥格登太太和我在匹兹堡最无游人问津的地区游览了一日。这座城市比纽约更加肮脏和压抑。那从烟囱里滚滚冒出的烟，简直不得不让人肃然起敬。假如美国是建立在这样的根基上，难怪母亲的家人执意反对。谁也不想被一种如此没人情味的东西所吞噬，但在让自己被别的东西吞噬上，美国人似乎比其他地方的人更胜一筹。

一吃完早餐，我们被带去参观亨氏工厂。为什么去亨氏？我在车里问奥格登太太。你该不会要创作一首关于腌菜的史诗吧？我表现得油嘴滑舌，但我不由自主。当我感到苦闷时，我经常听起来油嘴滑舌。假如我变成那种在葬礼上放声大笑的人会怎样？甚至更糟，在自己临终时呢？

————

凯瑟琳：你是否在罗兰身上看到自己的影子，哪怕一点？我不介意你在我的葬礼上或我临终时放声大笑，但当你感到难过时，不要觉得你有义务大笑。

————

一大早就闷热不堪，形容憔悴的工人从我们的车旁走过，极可能是刚下夜班。白人、有色人种，在刺目的阳光下，一个个看上去没精打采——这一切令我感到难过。我一直想见见世面。但有必要吗？假如我是一只蜜蜂，我可否满足地留在我最熟悉的花丛中？新斯科舍省是我抛下的草场。可为了什么——眼前这些钢筋水泥做的捕蝇草吗？

奥格登太太不理会我的小性子。和往常一样，当我想成为讨论的中心时，她把话题引向陌生人。她的一个朋友曾受托给亨氏家族创作几件艺术品，她说。要是闻悉她终于来访，他一定很高兴。

在工厂，一位史密斯先生带我们四处参观。我必须承认，看见金属薄片顺着传送带下来，经过切割、折叠，变成可供使用的有盖有底的罐头，那过程甚是有趣。四分十五秒，史密斯先生给它计了时。核心在于连贯性，他说，每个人各司其职，每一步严格按照章程进行。我望着他捻弄他的胡须，忍不住觉得恶心。墨守成规和营利赚钱是本世纪毒害人的思想。就算我不是社会主义者，我也想谴责史密斯先生。

随后，奥格登太太与几位工人见面，有男有女。她询问他们的生活和工作状况，还做笔记，认真的态度令我困惑。怎么把这个女人与火车上懒洋洋躺着的那个联系起来？而我又在这儿干什么，我本该乘坐远洋班轮前往牛津，现在却在阅读随处可见的亨氏五十七种产品的广告口号。

我信步走进一间毗邻的礼堂，打量表现工厂工人的大理石雕塑。这些人是我们时代的赫拉克勒斯吗？想到一家工厂请一位艺术家把制作腌菜这种平庸的事变成永恒，我放声大笑。

————

可什么是不朽？今天没几个人记得西德尔，知道她的诗的人更是少数。在我死后，谁会记得我？然而亨氏是不朽的。作为个体，作为人类，我们注定不如机器和腌菜那么经久不衰。——罗兰·布莱，1989 年 4 月 28 日

————

嗳，有我呢，记着你。谁记得昨天晚饭吃的腌菜呀？不管哪餐吃的什么腌菜，谁记得呢？

————

1929 年 9 月 5 日

今天我们参观了美国炼钢厂。一种对人类智慧的否定而非颂扬。那两名操作阀门、让熔化的金属灌注进去的男子——我实在看不惯他们——半裸的身体大汗淋漓，双眼不再因那令我们屏息的现象而恍惚。一流的演员，把我们视如敝屣。

他们是捷克人，后来他们用蹩脚的英语告诉我们。一旦脱离了那噪声和热气，他们似乎少了几分狂暴。不过我还是厌恶他们。他们的人生中容不下诗歌或哲学，但他们的身体具有这般天生传神的表现力。

然而谁也不想认输。是不是由于那个原因，奥格登太太——不，西德尔——与我成了恋人？也许她只是又一株捕

蝇草。我是不是本该抗拒才对？可她制服我的程度超过炼钢厂。我没有毅力回击她的意志。一个老套、必然的结果：屈服。

旅途中什么事都可能发生。西德尔是与我同行的伙伴。谁在家里？赫蒂。哎，想到她，我怀念起我失去的青春。

只是并非真的怀念。

————

匹兹堡，你们不会认为它是一座浪漫的城市。但浪漫的恋情随处发生。假如我早知道他们在匹兹堡成为恋人的话，我本可以带罗兰看看我们这儿的匹兹堡。我们可以在洛斯麦丹诺的庭院里吃午饭，坐在棕榈树下，像两个电影明星似的碰杯喝酒。我有姿色。他有风范。我们之间有故事。

洛斯麦丹诺——我不知道那地方是否还在。优美古老的场所。我的父亲曾与我们的邻居威廉森一家合作计划一门生意，把一家旅馆和一座牧场结合起来，吸引游客。生意经营得不大成功，但我委实在那期间认识了人。好吧，我说人，但我其实指的是，我在那时认识了罗兰。没错，他来我们的牧场住了两天。是的，当时我才十六岁，但对有些人而言，年龄无关紧要。看看西德尔，岁数大得足以当罗兰的母亲。但我从不评判她，所以请你们不要评判我。

在我的父亲和威廉森先生开张营业前，他们参观了几家酒店，带回免费的明信片。在他们去的所有酒店中，我最喜欢洛斯麦丹诺的外观。它在匹兹堡，我的父亲说。那座小城曾被称作太平洋沿岸的纽约。它和纽约一样繁华迷人吗？我们问。他说，当然不是。否则那个名字会沿用下来。

因为镇上有炼钢厂，所以他们把名字改成匹兹堡。他们想，如果这座城镇不能像纽约一样高贵，它至少可以像匹兹堡一样富有。好比一个家道中落的名门闺秀，为了钱而嫁给一个地位较低的男人。

我的立陶宛裔曾祖父在芝加哥的一家造船厂工作，但他也可能在匹兹堡的一家腌菜厂或炼钢厂工作。西德尔和罗兰遇见的那些工人，假如生得早一点，他们也许会加入1849年淘金客的行列。这些事对罗兰来说无关紧要。但在我阅读他的日记时，我喜欢寻根究底，回想最早的先人。他们中有的人缔造了加利福尼亚。有的人造就了我们。假如我那样思考人生的话，我不觉得它令人失望。我们都尽了各自的一份力，我们中没有谁是特别的。

罗兰不明白这个道理。我不怪他。他活在他写下这些日记的岁月中。他没有可仰仗的东西。西德尔与我，我们有我们的经验。

————

1929 年 9 月 7 日

今晚西德尔问我，接下来的几个月，想不想和她一起旅行。奥格登先生，她说，需要留在原来的地方。原来的什么地方，我想知道，但她没说。是她支付我的旅费吗，还是他？我算什么，秘书、贴身男仆、在破损的轮胎等待修补时的备胎吗？

此后的七个月，西德尔与我游历了美国的中西部和西南部。我们从西南部越过边境，游历了墨西哥，然后返回加利福尼亚。西德尔替身患肺结核、正在法国一所疗养院养病的哈里·奥格登采访行业工人和农民。

哈里并未将我们收集的资料著书出版。我们编纂整理的这些文件，存档在三处地方的图书馆：匹兹堡大学、新墨西哥大学、加州州立大学费雷斯诺分校。有兴趣的读者可以把它们查找出来，但我不推荐这么做。从那些纸上读到的不过是一份活动时间表，以及依照这份时间表我们所走过的地方。真正的故事——现在只有我知晓。

我们于 1930 年 4 月回到纽约，1930 年 8 月，西德尔乘船去英国。

日记读到这里出现一段空白，不是我的本意。西德尔在动身去英国前，要求我把记录我们西行和我们在纽约逗留的时光的日记销毁。当时，我没想过违背她的愿望。

我对那几个月始终记忆犹新。但我觉得我不可能重新写出那

些日记。事后之见并不总带来益处。要能重读那部分日记，付出任何代价我都愿意。——罗兰·布莱，1989 年 5 月 6 日

————

为什么？因为他写了太多他们浪漫之旅的事吗？我想知道，西德尔有没有亲自监督焚烧他日记的过程。我能想象他们坐在一起的画面，喝着酒，听着一点音乐，把日记一页一页地丢进壁炉里烧毁。她怎么说服他做这件事的？他得到了什么回报？这些问题，我们永远不会知道答案。

可怜的罗兰。他不是那种能轻易割舍自己东西的人。我的母亲也是那样。你们真该看看她多年积攒下的明信片和书信。有些人靠他们积攒的东西过活。但他们忘了，积攒的东西有时会因洪水、地震或火灾而毁于一旦。（我母亲积攒的东西被我的父亲烧了。）

我的经验之谈：凡是可以销毁的东西均不值得保留。

（而且没错，如果你们觉得有必要听一听实话，任何东西都可以销毁。）

我曾经对无法读到那一年他的人生经历而感气愤。但现在我想，那又如何？少一年没关系。每个人的人生犹如瑞士干酪。

（以下所述全是题外话，有一周左右的时间，新来的家伙克拉克似勾起我的兴趣，今天他坚持给我上了一堂有关瑞士干酪的课。他说，没有孔的瑞士干酪被称作瞎子，因为那些孔叫作眼睛。可

盲人还是有眼睛的，我说。我们不要太拘泥于字面的意思，他说。有许多贴切的比喻可以当作行为准则。于是我问，什么是比喻？他说，生活中不可或缺的东西。我说，我以为生活中不可或缺的是钱。他说，如果你仔细想一想，莉利亚，钱是我们人类有史以来创造的一个最佳比喻。我怕他会喋喋不休，于是我说，感谢赐教。我趁他还没继续开口前走了。）

1930年11月19日

今天我二十岁了。

生日快乐，早晨当我准备和赫蒂一起吃早餐时她说。

我回来并非为了庆祝生日，但我不惊讶于赫蒂记得。今天是我回到奚尔姆塞宅的第三天，有点像小住的客人，有点像过去寄人篱下的我。到底我为什么在这儿？也许因为怀旧，或尽最后的努力，剖析一件从未——而且可能永远不会——明了的事。这个家没有迎接我的出生，也不会见证我的死亡。我是谁的孩子？一个人是不是需要先搞清那个问题，才不再是谁的孩子？

我的人生过去了四分之一，充斥着无知与不幸，我说。

下一个四分之一肯定会更好，赫蒂说。

她相信三寸之舌是对付命运不公的良药——假如赫蒂是奥维德，没有生物要变形。

我说，更好的未来之于我，听起来好像松露之于那些猪。它们搜寻仅是出于本能，它们的酬劳是什么？到底，我和野猪有何区别？

赫蒂面不改色，俨然一朵玻璃做的花。你有见过找松露的猪吗？她问。

没有，我说。

我也没见过，她说。

我说我怀疑它们和普通的猪无异。赫蒂说，有个校友与一块放在罩子里的白松露合过影。在哪里，我问，她说在弗罗伦萨的一间酒店大堂。那块松露可能不是真的，我说。但不可能是松露模型吧，她问，会吗？我说，为什么不会，我们有人体模型和成套的火车模型。她说，啊，你讲得确有道理，但想象有个人专门制作松露模型，岂不奇怪？他不会有很多生意上门。也许他还做别的模型，我说。谁知道呢，这世界需要的假东西也许多得你我做梦也想不到。

赫蒂和我进行的对话注定如上面这样。没有老夫老妻之间的不耐烦或怨气；也无恋人之间的激情，夹杂着恰如其分的疑虑、不信任和狂热。我甚至不能说我感到厌烦。与赫蒂的谈话，结果永远不会有危险或令人兴奋之处。话题多半又回到起点。没头没尾。

我舅舅们的财务状况有所好转。弗格森一家运气总是不错。但钱未能把他们从固步自封的现状中解救出来，钱必定也不会延缓他们走向终结的旅程。我这样议断他们是忘恩负义。但有何不可。他们对我不闻不问。他们迎接我的态度淡薄敷衍，不及埃塞尔和贝茜给予我的一半热情。血浓于水是一句天大的谎言。血缘关系有时会因离别与重聚、背叛与忠诚而变得疏远。

赫蒂也变了，不像以前那么容易脸红。她在春末时从圣玛丽毕业，但没有照原本一直为她所计划地前往瑞士。是菲茨杰拉德家财力受损，供不起吗？但她看起来称心满意，所以可能是有别的原因。有人追求她？有好几个追求她的人？一场正在酝酿中的婚事？真希望有伊舅妈在这儿可以告诉我。

说来奇怪，尹舅妈不再是埃尔姆塞宅的一员。更奇怪的是，我似乎并不深切地思念她。去年，她嫁给了科罗拉多的一位银矿矿主。我在加利福尼亚时，从赫蒂那儿得知这桩婚事。想到伊舅妈没有写信通知我这个消息，我难过了一天。我本可以去参加婚礼的。

杰拉尔丁舅妈来与我们一起吃早餐时，赫蒂告诉她，今天是我的生日。祝你生日快乐，年年有今朝，罗兰，杰舅妈有点心不在焉地说。我的离去大大伤了她的心。她是唯一始终不渝、煞费苦心抚养我长大的人。她会很高兴看到赫蒂与我结婚，见到我们生一窝孩子，她会激动不已；更重要的是，无论谁对我有意见或不满，她会捍卫我，这个身无分文的罗兰。假如那不算母爱的话，我不知道什么是母爱。

杰舅妈不仅在她自己平凡的人生中找到快乐，而且能够在别人平凡的人生中发现快乐。可现在她看上去多么无精打采。快乐的人应该只准活到一定年纪。我怀着内疚的心情，向她打听我的每个表亲的情况。从她的回答中，人们会以为他们个个过着童话般的生活。想象一下，当有人对我表现出丝毫兴趣时，她会作何回答。

杰舅妈问我接下来的打算。她不想知道之前发生的事。这个家里的人似乎都不想知道。唯有赫蒂晓得我横穿了北美大陆，但我没告诉她我在一家保险公司当职员的短暂工作经历，从中我充分认识到，纽约并非遍地黄金。我在旅途中给她写过信，描绘沿路的风景，但未述及那个和我一起看那些风景的女人。我让她觉得我是和几名与我同龄的男子一起出行。我还暗示，不要向家人透漏这样一趟旅程。她绝不会辜负我的信任。

我提到可能去伦敦。有个在广告公司的关系户写信给我，我说，但我还在抉择，是去那儿还是接受在香港的一份职务。

香港，罗兰？杰舅妈说。在那里做什么？那里离这儿很远。

我说一切还没定下来。

我相信你的舅舅们可以为你在哈利法克斯觅得一件好差事，她说。

杰舅妈不懂讲反话，否则我会对这个建议大笑出声。我不介意去远一点的地方，见见世面，我说。

当然，总有我们没见过的外面的世界，杰舅妈伤感地说。

同样，这儿有一个别人没机会见到的世界，赫蒂说。

我大吃一惊。有一段时间，赫蒂饶有兴致地谈起要去瑞士上学。我可以接受一个对自己不感兴趣的赫蒂，但对外面的世界没有一丝好奇呢？一时间，我相信西德尔仅凭一个眼神即能彻底击败赫蒂。我被那个念头吓坏了。她们决不可见面。这点我确定无疑，是我这辈子迄今觉得最确定无疑的一件事。

尽管如此，杰舅妈说，有些人认为我们可怜。

我不知道她指的是不是我。或伊舅妈。

哦，杰拉尔丁舅妈，没有人可怜我们，赫蒂说。只是你自己心里那么想而已。

我不知道杰舅妈有她自己内心的想法。这必定是过去一年里才出现的。

没有人敢可怜你，杰舅妈对赫蒂说。她接着问赫蒂是否仍计划在节日前去拜访雷纳一家。把任何在场的人排除在对话之外不像是杰舅妈的作风。这突如其来的转变想必是她惩罚我的不忠。

赫蒂说，她会晚些时候去。我告诉他们，罗兰回来探亲，她说。

我说她无需改变她的计划。

哦，家人优先，杰舅妈替赫蒂讲话。

我们全都何其善于惺惺作态。雷纳。想必是世界这一隅新添的成员。他们中追求赫蒂的人是谁？

———————

　　吉尔伯特在二十岁时担当起露西的父亲一职。我在二十岁时是两个孩子的母亲。露西二十岁时在干什么？年轻的男友换了一个又一个，他们中的许多人参加了伯克利烧毁兵役应征卡的抗议活动。吉尔伯特嘴上什么也没说，但我知道，他心中认为露西与不良分子混在一起。一天，她喜滋滋地向我们讲述她在一个聚会上与一位富家女大打出手的事。她道出那女人的名字，仿佛我们应该听说过她。谁，我问。她叫我们去一趟山景城墓园。找到里面最宏伟的陵墓，她说，她家族的人就葬在那儿。

　　那时候，吉尔伯特苦闷不已。虽然露西和她的朋友帮蒂米越过边境，去了温哥华，但他并未觉得好受一点。又一场战争，那一个个拒绝尽其职责的年轻人。吉尔伯特不明白，他们梦想的爱与和平和他本人梦想的大同小异。是的，爱与和平，永不过时。

　　可那些苦难呢，它们有何关系？露西死于战争结束前。生于和平时期，死于战时。那句话也许适合刻在墓碑上，但会引起误读，得出的故事与实际不符。

———————

1930 年 11 月 21 日

　　天气甚是不错。赫蒂和我散步朝公园走去。第一场雪下得快，化得也快。今年的冬天姗姗来迟。

撞见已不记得我（或假装不记得我）的老熟人、需要说明我是谁，或和那些声称比我自己更了解我的人打招呼，我分不清哪种状况更令我懊恼。奥内尔先生和我一直坚信你会回来的，奥内尔太太对我说。

赫蒂身上有一种无所事事的满足感，这种满足感令我心生不满。我的人生充斥着非机密的抱负，赫蒂似乎能将这些抱负当作蛛网般拂去。我真想激她一下。

你知道，你不必困在这儿，当我们在水边一处风较小的地方坐下时我说。

噢，赫蒂说。但我从未觉得自己被困住。

外面有个世界，人得去看一看。

非看不可吗？赫蒂说。

应当看一看，我说。

她朝旁边一只年迈的海鸥投去一片海藻。我们注视了这只海鸥一阵子。它的一只脚爪始终蜷成一团，这只海鸥偏爱另一条腿，却既不会飞，也无法伫立不动。那只鸟的身体里禁锢着一个瘸腿的人，我心想，如此叛逆、不屈不挠，牢牢吸引着世人目睹他的惨状。

你喜欢见识世界吗？赫蒂问。

当然喜欢，我说。

但原因是你有朋友和你一起，不是吗？

我一个人去过不少地方，我说。这句话基本是撒谎。独

225

处提供最难忘的经验。

我在这儿就是一个人，赫蒂说，时刻如此。

我看着她。她有父母和兄弟姐妹。她有称赞她德貌双全的亲戚。她有爱慕她的人。她有钱。她不知道孤苦伶仃意味着什么。

你言过其实了，我说。你在闹情绪。

我所过的生活不允许有太多情绪。但这种生活实际也挺好。

可以想象赫蒂到三十岁、四十岁或七十岁，仍保持这肤浅的恬静个性不变。那种个性是不是人们该在一个妻子身上期待看到的？

可是罗兰，你怎么能如此肯定，赫蒂还属于你？很有可能，下个月你会收到一封电报，说她要结婚了。不，不可能。我看得出她的心在谁身上。男人永远知道女人的心在谁身上。

————

不，罗兰，你不知道。像你这样的男人决不知道。

赫蒂对人生、对罗兰，甚至对她自己的了解，超过她想知道的，但她处之泰然。是的，我嘲弄她，但有一件事她做得对：她不介意装聋作哑或扮无知。大多数人活得像轮子里的仓鼠。总要向世人证明点东西。赫蒂扮负鼠。她也许曾暗中笑话那些跑轮里自得的仓鼠。她有她笑的理由。

226

我今天想必自己心情不畅。倘若赫蒂生在我们家，她大概会像玛戈一样。

玛戈起码有孩子。而且对她而言幸运的是，在她过世时，这些孩子紧随他们的父亲，全在她的床边。

有一次玛戈对我说……我不记得具体什么时候，但是在我们的子女仍十分幼小，让我们能把自己视为年轻母亲的那段岁月里。她说，你有没有觉得奇怪，我们可以当母亲？我说，你什么意思？她说，有时我寻思，母亲会不会对我们感到失望。为什么，我问她。一点感触而已，玛戈说。假如我们中谁也不结婚的话，她可能更高兴。确实，我说。哦，我指的是我们几个女儿不结婚，她说。她当然希望她的儿子结婚。确实，我又说了一遍。

有时我觉得我像极了她，她说。等道格和哈里森长大后，我希望他们有贤惠的妻子，但我不希望林恩或埃莉给任何男人当贤妻。假如她们决定不嫁人，没问题。

我愕然。我不习惯一个有思考能力的玛戈，于是我叫她别说傻话。我想讲的是：照你的人生脚本，该干吗干吗。

我收回我的话。赫蒂不是玛戈。从罗兰的日记看，她从不出错，也不失言。

————

天哪，这本书已经变得多厚。很快我将用完这本笔记簿里的纸。还有这支笔的墨水。以及这管胶水。也许彼得·威尔逊说罗

227

兰重复赘述是有道理的。我曾认为威尔逊对罗兰的日记做了太多删减，遗漏了许多重要的内容。但现在我认为责任恐怕在罗兰本人。他压根儿分不清什么重要，什么不重要。

有时我读他写的东西，里面充斥着他对自己的各种问号，真想对他说：罗兰，够了，这么多问题！你为什么不能给我们一些答案呢？或者，多写点别人的事。他们会有助于使你变成一个更有意思的人。

我指的别人不包括赫蒂。如果你们认为他在这本书的后半部分里变得有点令人厌烦，就怪赫蒂。连一个法国小裁缝的故事，读起来也比她的事更有趣。

假如你们想弄清发生的一切，继续慢慢读下去。自行探索。我会在转角迎候你们。我会拿一些便条贴，标出我感兴趣的地方。你们可能会嘲笑我，说我做的是和彼得·威尔逊一样的压缩工作。但有所不同。这本书我已经读了很久。罗兰记录的日子不是每个都值得记录。不是人人都应受到他的关注。我的任务是找出你们会喜欢的内容。我不希望你们读到一半放弃。

我会像在湖面上打水漂的石子般略过罗兰的一段段文字。那一点，我能做到。

————

1931 年 1 月 1 日

晚上，邓洛普顺路来访，问我对墨索里尼新年致辞的看法。我故意没收听这个演说。我在专心创作我小说的第二部分。在元旦这天重新起步，那样做比沉思人类共同的命运更有意义。

邓洛普觉得难以置信，我竟没听那个演说。

他英语讲得好吗？我问。

但凡政客什么话都讲得好。可你怎么能如此无动于衷？我们生活在一个历史性的时期，我们应当不错过每个时刻的点点滴滴。

我说，经历过世界大战的人当时想必也这么觉得。还有1812年战争期间的那些人。和麦哲伦一起航海的那些人。历史是一个蛋糕，我说。谁都可以自取一块。

你那么年轻，不该玩世不恭，邓洛普说。

你那么年长，不该多愁善感，我说。

我非常喜欢邓洛普。他的处境与我相似，暂时不得不干着这份吃力不讨好的工作，给我们买不起的东西撰写广告。他一心想投身外交事业。他相信全球的未来掌握在外交官手中，眼下正是加入那一行的时机。

他问我香港那边的消息。没有消息，我说。他又说，假如他是我，不管有无消息，他会立刻搭船去那儿。战争即将爆发，他说。你决不想被困在这儿。

我环顾四周。换作一年前，我愿付出任何代价走到我今天这一步。有一个房间。一份工作。在纽约。哪怕这座城市是个围城，它也是一个大于人生的围城。

或者从军，他说。

在美国吗？

有何不可？但你比较幸运，你能在加拿大入伍当兵，不是吗？我多希望我们可以交换身份。战争不是天天有。我们不能让这历史的车轮与我们交臂而过。

邓洛普比我大三岁，但我可以有把握地说，我比他多三十年的智慧。首先，他死心塌地地爱着那个娇小的打字员米莉。邓洛普永远想象不出一个像西德尔那样的女人。有时我觉得自己腰缠万贯，却无法真正向谁展示我的财富。

后来。

收到西德尔的信。她说我该打定主意去伦敦。为什么，因为她在那儿吗？

————

且备注一笔，这回是他第一次没有听她的。

————

1931 年 3 月 10 日

香港。于昨天下午抵达。艾伦·普里斯莫尔在海关总税务司工作，答应帮我谋取一件差事，或在这儿，或在上海。

远东。那么对这儿的本地人来说，我是不是"远西"的一员？我们相距遥远，也远不是平等的人。从码头到半岛酒店，那名拉三轮车的男子汗流浃背。如果他是一匹马，我会让车停下，领他去饮水槽。可那些坐车的人和在他们前面拉车的人，大家似乎都安之若素。我试着用我仅会一点的粤语和人力车夫及行李生交谈，但两人都不以为然地摇头，用洋泾浜英语作答。

————

　　这篇日记提醒我：我该找塞西莉亚聊一聊。她上个月搬进来，她太孤僻，不利于健康。她和她的丈夫是香港人。他们在婚后移民美国，她的丈夫在旧金山开了一间牙科诊所。一天早晨，在他走去诊所的途中，有人从背后开枪打死了他。塞西莉亚只字未提过这件事。是伊莱恩告诉我们的——当年，她曾密切关注《纪事报》上有关这起凶杀案和审判的报道，并向塞西莉亚的子女求证了实情。她多半向那些子女保证，她和她的朋友会对他们的母亲多加照顾。我同情任何信赖伊莱恩的人。

　　我应该和塞西莉亚说说话。不是谈她丈夫的死，而是谈香港。如果我问她罗兰在那儿住的酒店什么样，她也许会感到不那么伤心。

————

1931 年 3 月 25 日

　　在这座岛上：英国人和他们的妻子有自己的俱乐部，举

231

办茶会、野餐、舞会，有一个属于他们自己的社交圈子；苏格兰人、威尔士人和爱尔兰人称兄道弟，建立不稳固的兄弟情谊；再者是余下的我们，各式各样的冒险家——新西兰人、澳大利亚人、加拿大人，当然还有美国人，他们扎眼的程度完全不亚于英国人。我们全都漂浮在一道浑浊的洪流之上，组成这道洪流的是一张张看上去彼此没有分别的本地人的面孔。兴许西德尔说得对，我会觉得香港令人失望。异国风情类似于童贞。一个内心更乖张的人或能从中有所收获。

若你果真像你讲的那样飘零无依，西德尔在她的上一封信里写道，何不迁居到适宜你的地方？

在去上班、去完成我作为西方文明的代表这项令人提不起精神的任务的途中，我在一个报摊旁停下，阅读《论坛报》的新闻头条。巴加特·辛格、拉古鲁和苏克德夫遭处决。处决。我感到这局面我不能坐视不理。起码，买一份报纸。但犹如一个拒绝回答校长提出的问题的男生一般，我把双手插在口袋里，一走了之。在我们这个时代，新闻和路边小贩留下的菜叶子一样，很快变得不新鲜。

陌生人遭处决：这类报道只在告诉亲近的人时才有意思。我想起从洛杉矶坐火车去旧金山时，西德尔大声念给我听的一段叙述，一个法国贵族写一名法国女子遭处决的事。法庭上的流言蜚语，耸动的描绘。那名女子毒杀了她的丈夫和公公（分开进行，所以无容置疑，她是蓄意的），在一路走上断头台时，她以为自己肯定会获救。可怜的凶手，一介女流，她的婚姻如此悲惨，以致单单杀死丈夫不足以解恨。

　　我们这些殖民者应当把上面的故事当作教训，铭记于心。那些本地人绝不是自愿嫁给我们的。

———————

　　吃早餐时，本杰明大声朗读一条新闻，说他以前在斯坦福的同事发现了能够以砒霜为食的细菌。那样的发现值得庆祝吗？我问。失策了。失策引来一番说教。我的意思是，我们应不应该祝贺那些细菌在饮食方面如此独特？不过当然，本杰明关心的是人的卓越才华。我实在无聊，于是用果酱在一片烤面包上写下：Arse（屁股）。他凑近看了一眼。砒霜（Arsenic），他说，并指着报上的那个词给我看，好像我不知道怎么拼似的。我告诉他，面包片上地方不够。他又拿了一片烤面包，写下后三个字母 nic。他见不得任何不完整的东西，他向我解释。好像我在乎似的！

　　人们乐于视自己比别人聪明。我随他们去——除非他们试图要指点我。虽然我的名字前没有额外附加的头衔，但我仍在方框里打钩，说我有硕士或硕士以上学位。我有的正是人生专业的硕士或硕士以上学位。从威廉森先生为客人订阅报纸那时起，我一直自学人情世故。吉尔伯特也热衷于读报，但他是在找寻自己和事件之间的联系。他一辈子关注每年九月的联合国会议，仿佛他以某种方式出了力，让那些政客有望全部集合起来。要我说，那样思考新闻不对。我读报纸的目的是看我躲过了多少灾难。那每

233

一场火灾、地震、战争、暗杀和恐怖袭击，那每一次火车失事、桥梁坍塌、油箱爆炸和生菜受污染，或各种破产、身份被盗、金钱或颜面的损失。谢谢，不需要。亲爱的生活，我没兴趣参与你的戏。假如我想要的话，我可以创造我自己的戏。

你们看今天的新闻了吗，有人走进风铃教堂，偷走一个背包？原来照计划要举行一个悼念仪式，那背包里是装着骨灰的瓮。逝者的家人和朋友，警察和安全监视器，等等，但在我看来，记者忽略了非常关键的一点。当那名窃贼打开背包时会多么失望。真倒霉。在做了一件善事而没有得到回报时，我们说人生不公平，可至少那些做善事的人都因此而有机会觉得自己以身殉道，可以哭诉申冤，给他们的履历继续贴金。如果是一件坏事，一件纯粹为了牟利而做的坏事没有获得回报时，我们会说人生什么呢？如果偷来的赃物仅是一坛骨灰？如果布下一个捕熊的陷阱，逮到的只是一头食蚁兽？如果一个自私的人没有得到他想要的东西？不要说那结果是报应。打击就是打击。不，我不是在为恶人辩护。我想说的只是，生活对谁都不公平。

罗兰关于新闻失去新鲜感的牢骚其实话里有话。是新闻都会失去新鲜感。假如不会，那才滑稽，好比花园里的花不肯枯萎。那大概是一园子的假花。

令罗兰难以接受的是他在报上读到的东西与他无关。很多男人都难以接受。要不是那超水平发挥的细菌和他夫人（wife）沾上点边，本杰明远不会那么多话。噢噢，我写错了。我想说的是他的生活（life）！

1931 年 6 月 19 日

我断断续续地坚持写这本日记。自离开纽约以来，我的小说毫无进展。没有在这座岛上交到真正的朋友。（在任何岛上都没有。直至最近我才想到，我大部分时间生活在岛上：新斯科舍省、曼哈顿、香港。假如我要去英国，那儿也是一座岛。我唯一不在岛上的时间，是和西德尔一同旅行时。）

我尚无值得记录的浪漫邂逅，除非算上我去鸦片馆的艳遇。一段在多重意义上令人沮丧的经历。总有一天，我会把我在这儿的失意当成趣事讲给一个女人听。但现在还不是时候。那一天的来临必须建立在事业有成的基础上。

后来。

事业有成。什么样的成就，罗兰？

心情阴郁。阴郁到令我环视四周，看我的手边有没有摆着一把枪。

过去的十分钟里，我一直注视马路对面的杂种狗。两条黄的和一条黑的，热得无精打采，舌头伸得老长，过分歪向一侧挂下来。光屁股的婴儿坐在三条腿的凳子上，他的姐姐，顶多四五岁，在看管着他，不懂得随着太阳的移动，他们应当跟着动才不会被晒到。哦，狗和孩子，想不出办法挣脱他们卑微命运的生物。我真忌妒你们。

西德尔回归她美满的婚姻，寄来情真意切的信，表面上看是出于友谊（或说不定是母爱）?！赫蒂尽心尽责地捎来新斯科舍省的消息。似乎没有什么能够使我从这心灰意冷中振作起来。连去上海就职的消息也无用，这个消息似乎在与我共事的职员中招来不少妒意。

————

1931 年 8 月，我接受海关总税务司在上海的一个职位。我相信正是在上海，我开始习惯仅用一个字母代号指称大多数我交往过的女人。回想起来，这慷慨的做法等于一视同仁地给既想要记住又打算忘记的面孔蒙上面纱，对此我感到后悔。有时，我真希望能记起一个完整的名字，一个有血有肉的人，不只是几个速写的瞬间。——罗兰·布莱，1989 年 11 月 23 日

————

如果想要记住什么，文字毫无帮助。我直到现在才开始将事情诉诸笔端。但我需要用来记住露西、吉尔伯特、罗兰或其他人的一切材料全在我心里。随便问我一个我人生中出现过的人，我可以告诉你们几则故事。原因不只是我记性好。我收藏人。不是出于贪心。我没有囤积癖。我收藏人，因为我喜欢活在他们中间。他们并不总是知晓那一点。我有我的自尊。

造就人的是一个人没忘记的东西。可怜的罗兰——他像个勤劳的农夫般记他的日记，从不错过一个时节。但除了遗忘，他还收获了什么？

————

1931 年 9 月 2 日

　　几天前的晚上在宴会上遇到 K，我们已见过两次面。她嫁给那个讨厌的 LL。我认为她根本不爱他。

　　今天下午，与 K 去俄国人的餐馆吃茶点。从某个角度看，她的脸几乎可以算漂亮。但再看，心中纳闷，这张脸毫无血色，是不是丑得很。多么奇特的一个女人。

　　来上海前她在海口。那儿只有少量欧洲人，她说，大部分是传教士，为了宗教教义互相争斗。唯一可以团结他们的是我，她说，因为我是无神论者。

　　他们有没有设法挽救你？

　　我患病时，他们竟相给我喝他们能弄到的鲜牛奶，K 说。用鲜牛奶治疗一个无可救药的灵魂。

　　后来 K 病得太重，不能继续留在那座岛上，于是他们把 LL 调到上海，让她可以有条件看西医。我们动身那天，她说，我虚弱不堪，必须由乌克兰裔的港务长抱我上船。她描述她靠在那个乌克兰人的肩上，看着 LL 走在他们前面，踏上跳板。我心中暗想：如果那位港务长失足，我们一起掉进水里，我的丈夫大概不会想到回头，看出了什么乱子。

我问她，她和 LL 是怎么认识的。她说，她怀着想当旅行作家的念头离开英国来到亚洲。她卖出几篇文章在英国发表，并得以在新加坡的一份报纸上开设一个专栏。后来我病了，她说。我本就不是合适的结婚对象，这下谁愿意娶一个有病的女人呢？

无疑，LL 愿意。

后来，在我们上床时，我问她，除了她的丈夫，是不是只有我这个男人有伤风化地抱过她。噢，不过还有那位港务长，她说。上船后，在他把我放下前，我亲了他的嘴。

————

一段风流韵事吗？听起来这个女人好像对男人从无兴趣，现在她快死了。她想骗过的是她的丈夫还是等待她的死神？

我怀疑罗兰有时为了戏剧效果而修改他的日记。也许对罗兰来说，扮演丈夫的情敌还不够。他必须创造一个插曲，在那里面，他比死神更厉害。

————

1931 年 9 月 25 日

满洲 ① 剑拔弩张的局势是此地每日的话题，但其他几大

---

① 指当时的东北地区。

洲似乎基本不以为意。至少我从阅读英语报纸中得到的印象是那样。当然，不管在亚洲、欧洲，还是任何地方，都会有战争。自上次战争以来，什么教训也没学到。身为人，我们有一项共同爱好，重蹈覆辙。当音乐响起时，无人能忍住不加入副歌部分。

　　后来。

　　亲爱的主啊。马修刚进来，说 K 昨晚死了。死了？我正打算这周晚些时候去找她。其他人，没有谁对她的死感到意外。我是不是她为求保命抓的最后那根稻草？

―――――――

你们了解我的意思吧？我认为罗兰在用打字机打出他的日记时添加了内容，把自己写成这个女人生命中最后的男人。罗兰善于通过他自己的想象奖赏自己。哎，谁不是呢！

―――――――

1931 年 10 月 12 日

　　在报上见到我的名字，那感觉多么奇特，哪怕不是我的真实姓名亦然。整件事出自机缘巧合。我们希望机缘巧合会带来快乐或财富，但在这件事上，两样皆无。有的顶多只是一种徒劳感。上周，我和米勒在国泰酒店喝酒，跟他在一起的一个男人叫莫里斯。骨子里典型的殖民主义者。听着他们为迫近的战争争辩，我在一张餐巾纸上信手涂鸦。莫里斯原来是《大美晚报》的副主编，他问我有没有兴趣在政治漫画上试试身手，晚报的总漫画师已决定回伦敦。我没把那番对话当真，喝酒时说的话都不能当真。但翌日，经过左思右想，我觉得何不试试。铅笔、纸、时间，我在上班时这些应有尽有。我画了两张类似约翰·诺特风格的素描画和两张我自己风格的。令我惊讶的是，莫里斯喜欢有一把日本剑和一条中国蚕的那张，还有另一张，画的是一个中国人力车夫拉着一车球，每个球都被胡乱切开，流着血，好像受伤的西瓜。

他们在今天的报纸上刊登了有西瓜球的那张。他们甚至给我起了一个中文名，搭配那幅漫画：卜罗阑。他们告诉我，这个名字的发音近似我的英文名，那三个精心挑选的汉字，富有古雅的风韵。

我一直想凭我的文才成名，结果胜出的却是我稚气的涂鸦。这讽刺像针扎一般。在我的小说里，我不会让任何人物经历战争。战争这个背景太取巧。可正是即将来临的战争让我已从中获益。好吧，其实并没得到真正的好处，但不能否认总归有点小成就。今晚见到米勒时，我要请他喝一杯。

————

露西也很会画画。直到读了罗兰的日记，我才明白她的那项天赋从何而来。不管多晚，谜团总有解开的时候。

她的画，我一幅也没有。她用粉笔在人行道上画小人儿，在吉尔伯特报纸的页边空白处信手乱涂，但这些作品注定第二天就被遗忘。我昨天说我什么也没忘记，这话不对。我不记得那些画是什么样的。我只知道那些画令她开心。露西最开心的时候是她能保持安静、做一件让她全神贯注的事：画画，坐在沙发的扶手上、从吉尔伯特的身后探头看报纸，把旧报纸剪切拼接、做成裙子给她的洋娃娃或她自己。但这样的时刻很少。更多时候，她像蜂鸟似的四处翩飞。你们有没有长时间注视过一只蜂鸟？它使你既疲劳又紧张。

当时没有足够的理由引起我的担心。但即使有，我又能做什么？不可能把一只蜂鸟关在笼子里，喂它糖水。

————

1931 年 12 月 12 日

昨天早晨，在走路去办公室时，我看见一个要饭的小姑娘，最多六七岁，坐在药房外面。我见惯了其他乞丐，白天到公共租界来，晚上销声匿迹，回他们原来的栖所（不管在哪里）。但这个女孩是新面孔。我考虑停下来，打听她的遭遇，问她是要钱还是要我刚在面包店买的法式长棍面包。

当然我没有这么做。我们讲的语言彼此听不懂，不管我能给她什么，都无法救她脱离这悲惨的命运。

今早我没见到她。我在那个无人再摊开双手站着的地方驻足。她不会是昨晚死了吧。想到这里，意外地令人心如刀割。

———————

我把这篇为你们标记出来，因为可能只有在这篇里，罗兰体会到某些当父亲的感觉。那是不是非同寻常？有时我好奇那天他怎么了。

———————

1932 年 3 月 12 日

战争不适合我。对有些人来说，战争可能是一场华丽的飨宴，一个千载难逢的事件。津津有味地享受其中。把黑夜延长至白天。再把白天变回黑夜。我，我情愿粗茶淡饭，只以水和面包果腹。亲爱的人类，谢谢，但不用。

我不禁想起国际联盟。他们怎么如此敷衍塞责地对待中国？他们下一个将置人道于不顾的国家是哪个？

———————

我留在上海，目睹了"一·二八"事变和历时六周的会战，震惊于其间的轰炸和屠杀。西方大国未能阻止日本的入侵，国联商谈达成的停火协议形同虚设，日常生活因战争而受创，一片焦土——上述种种促使我决定去伦敦。我想，如果我不得不目睹一场战争，我希望是和我本民族的人一起。

一位更敬业的编年史家会记录下那几周内发生的事。一个内心对苦难更敏感的人会觉得那些死者和伤者的画面铭刻在他的记忆里。我没有。我就算写，写的也全是关于我自己的事。

我画了不少漫画，但所有原稿尽毁于战争中。我会建议有兴趣的读者去图书馆查阅存档的《大美晚报》，大概在上海或香港的图书馆。通过那些漫画，我试图把发生在远东的恐怖事件转化成短小的趣闻。

我在上海的经历给我的唯一收获是让我对欧洲尚未出现的局面提前有了防备：走在街上，看到数十具尸体，不去寻找自己与他们有任何共同之处。我从不怀疑那时的我，爱我的人类同胞。现在仍爱。但我可以大言不惭地说，我更爱我自己。我的魔术戏法即在于此。从我的帽子里变出一只接一只接一只的兔子。一个自给自足的自我：始终会有源源不断的兔子。还有玫瑰和丝绸手绢。——罗兰·布莱，1990 年 1 月 1 日

————

一只接一只接一只的兔子。我庆幸自己决定跳过这本书的些许内容。我决不可能在每一页上做评注。那样好比一个人总在他的信里写太多话，而对方无言以对。

今早我寻思，有没有另一个阅读罗兰日记的人会像我一样对他有耐心。可谁会读他的东西呢？不会是随便一个陌生人。无论谁，只要读他写的东西，等于已经对他有所包容。

　　假如罗兰比赫蒂先过世，她也许会遵照他的遗愿，将这三卷日记按他计划的付梓出版，而不删节。她会阅读这些日记吗？不大可能。她会起码做点令世人吃惊的事吗？像是翻阅他的通讯录，寄一册日记给里面的每个女人？或把付印的日记全部烧毁？

　　思考罗兰在陌生人眼中会是什么形象毫无意义。正如我不幻想不认识露西的人会从她的照片里看出什么。他们会认为她是个天真的小孩，后来长成妩媚的女人。她素来善于假装，使她的目光显得含情脉脉又惹人怜爱。我不知道她从哪里学来那一招。她是不是认为她可以愚弄她周围的所有人，或她的骗术只用在陌生人身上，如同她爱的也仅是他们一样？

　　她骗不了我。别误会，我深爱她。现在仍爱。但她眼中藏有的是别的东西———一种野性。我看出来了，但我不明白这种狂野从何而来。正因为如此，我不得不承受那"露西"风暴的冲击。

　　我不知道，假如那风暴肆虐得更久，情况会怎样。我想我会变成全家人的风暴避难所。或我自己会变成风暴！飓风。龙卷风。台风。

　　我想告诉你们，不管谁，有时会遭受的最致命的自然灾害是家人。当那灾害袭来时，可以去哪里找庇护所？

　　那些不十分了解露西的人无不喜欢她。觉得她聪颖漂亮。纵然她的美貌不及在她那个年纪时的我，她也肯定比我更机灵。

罗兰曾说，快乐的人应该只准活到一定年纪。我不同意。快乐的人应该想活多久活多久。倒是不快乐的人，在快年过半百前应当三思。我必须承认露西做到了那一点。年轻人的不快乐犹如烟火。只要保持安全距离，甚至可以当做壮观的景象来欣赏。

中年或老年时的不快乐，情况糟得多。像发了霉，还传染给别人。有时不只是湿漉漉的感觉令人丧气。难过的是丢脸。比如前几天晚上多萝西不得不忍受的事，她尿了床，羞于叫护理人员。一个被自己的小便搞得睡不着的公主。但人老了，发生那种事是正常的。不正常的在于，第二天一早，她不但向护理人员和护士道歉，还向每个在她看来可能会替她觉得难堪的人致以歉意。由此可见，那是一个一辈子活在道歉中的女人。

一般而言，活到我这个年纪并无乐趣，但我认为我比大多数人做得好。以下是几条对付不快乐的忠告。我希望你们向我学习。

首先，别郁郁寡欢。不快乐的开端好似洒出来的水或一处可修补的渗漏。可假如不马上把那水擦掉或把问题解决，结果是什么？受潮坏损，霉菌潜入，地板弯折、发出嘎吱声，影响一直深入地基。

假如你们想要我继续往下讲，我有这方面的知识。我嫁了一个熟谙房子的男人米尔特。退休后，他喜欢翻阅他以前保留下来的房屋检查文件。他给我看他的笔记，全都打印了出来。他谈起

245

那些房子，犹如一个父亲谈起他的孩子上大学、找到工作或建立自己的家庭。噢，米尔特热爱房子。彼得·威尔逊大概也会觉得米尔特啰嗦。但彼得·威尔逊不懂，当人老了时，任何可以置于生死之间的东西都不是白费唇舌。我敢说，他也对他的妻子重复讲过的话：也许他并不喜欢那肥皂的味道，可她连续五十年一直买同一个品牌，或他讨厌奶油拌玉米，因为玉米渣会卡在他的假牙里。我凭感觉认为他不是一个随和的人。至于安妮·威尔逊，她想必是和赫蒂·布莱同一类型的妻子。否则赫蒂怎么会在她的所有侄女外甥女中独独青睐她？

诺尔曼不一样。米尔特悉心记得那每一栋房子，但诺尔曼当了四十七年驾驶教练，对教过的学生，他一个也没谈起过。在他眼里，他们没有区别，好比每年收成的南瓜、芜菁、白菜，有些长得漂亮，有些是歪瓜裂枣，有些一开始就烂了。他不能忘怀的是瓦列霍输给费尔菲尔德、未能成为郡首府的那场官司。发生于1873 年！谁在乎啊——大家会说。但诺尔曼觉得是头等大事，所以我任他谈论。在诺尔曼临终前，他几度对我说，莉利亚，你是个耐心的女人。我不是，我知道，但在他说这话时我没有反驳。我只是做了一件善事。

女人必须允许男人为某些无用或遥不可及的事而活着：米尔特对那些房子的回忆，诺尔曼对郡史的痴迷，吉尔伯特对世界和平的梦想。从那个角度讲，对他们三人来说，我都是一位贤妻。

一点想法而已：赫蒂可能并不像罗兰和西德尔认为的那样愚钝。她让罗兰以为她是。

———————

　　1932 年夏，我离开上海前往伦敦。在西德尔的帮助下，加上我在纽约和远东的工作经验，我在一家广告公司谋得一件差事。接下来的几年中，我的人生轨道始终未远离西德尔。通过她，我结识朋友、情人和泛泛之交。我和奥格登一家共度了几个节日。我开始花更多时间和哈里·奥格登相处。他深信可以用经济手段阻止战争。我深信他错了。

　　历史证明我的悲观是对的。战争非打不可。必须分出输赢。但事后来看，战争不如花园宴会、不如快速扫视音乐厅时瞥见一张不熟悉的面孔、不如一次长时间的出租车之行有意思。我本着这条指导原则，从我的日记中选取了以下内容。在这些篇章中，历史，那个不肯离开任何人人生舞台中央的自我主义者，被赶到提词员的角落。

　　如此一来，一个男人可以宣称他最终战胜了历史，不是靠比历史活得长，而是靠修改。——罗兰·布莱，1990 年 4 月 4 日

———————

1933 年 1 月 1 日

　　主啊，对我发发慈悲吧。

　　假如手边有一把手枪，我也许会把自己变成少年维特，可

西德尔不是夏洛特。她会在我的坟墓边竖起眉毛，对她旁边的那人说——天知道，她的身旁永远有个人——我没觉得给一出平庸的戏添加一个不幸的结局可以使这出戏不那么平庸。

对她而言，没有什么比谈心更俗不可耐。我怎么让她在我青春年少时伏击了我？我怎么让自己脱口说出我万万不该对任何女人讲的话，别提是对西德尔？

罗兰，你知道，你能信赖的人只有你自己。让我们筛出所有令你沮丧的事，让我们、我和你，把这些事全部变成使你振作的动力。我们的智慧和毅力管保会有点石成金的作用。

铅变成氡，我们起飞咯。

你在烦什么？烦西德尔身边有太多男男女女吗？

——我不在乎西德尔不是一个忠贞的妻子。但我想要她当一个忠贞的情人。

忠于谁？

——当然是我。

好哇，罗兰。真够大胆的。我们是要忘记你有别的恋人吗？

——她永远排在别的女人前面。

哈里·奥格登，如你所知，永远排在别的男人前面。

——哈里·奥格登纯良无辜。他像别祖霍夫伯爵，但可能有一天，他会使西德尔成为寡妇。

你下决心要取代他吗？

——我不想取代任何丈夫。

248

你担心别的男人会取代你吗？恕我提醒你，没有人是不可取代的。连西德尔也一样。

——问题不是被取代。这句话我得讲多少遍？

你觉得她对你的爱里少了点什么吗？

——她的爱？她不是一个有爱的女人。

那样讲也许不公平。

——一个有爱的人不可能像她那样始终坚不可摧。

你对她发起过攻击吗？

——是的。

讲出你的心里话，并要求她也讲出她的心里话吗？

——总要冒一下险。

这下自食苦果、被逐出来了吧？

——自我驱逐。她没有赶我走。

有何区别？

——总要留点尊严。

尊严是医治受伤心灵的万灵油。讲真的，你想从她身上得到什么？

——我唯一想要的是……一切。

啊。现在我们离真相更近了。想要一切好过一无所求。

——是吗？我以为正因为如此，所以西德尔处于比我有利的地位。她一无所求。

对你，还是对任何人？

——我不知道！对我肯定无所求。

你希望她对你有所求，罗兰。

——我希望她想要一切，罗兰，我希望她只想从我一个人身上得到一切。

————

你怎么了，罗兰？就我所知，只有母亲想要你所要的东西。从他们的子女身上。这样的索求，即便对母亲而言也是一件可怕的事。

吉尔伯特的母亲对他是那样。我的母亲对肯尼也是。排行老幺的倒霉之处。有些由贪求爱的母亲抚养长大的儿子，结果变成贪婪的男人。比如肯尼。但不是每个儿子都这样。吉尔伯特付出的多于他得到的。那不只是出于慷慨。就算慷慨的人，有时也会诛求无厌。有些人想要的如此之多，因为他们认为他们的慷慨理应受到特别的奖赏。这样的人往往最愤懑不平。

吉尔伯特母亲去世的前几天，他和我在她家里陪她。我正在洗碗，他在和一个哥哥或姐姐通电话。他的母亲说，吉尔伯特，你在干什么，那么吵？我说，是我，我在厨房。她说，你在我的厨房里干什么，莉利亚？不管你在做什么，你肯定做得不对。

令我惊讶的是，我在她的葬礼上哭了。我没有在我自己母亲的葬礼上哭。我相信是吉尔伯特的眼泪，还有他哥哥姐姐和所有孙儿孙女的眼泪使我变得意志薄弱。我一边擦眼睛，一边对自己说，真是鳄鱼的眼泪啊。

吉尔伯特的母亲不喜欢我。在她眼里，我不是一个真正的人，只是她儿子所娶的女人。吉尔伯特爱我，但假如他娶的是另一个女人，他也会那样无私地爱她，和爱我一样。我的母亲待我们尚可，但不同于肯尼，我们只是她的子女。让她再生一群孩子，她也不会觉得有差别。你们看出这中间的规律了吗？人可以长命百岁，身边有人围绕，但这些人中若有一两个能接纳你就是你、不是你对他们来说是谁，那你才三生有幸。

吉尔伯特与我在婚后没有犯上面的错。我们始终是吉尔伯特和莉利亚，不是吉尔伯特的莉利亚或莉利亚的吉尔伯特。

西德尔和赫蒂都把罗兰当作罗兰。他对她们来说是什么无关紧要。她们看穿了他。她们在她们的人生中为这个她们看穿的人留了一个位置。

我也看穿了他，但仅是现在。在他死前，在阅读他的日记以前，我接纳他并非因为他是谁，而因为他对我而言是谁，还有对露西而言。或许我也那样对待露西，看她对我而言，还有对罗兰而言是谁，却没有想过她是谁。

可露西是谁呢？

————

1933 年 1 月 2 日

待在家里——独饮了几杯酒后心情益发平静。过去一个月我经历的那些激越的情绪，现在觉得简直微不足道。

我像是那类被魔术师请上台的人。他发牌，然后说，请

251

选一张。假如我更聪明些，我会交叉双臂说，不，我不能，也不会帮你。无论我选哪张牌，都是你指定给我的牌。

可我是个傻瓜。我是会被任何魔术师当作道具的人。我无法不选那张牌。我无法不相信，挑中我是有原因的。

我开始觉得我气西德尔是气她所处的境界：她掌握着她的命运。我没有。

————

露西也掌握着她自己的命运。罗兰人生中无法拥有的那个女人和他不知道的亲生女儿——她们都实现了他想做到的事。还有我。

但西德尔不喜欢过激的情感或行为。我也不喜欢。在某种意义上，她和我相似。

露西，可怜的露西，她掌握着她的命运，但她像罗兰，永远活在偏激中。

————

1933 年 1 月 12 日

等待 M 的到来。她令我想起赫蒂，但对赫蒂，我起码不必费任何心思。M 不像赫蒂那么泰然自若。或许正是由于那个原因，我让自己继续对 M 保持兴趣。但另一方面，我对她不像我对赫蒂那样心怀敬意。或称之为同情。

如今，我在西德尔身上发现一个我两年前未发现的危险。大多数女人做不到两全其美：她们要么头脑太贫乏，使得她们外在的光彩难以持续，要么身体弱不禁风，支撑不了她们的头脑。西德尔是罕见的头脑与身体不此消彼长的例子。

西德尔是不是素来这样？她曾像 M 那么天真幼稚过吗？她有没有骗自己做一个一厢情愿的恋人，像赫蒂执意的那样？我打算什么时候才停止拿每个人与她对比？把西德尔当作衡量一个女人的起点是不公平的。最残酷的莫过于告诉赌徒他头一把已经大获全胜。乐趣在于下一把总会赢得更多。

自元旦那次不欢而散的谈话后，我尚未见过西德尔。我还要这样忍多久？

在某种意义上，M 应当是我的理想人选。她足够爱我。我们在生理上合得来。我可以想象自己心满意足地与她结婚。不忠的问题也许会出现，但如果我们谁都不把它太当一回事……她不像是会成为好母亲的那种人，但我对传宗接代没有兴趣。

如果我向 M 求婚会怎么样？我可以带着这个胜利的消息，出现在西德尔的起居室。

————

人们高估自己，但若知道怎么一笑置之，那么做无伤大雅。

253

你们认为，假如他随便向一个女人求婚，西德尔会觉得受伤吗？

真正的伤害来自低估自己的人。我的母亲使自己相信她当不了一个贤妻良母，所以她就不做贤妻良母。露西怀着相同的信念，她采取的行动更加决绝。她和我的母亲一样，婚后不快乐，她又和罗兰的母亲一样，英年早逝。有时我觉得那未免奇怪。

我在远还未到该考虑结婚的年纪时就发誓，我要活得不一样。我一直如此，做到所有我母亲没做到的事：一个贤惠的妻子，一位好母亲，当上祖母，同时又不失自我。可从母亲身上吸取的那种种教训不表示能够挽救女儿的命。

————

1933 年 2 月 3 日

回到西德尔身边。这次重聚以讨论战时的截肢为开端，以在我单身汉的安乐窝里度过一个亲密的下午而收场。

尽管放心，你不会在任何战争中失去手脚，事后西德尔说。

我问她凭什么放心。

你太爱自己，不会让那样的事发生。

假如我丧命呢？我说。我本可能在他们轰炸上海时遇难。

那是运气不好，她说。但对你而言，丢掉性命远不比少一条腿或一条胳膊来得严重。

我琢磨她讲得对不对。假如一个人对自己的爱超脱不了爱自己完美无损的外表，那么任何一点变化——头发花白、腿力减弱、技艺衰退，更别提受伤、疤痕、永久的印记——都会使那种爱面临挑战。再过六十年，我还会像今天这样爱我自己吗？一个女人也许会在男人老去的必然过程中始终爱他。起码希望是这样。如此说来，她对他的爱是不是不及他对他自己的爱？

我记起一则赫蒂以前讲给我听的东方传说，举国最漂亮的贵族小姐和她的皇家未婚夫之间的爱情故事。有一次灾难毁了她的容——火灾？生病？——她想解除婚约。他刺瞎自己的双眼，仅让她天籁般的嗓音为他保留记忆中她的美貌。就这样，他们从此过着幸福的生活。我对西德尔转述了这个故事。

好烦人的一对夫妇，她说。

这样的悲剧不打动你吗？我问。

他已经爱得如此盲目，刺瞎双眼有何意义？

你不认为这样一种偏激的举动中包含美吗？

我不认为偏激的东西有何美。失去一条腿或胳膊是一件骇人的事。主动刺瞎双眼教人惨不忍睹。以爱之名的反常之举是对爱的极大侮辱。

人用什么举动表现爱呢？我说。

西德尔伸直她的双腿，交叉双脚，像个在小憩的芭蕾舞演员。当我凑过去，手指摸着一个膝盖的轮廓时，她说，我们不是在演戏。我不是爱演的女人。

这么说，全是我在演戏吗？

你跟你的其他女人在一起时也这样吗？

255

我不知道，我回答。我想不是。

但愿不是，西德尔说。

为什么，因为这样一来，你会珍惜你对我人生的掌控权吗？

我不掌控，她说。是你选择受人掌控。

在你把我从芸芸众生中挑出来以前，你应当三思，我说。我想，把我扔回去，对你不会有很大损失。

罗兰，别无事生非，西德尔说。

你想说这——我指了指她和我自己——不是真人真事吗？

我没有骗自己相信你把它当真，她说。那么：到底是真的吗？

对你来说不是真的吗？我问。

不管什么事，我想让它成真，对我来说都可以是真的，但你，罗兰，你引以为傲的是照你的意愿，把一切事情变得不真实，不是吗？

我不知道——现在仍不知道——她的话应当让我感到受伤还是安慰。我有没有把我眼前的人生当作是真的？这个人生是我唯一仅有的。

————

有些人分不清现实和非现实，你们认为这种性格特点是遗传

256

的吗？

露西三岁时，有一天，她告诉我，她打算搬出去。搬去哪里，我问，她说去哈里森街的宠物店。那儿晚上没有人，我说。那儿有夜间的保姆，她说。真的吗，我问，照看宠物还是照看儿童？照看凡是不满五岁的人，她说。你从哪里听来的？我问。她不肯说。她只露出她那特有的笑容，表示她比我聪明。她带着同样的笑容告诉我，有个男人在马路那头的公园里生下一个宝宝。我想肯定是个流浪汉在被禁止的地方大便。结果竟是一位无辜的老人在贩售几个木偶。但我还是质问了他为什么和没有大人陪伴的女孩讲话。后来他不再现身，露西说那男人和他的宝宝一起搬走了。

我感到不安。那只是小孩子的幻想，吉尔伯特说。这是每个小孩都会经历的阶段。无疑他讲得没错。但问题是，在一个孩子死后，你会忍不住想起那些幻想，仿佛它们传达着重要的信息。是什么让露西早在年幼时就说要离开家？那个生下自己女儿的男人是不是罗兰？他喜欢演戏。他想吸引许多人的目光。他评估世人的标准是世人对他做了什么。那些性格特点，露西都有。但有一样东西他没传下来。他爱自己之深，不会冒险做任何可能伤害自己的事，可能性再小也不会。露西为什么没有继承那一点？

我不会称自己是一个完美的母亲，但我的确格外关照露西。尽管如此，我知道在人们闻悉露西死讯的那一刻，他们会问：那位母亲对那个可怜的孩子做了什么？那位母亲怎么能如此失职？

露西死时，人们寄来慰唁卡和信，说这件事是个悲剧。我不

257

理解他们。她的祖父母死于火车失事，委实，就一对年轻夫妇而言，那是个天大的悲剧。假如把人生过得和大多数人有一点不同，那样算很不幸吗？选择一种不同于大多数人的死法也算吗？

露西死时，我用的措辞和别人一样。我说我的心碎了。她的死带走了一部分的我。一颗破碎的心能持续稳定地泵送血液三十六年吗？不，到现在是三十七年？一颗心不可能破碎，因为我们的心都不是用玻璃或陶瓷做的。一场悲剧，它犹如怪物用爪子和牙齿把你撕裂吗？还是用手术刀或甚至某种像南希的女儿给她眼睛动的刀，某种包含激光和计算机的先进技术？有时，在听到人们使用上述讲法时，我想说：给我看看你的心，给我看看哪里碎了；你身上有什么东西被取走了，一颗肾、一块肝，还是几条肋骨？

语言如草。如野草。在这栋建筑——这人生——里住的时间够久，我愿意当一名除草工。咔嚓咔嚓。所有那些没用的话不见了。接着我们可以清静地吃我们的饭，如同他们在宣传册上口口声声所承诺的。

可假如我停止讲话，连最简单的言语也没有，他们会认为我疯了。他们会要求你们付更多钱，这样他们可以把我送去另一科室。所以你们瞧，语言是最无用的东西，但我们承担不起失去它的代价。如果钱财尽丧，可以申请破产。对待语言，那样行不通。

我们放走那么多重要的东西，因为有人告诉我们，放手是一种美好、高尚、勇敢、有益身心的做法。到头来，我们抓着不放的仅是杂草般的言词。以我当了一辈子园丁的经验，我可以向你们担保：没有多少言词值得栽培。

———————

1933 年 12 月 30 日

晚上我和西德尔及奥格登先生在一起。假如窗帘没有拉拢，假如街上有个人渴切地看着我们，我们呈现的也许是完美的画面：西德尔斜靠在沙发上；奥格登先生与我坐在两把凑近的椅子上，他把她如雕塑般的头尽收眼底，我蜷缩在她穿着皮鞋的双脚旁。有一刻，我恨不得将我的白兰地全倒在她的长筒袜上，看那液体在织物上留下痕迹。

我一直没搞清他们的婚姻状况。这个话题是禁忌。有我在时，奥格登先生只纯洁地拍拍她的手。连亲吻都没有。西德尔对她的不忠似乎心安理得。在一封早前给我的信里，她写道："在世上的所有人中，我以我的方式，只对哈里保持真正的忠贞不渝。"这句话是什么意思，她永远不会说明。

我举杯向历史敬酒，西德尔说，每一代人想必都敬过同样的酒。

愿子孙后代为我们指点迷津，帮我们认识我们身处的这个时刻，我说。

你不高兴吗。我们中没有一个人必须考虑为人父母要考虑的事？西德尔说。心系子孙后代地活着？

可她当过一回母亲。奥格登先生唯一的儿子死于大战中。

259

还有两个成年的女儿，是他第一段婚姻留下的。但假如西德尔否认她们的存在，奥格登先生也不表示异议，我觉得提起她们是多此一举。酒喝足后，我会相信，我们拥有我们在这座岛上所需的一切，由我们三个人创造：时间、和平、美与融洽。诚然，岛外有一片大陆或说一个大洲，但从我们所在的位置看，那儿完全可以一直是无限远的海外。

奥格登先生告诉我，他计划在乡间买一栋房子。我假装表现出兴趣，因为我不是第一次听他讲这个计划。过去几个月里，他开始显出疲态。他的这副模样让我从未像现在这般感激我所拥有的：青春、活力、对生的渴望。

————

当罗兰写下上面这些话时，他比露西死时还要年轻。他完全不了解，养一个孩子是怎么回事，或在考虑未来时惦记着那个孩子是什么心情。相反，露西想到了你的未来，凯瑟琳。正因为如此，她留下那张字条。她没有具体注明它是写给谁的。"请代我照顾这个宝宝。我太累了。"

凯瑟琳，我们从未告诉过你很多有关露西死的事。现在我可以告诉你了。等你读到下面这段话时，我已经像门钉一样死翘翘。（对了，为什么说门钉？人生主要由无生命的东西所组成。门钉有什么如此特别的地方？我不是那种接受敲打的人。也许我可以说，我像花园的水管一样死翘翘。或是防烫布垫、晾衣夹子。刨花怎么样？我一向很喜欢那些名字里包含有生命之物的无生命的东西：刨花、蛇管、起酥热狗卷。）

露西在那日中午离家出走。她留了张字条在你的摇篮旁，凯瑟琳。发现那张字条的人是史蒂夫，他过了两小时才想到给我们打电话。他以为露西可能是出去走一走。他说，他不是第一次回到家，发现只有你一个人。你睡得很乖。正如史蒂夫事后所言，如果你是那种爱哭闹的婴儿就好了，露西估计不会那么容易开溜。

史蒂夫打电话来时，我当即知道露西死了。我无法解释我怎么知道的。当母亲的就是知道。我没有立刻对吉尔伯特讲什么。你可以说那么做是出于好意。我没有在似乎仍有理由抱有希望的时候扼杀他的希望。或你可以说那么做很残忍。我让他继续相信我明知是虚假的事。那两天，我保守着这个秘密：只有这一次，我真正对他不忠，我差一点坚持不住。这么做令人心力交瘁。欺骗丈夫总是累人的，但在死这件事上欺骗丈夫呢？

可怜的吉尔伯特。他努力保持乐观。他如此卖力，以致他讲起话来语气开始像联合国和平大会期间的报纸文章。各种像是"未来""暂时受挫"之类的用语。我看得出他害怕，而且他不知道他怕的是什么。他抚养了露西，他爱她，但在她身上有某些他无法理解的东西。总有某些东西使人与人之间变得生疏。全世界百分之八十的人走到一起，相亲相爱、和平共处？联合国大会真是个笑话。

在他们找到露西前的那两日里，蒂姆每天从加拿大打电话来，询问需不需要他回家。突然间，他不再是个毛头小子，而长大成人了。我们叫他静候消息。我们不想给他添麻烦。威尔当时在城里上班，他下午提早下班，带莫莉去公园，去冰激凌店，甚至给她买了一个昂贵的玩具娃娃。

我感激蒂姆，尽管我叫他只在晚上打电话来，这样话费有折扣，他还是在白天打了数通长途电话。我感激威尔。我好像没有在他身上付出很多，但他和吉尔伯特一样，有一副好心肠。可我也同情他们。看得出，他们觉得只要他们能做点什么，一切都会好起来。我同情他们，因为我无法告诉他们，最终什么也不会好起来。

此外还有卡萝尔。她不上学，空等着，哭啊哭，因此有一个下午，我把她送到她的朋友邦尼家。正好是警察来的那个下午。假如我可以选择，我会在消息传来之际把全家人召集到一块儿。知道死讯后全家人的再聚首难受极了。仿佛必须把死亡重演一遍。而第二遍，必须有个人充当凶手的角色。

是我打电话给蒂姆，也是我在卡萝尔回到家时让她坐下。

卡萝尔，哦，可怜的卡萝尔。在我的所有子女中，她是唯一没什么特殊本事的。露西刚烈、狂野（这两点让她很受用，直至她决定她不再需要它们）。威尔是个乖孩子，长大后稳重可靠。他没有很多雄心壮志，但他交友广泛，是我所有子女中朋友最多的。蒂姆最聪明。莫莉是个小霸王，她懂得利用那份霸道占便宜。可卡萝尔，我说不上来。以前我常觉得，如果发生地震或山火，她会是我第一个失去的孩子。我可以用眼睛时刻盯着她，我可以用手铐把她和我铐在一起，但当祸事临头时，她仍会俨然像蜡烛般熔化。

可怜的卡萝尔。起码她嫁得不差。克里斯可能是世上最乏味的男人，但乏味的男人不大会在家里引起自然灾难。不造成伤害，那条应当是对任何丈夫的首要要求。

我为什么喋喋不休地讲其他人，你可是在等着听有关你父母的事啊？那两天，史蒂夫和我们待在一起。他不方便回他们的公寓，吉尔伯特说，我们必须收留他，他是家中的一员。我不得不破例为史蒂夫讲句公道话，我跟你说，在那段时间里，他流的眼泪比我认识的任何男人都多。诚然，我们可以把很多事归咎于他，但对着一个如此痛哭不止的无赖，能说什么呢？那些眼泪背后总有几分真情吧。

警察上门通知露西的死讯时，吉尔伯特开始啜泣，史蒂夫的眼泪却戛然而止。噢，这些男人呀，莫名其妙地哭，因为他们哭得莫名其妙，所以当他们止住哭泣时，他们以为自己做了什么光荣或勇敢的事。

他们在水库找到露西的尸体。她素来水性很好。

我没有哭。哭不是我的作风。争论才是。三十七年来，我没停止和露西争论。我抚养长大的孩子、我在病榻前送别的丈夫、我的花园、我阅读罗兰的日记——我人生中的每一件事都包含在与露西那场漫长的争论中。她是我的女儿。她不该那么早撒手人寰。

露西死后的第一个节日假期最不好过。凡是生日，凡是假日，凡是有蓝天或有雨的日子，都令人想起那个决定选择不活在这些日子里的孩子。但我们有别的子女要照顾。我们有你，凯瑟琳。

那年秋天，吉尔伯特的母亲住院，要动手术。我煮了汤，装在保温瓶里，让吉尔伯特带去给他的母亲，又用另一个保温瓶装一份给他的父亲，他碍于面子，不肯来跟我们同住。不，他不想觉得自己是我们的负担。可什么是负担？我可以剁尽世上的蔬菜和肉，我可以喂饱一礼堂的人，但做那些事何来负担？有一阵子——啊，这件事会使你们发笑——我无法照我母亲的食谱做出菠菜蘸酱或菠菜馅饼。菠菜是一种古怪的蔬菜。初始有一大把。再多对一家七口来说也不嫌多，但最后变成可怜的一小碗。烤面包真是容易得多。膨胀个没完！烤面包让你相信奇迹可能出现，有朝一日，你甚至能让人起死回生。

哦，露西使我有所变化。日后再没有东西让我觉得有重量。一切都轻飘飘的。羽量级。我一向知道这个术语，但自露西死后，它不再与拳击有关。羽毛有重量，但要称量羽毛，必须杀了那只鸟，剥下它的皮，如此千辛万苦，得到的是一小撮——无足轻重的东西。露西死后，我对她的感觉就是那样。留下来的她如此之微。

哦，胡话连篇。我看出这是把任何事写下来的危险之处。快乐的人不需要言词。我向来是个快乐的人，但你们瞧，由于我把这些话形诸笔端，我变得扫兴起来。

————

1934 年 4 月 28 日

　　阳光明媚的一天。处处是春的迹象。花坛里的郁金香如

264

酒醉的舞者，凌乱的程度恰到好处，但仍美丽动人，在参加宴会、度过漫长的一夜后，终于迎来晨光，准备恢复姿态。一个女孩从一棵玉兰树旁走过，捡起落在地上的一片花瓣，那片花瓣大得足够让人在上面写一首简短的情诗。在这样的日子里，很难想象，嫁给生活（是的，你们说有哪个活着的生物不是和生活缔结连理的！）这件事会叫人失望。我们有树、花、鸟和喷泉，我们有诗、音乐、青春和酒，我们将永远拥有它们，无论顺境逆境、富贵贫贱、生病还是健康。谁能为我安排一个比我的生活更合适的新娘呢？

后来。

出门野餐，只有西德尔和我，像初恋的情人，但我们对彼此的了解之深，类似夫妻，一种我们自己制定的婚姻。野餐完后，我们在一间小教堂驻足。让我们瞧瞧等待着人类的是什么，她说着，随便翻到《圣经》的某一页。听这句话，她说。"随后，暗嫩极其恨她，那恨她的心比先前爱她的心更甚"。

幸好我俩谁也不是暗嫩，我说。

我讲的是实话吗？有好几次，我真该借写暗嫩的话，用来对抗西德尔。没有别的女人逼得我那么偏激过。

你怎么知道？她说，然后朝我伸出一只手——一个奇怪的举动。我亲吻了那只手。

我们对彼此的爱之深，深到有一天我们肯定会反目成仇吗？我说。我以为我们不会犯那个众人犯的错。

我们对彼此而言多么无足挂齿，她说。

那日，阳光依旧，却失去了暖意。

十九年前的今天，查尔斯死了，她说。在加里波利。

我似乎并未能够相信她有过第一任丈夫。或在那次婚姻中生过孩子。或甚至把西德尔想成一位年轻的妻子。我如此不看重她的过去，仿佛她根本是个没有过去的女人。

今天我在想象，查尔斯到中年时会是一个什么样的男人，她说。

然后呢？

我想不出来，正如我无法想象哈里年轻时一样。

在我看来，哈里·奥格登可以作为中年男人的样板，最终还可为死去的第一任丈夫提供老来的样板，但我没把这句话说出口。你不用总是靠亲身经历一切来了解某些事，我说。你只需经历一些事就能了解全部。

你讲的不在点子上，西德尔说。

我知道，我说，但我还是这么讲。

为什么？

哦，自私吧，我说。除非你要表达的意思把我包含在内，否则我看不出我有什么理由要费心迎合那个意思。

你不像以前那样受自我怀疑的困扰了，是吗？西德尔说。

自我怀疑好比是松露，我不介意撒一点给我的日常活动增添滋味，但太多则不行。谁愿意付高昂的代价，换取如此……可有可无的东西？我说。

你听起来真明白事理。

明白事理，没错，也敏锐地知道我自己需要什么，我说。我又解释了我最近对自私和敏感的看法。自私得不敏感的人和敏感到无私的人同样苛求，我们应尽量在生活中避开他们。不敏感和无私加在一起会使每个人苦不堪言。自私而敏感的人，喔，我说，假如只剩下他们，这个世界岂不会没那么无聊吗？

我想你在他们之列，西德尔问。

我把你也算在其中，我说。我没说奥格登先生自私，而且自私得不敏感。

西德尔未作回应，于是我追问她：怎么，你觉得我的理论有问题吗？

噢，没有，这番见解新颖独到，她说。你这个年纪的男人应当总是在建立某种理论体系。

我真讨厌她那样。你这个年纪的人呢？我说。既然她冷漠到拿我的年纪说事，我为何不能提醒她一下她的年纪呢？

当一个人经历过够多体系……

你不再相信它们吗？开始推翻它们吗？

干脆既来之则安之。

所以前一套体系和后一套体系一样好吗？

一样不完美，她说。

没有一样东西比其他东西更不凡吗？没有一个人比其他人更特别吗？我问。那熟悉的怨恨再度揪住我的心。我感觉

267

自己像一个她偶然发现的样本，一只因有罕见缺陷而歌声更悦耳的鸟，或一头毛皮上有奇特花样的狐狸。她对我感兴趣，固然，但只到下午茶时间为止。

哦，我们都开始在斗气了，她说。我们沿这条小路走一走吧。若能瞥见一头狐狸岂不好玩。

这话让我慌张，让我受到触动，让我想要像个小伙子般向她示爱，因为我们的思绪殊途同归，一起想到了幼狐。

后来。

我是这样一个人吗？碌碌之辈，但在年轻时被西德尔认识，人生的每一阶段都将在她的眼前展开。我填补的空缺是一位太年轻而过世的丈夫，还是一个太早失去的孩子？

意外的是，西德尔尚未把我放弃，当作研究报告似的，完成、准备归档。但或许一个一流的样本，即便在最挑剔的检查员心中也应当能够为自己争得一个永恒的位置。

————

西德尔果真把罗兰变成一个样本，集一段早已逝去的婚姻中的丈夫和儿子于一体吗？我认为没有。说到女人，他老是弄错。噢，不行，罗兰，你别用一个女人生平经历的死亡来解释她。

但我喜欢罗兰的那套理论。

我的父亲自私又麻木。我猜许多霸道的人都是这样。我的弟弟海斯、米尔特（我了解，你们谁也不了解他的那一面）、伊莱恩，无需再赘述。

我的母亲敏感而无私。典型代表了那类用自己的痛苦使其他人痛苦不堪的人。

吉尔伯特麻木而无私。我不会说他让谁活受罪，但他没有那样纯粹是侥幸——因为娶了我。如果他娶的是别人——比如，我的妹妹露西尔，他的麻木和他的无私会使她变作一个恶魔。她会乱发脾气，因为他对她太好，又因为他不够好。如果他娶的女人像我的另一个妹妹玛戈，他的善良会令她透不过气。

敏感又自私的人：罗兰是一个。我是一个。露西也是。令人头疼的家伙，你们可以说，但一个世界没有像我们这样的人是难以想象的。

——————

1934 年 8 月 8 日

哈里·奥格登和西德尔以及几个朋友在西班牙。尽管她知道我已答应在詹金斯休假期间监督部门的工作，我还是收到虚应的邀请。离让自己从芸芸众生中脱颖而出更近了一步。一旦我在小说创作上取得成就，最终所有经历都将派得上用场。要不是有这个信念，我会沉沦，不是落入致命的绝望中，而是陷在自恨的烂泥里，先是齐腰深，后深至胸口。

那些意外闯进我人生的女人，她们不过是几片叶子，漂浮在这个名叫罗兰的天地的池塘上，不是吗？

————

我总认为罗兰在谈起他对自己的这份憎恶时，是在夸大其词，但现在我纳闷，他讲的到底是不是实话。一个人可以像罗兰一样，那么爱自己却又仍讨厌自己吗？也许在对自己的爱之深和对自己的恨之切之间并无区别。两者缺一不可。

我不受自恨的困扰。但原因是我没有爱自己爱到极点。

恨和爱是蹊跷的用语。大家会认为它们是最严肃正经的话，但其实不然。你们可以做个实验，数数一个人在一天内说多少次爱。我会试一下，但只怕数到上午九点我就疯了。你们会认为，周围有这么多爱，人人会觉得这个世界美好极了。爱啊，爱啊，爱啊。前几天，我们看一个烹饪节目，里面有个女人"慷慨地"给色拉淋上某种"浸泡了香料的油"。没错，爱就像那样，可以慷慨地浇淋，油腻腻的。

恨也好不到哪儿去。人们使用这个词甚至比使用爱更随意。吃午饭时有人发牢骚，我"恨"①西兰花。真的吗，我想转过去问她，西兰花杀害了你的某个祖先吗？你的丈夫找了棵西兰花当情人吗？

昨晚我做了一个有露西的梦。说来奇怪，我仍梦见她。梦里

————

① 讨厌，在英语里可以用同一个词hate（恨）来表示。

270

的她十几岁，我在一个空荡荡的地方撞见她，是室内——没有窗户，所以想必有某种照明设备，但我分辨不出是什么。她坐在一块粉刷过的木头之上，穿着一条粉红连衣裙。我看见她，我说，哦，露西。我正要继续往下讲，可她忿忿地看着我，和她以前常对我投来的那种愤怒神情一样，那神情表示，我恨你，我恨你，我恨你。

过去，她动辄就对我说那几个字，并对我投来那样的表情。实际生活中，我从未让她阻止我讲出任何我想讲的话，但在梦里，我犹豫了一下。说真的，我在梦里变得有点害羞。不是觉得受了冤枉或挑衅，而是害羞。好比想讲一些体贴的话，却找不到合适的措辞。我生平几度有过那种感觉？从未有过。

刚醒来时，我为自己没对她讲任何话感到遗憾。但现在我寻思，梦里的害羞是不是一件好事。正如在实际生活中，害羞是一种被低估的美德。想象一下，如果人们停止浇淋爱和到处嚷嚷恨，而是做到害羞。那一点从未被所有与会的要人和政客视为和平大会的目标。或人类一个更光明的前途的目标。

我更常梦见吉尔伯特，有时梦见诺尔曼和米尔特，偶尔梦见我的兄弟姐妹。我很少梦见我的子女。我回想他们。想到或梦到，哪个更好？

我寻思，吉尔伯特有没有时常梦见露西。如果有，他并未告诉我。露西死后的头几个月或可能头一年里，他喜欢谈论她——从她在襁褓中到她结婚嫁人，各种各样的事。我是那个每当有人提起露西的名字时就变得冷冰冰的人。不，我不想过那样的生活。

我不想，每当听到她的名字时，要再对自己讲一遍，她死了，她死了，她死了。

过了一段时日后，我对吉尔伯特说，你能行行好吗？我们别再谈起露西了。

他一脸哀伤。我是不想忘记她，他说。

我们不会，我说。即使我们余生不在嘴上念她的名字，我们也会时刻记着她。

他应允。但现在我思忖，是不是因为我拒绝与他谈论露西，所以他和我们的孩子继续谈论她。在我背后。当孩子们大了点后，他也许对他们讲了更多有关露西的事。那样不像吉尔伯特，但前些天，莫莉说爸爸告诉他们有关露西的事比我告诉他们的多，那话是什么意思？

露西死后，我不但考虑离家出走，而且想联系罗兰。不是因为他会提供任何慰藉。他是最不可能那样做的人。不，理由是，我想和一个心里几乎只装着自己的人在一起。

我没有联络罗兰。我决定保持忠贞。不仅是忠于我的婚姻和家庭。其实是忠于我的悲痛。人们说这般悲痛、那般悲痛，但让我告诉你们，有时悲痛是最贪心的恋人。你一动走掉的念头就等于犯了不忠。接着呢？悲痛宣布，你将永远无权再拥有它。悲痛背弃了你。悲痛是惩罚人的高手。

我想到头来我不够勇敢。

但我确实每年去图书馆，向我心爱的图书管理员安德森太太打听，有没有一本署名罗兰的书。当我终于拿到这本书时，我后悔没有写信告诉他露西的死。见到她的名字出现在这本书里，阅读他会写些什么，事情会大不同。

晚做比不做强，人们喜欢这么讲。有时我想提醒他们，但请别晚到人死以后。

———

1934 年 10 月 10 日

今日，赫蒂的信捎来杰拉尔丁舅妈过世的消息。人总有一死。在前往远东的轮船上，一位谦逊的日本绅士悄无声息地死了，我们肃穆地聚于一堂，让太平洋给予他最后的安息。在香港，我曾见过一位老汉，驼得很厉害的背上扛着一捆竹竿，他在热浪中晕倒，再没起来。在上海，人们被炸死、冻死、饿死。上周有新闻报道，在一条运河里发现一具年轻女子的尸体，是个孕妇，怀着一个新生命和一份旧有的绝望。人总有一死，但像杰舅妈那样纯良无辜的女人，如此安于现状，她为什么不能永远活下去？没有人比她更善于坚持活得平庸，并把这些平庸变得不平庸。大家会认为，那各种毫无分量的想法会为她制造一艘永久的飞船，飘浮在上空，下面是被称作生活的沼泽和被称作死亡的漩涡。

有些人只在他们找到把人生活成悲剧的办法时才开始活着。对这类人中的非等闲之辈而言——哈姆莱特、我，或甚至我的母亲——那样的命运包含几分甜美色彩。但杰舅妈应

273

当始终平平安安，连最不可避免的悲剧也不应落在她身上。我多么不愿把她的死看作是违反了上述协定。

后来。

什么时候举行葬礼？西德尔问。

我想我参加不了，我说。

如果我们一起去呢？

去哈利法克斯吗？

我在考虑去美国。你可以在参加完葬礼后到那儿与我碰头。趁着还能自由来去，我们应当旅行一趟。

自由不是穷人与生俱来的权利，我说。

自怜也不是，她说。

恰是由于那个原因，我打算留在这儿，我心想，但我没把话说出口。我没说我想挣够钱，买一套豪华公寓，摆上昂贵的装饰品，跟不会让我觉得自己丑陋卑鄙的女人在一起。

哈里呢？我问。他不想与你同行吗？

西德尔挥了挥她的烟，没有回答我。

————

今早，埃蒙对我说，一日三餐里，我向来最喜欢早餐。我说，是吗？他说，是的，猜猜为什么。我说，你何不告诉我呢，因为不管我猜什么，你准会说不对。他说，这餐饭难有可炫耀的地方。

我讨厌人们谈论他们的晚餐，红酒啊，香槟啊，一道接一道的菜。早餐较易消化，较难描绘，你不觉得吗？

我暗自思量，你对这世道的了解不及我的一半。前些天我在报上读到，现今当母亲的若在早餐时不给她的孩子提供两种不同的水果，将被视为失职。固然只是某人的一己之见，但凭我当园丁的经验，我可以告诉你们，这些看法不是无端冒出来的。

你不妨开启一个新风尚，让早餐成为谈资，我说。

我相信，所有我们考虑过的风尚都已经被人开启了，他说。

我敢肯定有些事尚无人做过，我说。瞧你和你的朋友，忙着写你们的回忆录。要我说，不是最实用的活动。

什么是实用的活动？

上个插花班，这样你可以自己设计你葬礼现场的布置，我说。

埃蒙露出痛苦的表情说，我不知道你在讲什么。听起来让我觉得有点病态。

为什么？思考死亡不会让死亡来得更快，我说。一旦你有了自己喜爱的方案，你可以留下指示，交给花店。那样不好吗？或给你自己葬礼后的招待会构思一份主厨特选套餐。那样如何？

你想的和我们大多数人不一样，埃蒙说。

————

第二次世界大战来临。罗兰在战时所写的日记不如战争电影。我们唯一获知的是并非人人死于战争，并非人人成为英雄，并非

275

人人当叛徒，并非人人受苦受难。

————

1940 年 3 月 3 日

　　战事胶着，犹如一门敷衍的婚约，既无理由解除，也没婚礼在望。

————

　　最糟的婚约并非原本就不该缔结的那种。不，最糟的婚约是你明知会结不成婚，却仍说服自己订立的婚约。以下是你该知道的一些事，凯瑟琳。当史蒂夫来找吉尔伯特，提出要娶露西时，我们没有说"不"的唯一原因是，无论史蒂夫还是露西，谁都不会接受"不"这个答复。史蒂夫可能会变，吉尔伯特说。吉尔伯特是个彻头彻尾的乐观主义者。

　　我以为露西迟早会意识到这场婚姻不会美满。我以为她会成为我们家第一个离婚的人。本身即是一个纪录。但我也是乐观主义者。我以为一旦事情不成，露西会采取行动。

　　我相信她有能力那么做。我希望她在采取行动上表现得无能会更好。优柔寡断是一个不受赏识的优点。但要怪就怪我。罗兰更擅长优柔寡断。假如这世上都是像罗兰这样的男人，我们会免遭一些劫难。小灾小祸，我们避免不了。事实上，有些男人专门引发小灾小祸。像是罗兰和史蒂夫，或许我的父亲也在内。

好吧，凯瑟琳，但愿等你读到这段话时，你已经离开你的那个丈夫。安迪也在他们之列。

假如不能嫁给真命天子，起码嫁个好男人。像吉尔伯特那样的。我曾对他说，他的心如此宽广，犹如公园里的那类游乐设施。小朋友可以在你的心里玩真人大小的蛇梯棋，我会说。我没有说的是：那种种秘密可以四处游走，他一个也逮不到。我指的是，我的秘密。

露西和史蒂夫订婚后，有时我会一边做菜，一边猛然感觉从噩梦中惊醒。接着我会重新继续切菜炒菜。她是你的女儿，我会对自己说。种瓜得瓜。

————

1940 年 5 月 14 日

战争再度打响，这次更动真格。比利时与荷兰遭入侵，一小块大陆上的小国家。欧洲依然令我觉得陌生。我们容易对陌生人的苦难置之不理。

今天西德尔说，哈里与我可以闭着眼睛指着一张地图，不管指到哪个国家，那儿都会有我们认识的、可能在这场战争中丧生的人。

我把那席话当作批评，但没有为自己辩护。

回忆起去年十二月摄政公园结冰的池塘，S 与我在寒冷

277

的湿气中抱作一团。我情愿活在那一刻，而不是眼下，难民
像随意移植的花在这春光中冒出来。

————

今早我们看新闻报道，马丁内兹的几家老工厂发生火灾。楼
里的工作人员四处奔忙，确保所有窗户关好。去日本园的郊游取
消。失望的人很多，我算幸运的一个，不在他们之列。我不介意
待在我的房间，回想长在我自己花园里的我自己种的花。喜爱现
在绽放的玫瑰和喜爱五十年前绽放的玫瑰，两者有何区别？

火灾令我想起我的曾外祖母露西尔传下来的一首歌。我只记
得这样一句歌词。"带我回到昔日的马——丁——内兹。"一句如
此悲伤的歌词，你知道，不管谁在歌唱昔日的马丁内兹，都不可
能再见到那个地方。

但自那以降，可怜的马丁内兹少了几许风光。今天谁还歌唱
它？谁知道那些矿工曾对马丁内兹怀着什么样的梦想？热乎乎的
食物，干净的床，祝他们好运、答应一旦他们带着金子回来就嫁
给他们的女人？我寻思，现在的马丁内兹是不是好比半死的人，
因为所有曾经向往过那儿的男人都不在了。想象一下，假如全世
界的人都不再向往巴黎、伦敦或纽约。这些城市会一个个变作死
城，和那座被火山埋葬的城市一样，你们知道我在讲的是哪座
城市。

曾外祖母露西尔可以这样讲：假如我在山谷的地图上随便指

278

一个矿区，我都找得出来自欧洲诸国的男人。比西德尔的话更厉害，你们不觉得吗？

使人们走到一起的不是和平，而是金子。要是我能告诉吉尔伯特就好了。

————

1940 年 6 月 18 日

我没去过法国。我没踏足过巴黎。现在巴黎陷落了，我想拉住一个路人说，怎么会这样？我们怎么会上当受骗，认为这个世界的建立是为了让我们幸福快乐？

但我一边在口头上表达和其他人同样的惊愕，一边纳闷，我是不是只在装腔作势。我依旧认为，对我而言，我的人生不仅限于巴黎。我在哀悼一种生活的终结。我本可能过的生活。更确切地说，应该过的生活。

奥格登先生相信英国会遭入侵。他已开始说要搬去美国或加拿大。

缺乏爱国精神，不是吗？今天我对西德尔说。

西德尔提醒我，奥格登先生已经为英帝国牺牲了一个儿子。

奥格登先生不在场时，西德尔总是维护他。奥格登先生在旁边时，情形正相反：我称赞他有远见，西德尔取笑他的谨慎。

后来。

阅读今晚的新闻时，我感到一阵心痛，想到伊薇特，那个法国小裁缝。她和阿梅莉亚回法国了吗？或说不定她们都在纽约结婚成家？伊薇特不愁找不到肯娶她的男人。阿梅莉亚呢？她够机灵，可以弥补她外貌的不足。

————

吉尔伯特年轻时是个美男子。他虽然不具备罗兰有的那些电影明星的特质，但仍算得上够英俊。

如果他娶的人像阿梅莉亚，那个多半长得不外乎像萝卜头的小裁缝，那会怎样？他还会是一个恢廓大度的丈夫吗？假如一个相貌平平又温顺的妻子把吉尔伯特变作另外一个人，那会怎样？

上周，一位作者来做讲座，我跟着去听听有什么关于这个世界的新鲜事。这位女士说，我们人类没有改变，我们只是随着时间的流逝成为更像我们自己的人。

尽胡扯。我有的是证据表明，男人会变，通常取决于他们娶的是谁。例如米尔特。记得吗，凯瑟琳，在我嫁给他以前，你们个个认为这么做是荒唐的主意。你想最后风流一回，随你，莫莉对我说，但我们可不需要再有一群同母异父的兄弟姐妹，你也不需要再有一个丈夫。

然而，你们都完全错了。我嫁给他是有原因的。

米尔特娶了我儿时的朋友玛吉·威廉森。对玛吉而言，他不是一个好丈夫。具体情况不必细述，但关于那段婚姻我可以讲的是：玛吉既不漂亮也不凶狠，米尔特太把自己当回事。（也许那是所有不幸的婚姻的症结所在，丈夫或妻子太把自己当回事。）

不管怎样，米尔特令玛吉活得不开心。我记得，当他们的四个孩子都长大成人后，我对玛吉说她应当离婚。她大惊失色。我明年就五十了，她说。我一个人要怎么过？

五十！玛吉应该听我的才对。五十岁的人，不管谁，仍是个小宝宝。可她继续困在那段婚姻里，又忍受了二十年。你不厌烦他吗？我经常问她。她只回答，有消息，又有一个孙儿或孙女要出生了。

所以假如我不是疯了，我为什么要嫁给米尔特呢？我知道你们心里有这个疑问。首先，米尔特虽然可能不是一个那么好的丈夫，但他真心实意地哀悼玛吉的死。看得出，办完葬礼后，他一夜间老了十岁。就像我的父亲一样。我很容易对成为鳏夫后变得迷惘的男人动情。

诺尔曼前一年过世了。我对自己说：莉利亚，你是幸运的，嫁了两个好男人。假如这次你找一个不及吉尔伯特或诺尔曼一半好的男人会怎样？也许你会煞煞米尔特的气焰。也许他会煞煞你的气焰。

和米尔特的婚姻出乎我的意料。诚然，米尔特和我，我们都从生活中学到了一些东西。在我的三任丈夫中，他是最风趣的。和玛吉结婚时，他没那么欢闹滑稽。他根本懒得逗她笑，我的看法是，他把那项特殊才能留到人生最后八年，留给像我这样特别的人。

前些天，一位访客在电梯里对我说："要是一个人能先当祖母再当母亲就好了。"我没时间搞清这个女的是谁的女儿。但没错，要是男人能先当鳏夫再结婚就好了。

————

1940 年 7 月 3 日

奥格登先生已决定去北美。我有能力使他相信，去加拿大会比去美国更容易。

隶属加拿大驻英高级专员公署的格雷厄姆·哈里斯告诉我，他们的办事处里挤满了想把他们的孩子送去或自己想去加拿大的人。我刚收到亚历山大·贝恩的口信，问我能否帮他想个办法，加入英国皇家空军。人们往这两个方向奔去，寻求平安或荣耀，同样不切实际。

如果奥格登先生和西德尔离开英国，我也该跟他们走吗？就在我开始喜欢上这份工作之际？我在构想公关口号方面颇有头脑。无论战时还是和平时期，撰写骗人的话是一项非常抢手的技能。从那个意义上讲，我和理发师一样不可或缺，除非战争将人类消灭得一干二净，否则理发师绝不会歇业。唯一的区别：理发师对秃头基本无计可施；凭借只字片语，我能使那脑袋显得仿佛留着令人羡慕的发型。搞宣传的人万岁。

————

如果罗兰说动西德尔和她的丈夫一起走会怎样？如果罗兰跟他们一起上了那条船会怎么样？我的人生中就不会有罗兰。也不会有露西。

我提早透露了日记的内容。活了这些年，反复阅读他的一篇篇日记，很难不着急。

————

1940 年 8 月 24 日

今早警报又响了。但在上海经历的轰炸使我对伦敦遭遇的轰炸见怪不怪。

就这样，事情已定，奥格登先生将坐船去加拿大，同行的是两位和他有往来的匈牙利人。

西德尔说她认为无需贸然行事。

离开战区似乎一点不算贸然吧，我说。

人不应该被外力牵着走——西德尔的意思是这个，奥格登先生对我说。但习惯向我解释西德尔话中的含义。她怎么受得了这么一位没有幽默感的丈夫？我努力遏制我的沮丧心情。奥格登先生十足像个动词的过去完成时态，不是吗？

你恐怕没注意到，他继续说，战争在西德尔看来不是紧

283

急事件。

　　我不骗自己相信除了奥格登先生之外，我是她生命中唯一的男人。我没有确凿的证据，但我怀疑，她正在对那个脸蛋光溜溜的埃迪·莱格心生特别的爱意。他为她写诗，他有肺痨。这些都是西德尔告诉我的。我曾要求看看他的诗，但她一副若无其事的样子，仿佛根本没听到我的话。

　　奥格登先生继续叨叨了一会儿，说西德尔任性、要独立自主。但我想，最主要是为说服他自己相信，他没有因西德尔决定留下而感到受伤。

————

　　露西出生时，吉尔伯特的父母前来探望。吉尔伯特的父亲带他出门去一间酒吧，父子俩单独聊了聊，留下他的母亲向我传授照料婴儿的事宜。既然你和吉尔伯特有了孩子，她说，你必须为下一次地震做好准备。

　　我说，什么？

　　迟早会再有一场大地震，她告诉我。她五岁时，旧金山发生大地震，她和她的兄弟姐妹与他们的父母失散。最终他们找到我们中的六个，她说，但我们再没见过最小的妹妹凯蒂。

　　我的天哪，我说。吉尔伯特没跟我讲过。真可怕。

　　是很可怕，她说。吉尔伯特不知道。

你没告诉他吗？

我也没告诉杰克，她说。

多奇怪呀，她把那个故事告诉我，我心想。她与我素来不亲。或许有哪个好心人收养了凯蒂？我说。

也许她死了，吉尔伯特的母亲回道。她还不满两岁。不可能指望像她这样的小不点儿会自谋生路。

我不知道该说什么。吉尔伯特的母亲在露西才几天大时带着这个恐怖故事来示威。我认为这样做不对。

杰克和我成家时，她继续说道，我坚持预先计划好，万一再发生地震该怎么办。我把一块有我们姓名和住址的标签缝在孩子们的内衣和内裤上。我坚持这么做，直到迈克和莫参军为止。吉尔伯特有没有告诉过你那件事？

没有，我说。

我真的这么做了，她说。此外，一旦发生地震，不管有没有时间帮我们，杰克会立刻跑出屋子。我没有能力赚足够的钱，抚养那些孩子。

假如因为杰克没有留下来救你们，你们死了，那怎么办？

我们没有死，不是吗？她说。我们让孩子们和我们一起演习，这样我们人人知道该做什么。

你并未告诉他们凯蒂的事吗？

不是迫不得已，为何要让人伤心？

原来如此，我心想。我的婆婆希望我承诺，即使其他人个个会被压死在碎石瓦砾下，我也要让她的儿子活下来。我会跟吉尔伯特谈一谈这个事，我说。

但别告诉他凯蒂的事，她说，接着又补充道，她在她的两个女儿和吉尔伯特的两个嫂子生下头一胎时也和她们这么讲过。做好准备是我们女人的事。

吉尔伯特和我并未抽出时间制订那个计划。但现在我想到奥格登先生，抚养他长大的母亲必定和吉尔伯特的母亲一样。在奥格登先生从小住的房子里，每扇门上大概都写着：男士优先。

————

1940 年 9 月 18 日

中午时分，传来贝拿勒斯市号轮船沉没的消息。我立刻赶往加拿大驻英高级专员公署。冲上楼梯时，我险些撞倒个头矮小的秘书。抱歉，我吼道，然后说有个朋友随那艘船落水了。

但那儿没有更多可获知的东西。大家都在等消息，父母和亲人开始陆续到来。

我还没敲门，西德尔的厨娘贝克太太已打开门。奥格登太太让我今天放半天假，她说。不，我们还没收到任何有关奥格登先生的消息。

我望着贝克太太离去，在楼梯口踌躇不决。换作其他男人，他们会冲上楼。西德尔被抛入等待的虚空中，一如船上那些掉进海里的不幸乘客。放下救生艇，与冰冷的水搏斗，

286

伸出一只坚定的手：我讨厌让我有义务作出行动，这样丢脸吗？我不是勇敢的男人。我唯一正派的地方在于，我并不冒充勇士。

西德尔出奇地镇定。我一走进起居室，她就说，她已经和哈里的律师及他的两个女儿通过话。

我从未见过奥格登先生的女儿，我说。

她们不常来，西德尔说。

她们与奥格登先生不亲吗？（我讨厌打探别人的事。不，那样讲不对。我不是讨厌打探。我讨厌不知就里。）

哦，她们和他挺亲的，但她们有她们自己的生活。

我继续询问那两个女儿的事，还有她们的婚姻，与此同时，我始终看得出西德尔分明没兴趣讨论她们。问题是，我不知道该讲点什么别的话。

你为何如此坐立不安？西德尔问。

我的手和脚看起来与平时绞扭双手或顿足时没什么两样。我回答，我这辈子还没经历过我认识的人意外身亡的事。

你的父母呢？西德尔说。不过你免受了那个打击。

我想在这场战争中，有的是我要学的东西，我说。

我不知道有什么可学的，西德尔说。人们对死亡如此大惊小怪。

人只有一条命——那一点无可辩驳吧？

人只有一种命运，西德尔纠正我的话。不过在有确切的消息以前，请别让我们被无用的想象所左右。

如果我是奥格登先生，我会因她的冷静而感到受伤。几乎无言以对的我，去为她和为我自己各拿了一杯酒。

　　你不必留在这儿，她说。有任何消息，我会打电话给你。

　　撇下她一个人，还是坚称我有权利陪在她身边，等待——假如——奥格登先生的死讯传来，我抉择不下怎样做更好。

　　我想你还是走的好，她说。

　　在地铁上，我挥之不去两个念头：西德尔没有决定陪奥格登先生同行，我感到如释重负；如果奥格登先生遇难，我相当于扮演了凶手的角色，或至少是帮凶。

　　但奥格登先生还没死。有些人在差点和泰坦尼克号一起沉没后生还。有的人因一小口吐司而噎死。

　　任何正派人士的死都是损失。奥格登先生是朋友，不是敌人。他不应该丧命。罗兰，在你和他之间，你才是那个对世界没什么用的人。

————

　　我不常站出来维护罗兰，但这次我要破例那样做。苹果树冬天不开花。黄水仙七月不绽放。事物有其秩序。那是我对天堂的定义。如果有个神把世上全部的人排列起来，像一组多米诺骨牌，让老的总是倒在年轻的前面，我会信奉这个神。

　　罗兰是年轻人，哈里·奥格登是上了年纪的人。让我们别质疑为什么哈里·奥格登在战争中死了，罗兰却活了下来。

露西死后，有个女人对我说，孩子竟比父母走得早，这样让人觉得不合理。你也许永远不会再觉得这个世界是合理的。

我不知道她是否认为她在为我着想，预先给我一个忠告。露西死后，人们说的话各式各样。大部分关切热心，有些言之有物，别的空洞浮泛。但也有极其滑稽的——噢，那些话真是岂有此理，令我发笑。一天，莫莉以前幼儿园的一位老师遇到我。你不用一直穿黑的，你知道吗？她说。如今，即便女人死了丈夫也不必穿很久丧服。还有一位邻居莎莉，待人和善、优雅高贵，坚持请我去她家喝茶。当时我忙得团团转，但我还是应邀去了，以为只是和她简短地喝杯茶。她烤了司康饼、覆盆子馅饼和一个柠檬蛋糕，外加一篮含巧克力片的曲奇饼干，让我带回家。连续两个小时里，她讲述她和她的丈夫因一次意外溺水，失去了一个在襁褓中的孩子。事情已过去近五十年，但莎莉哭得惨极了。

你现在没有哭，但原因是你处于震惊中，她说。且等着瞧。她又告诉我，当她的子女，那些在第一个孩子死后他们所生的孩子，提出要养一条小狗时，她的丈夫带回家一只乌龟，因为乌龟长命百岁！

如果我们像多米诺骨牌似的排在一只巨型乌龟前面，这个世界会更加美好。你的愿望是什么，我的孩子？那只乌龟会对我低语。（我猜乌龟是那样讲话的。乌龟具有上帝没有的一切耐心。上帝只会发怒。）我希望到我该走的时候，我的儿女、孙辈、曾孙辈，他们个个都在世，我会说。我将为你实现这个愿望，它会低语，并用它巨大的乌龟脚趾轻推我一把。莉利亚倒下，撞翻队伍里的下一个人。

————

1940 年 9 月 21 日

生还者的恐怖经历开始浮出水面。知道奥格登先生与他的朋友是即刻丧生，简直令人安慰。

想来奇怪，我在每次战争中都会失去一个丈夫，今早西德尔对我说。

过去两天，我一直在她那儿过夜。令人意外的是，晚上既无警报也没空袭。两个早晨，我醒来时都感到欣喜万分。要是只需一个人死得有意义就能结束这场战争该多好。

这场战争将旷日持久，我空泛地说。

他们都死于战争初期，西德尔说。日后，这样的丧生会让人觉得更稀松平常。不那么引人注目。

没有死亡会不引人注目，但近日我没心情争辩。我无法说我是在为奥格登先生感到伤心。

西德尔思念他吗？一个人会哀悼生命中可有可无的东西吗？她在一定程度上的铁石心肠是幸，或不幸。骨子里，我怀疑自己是个多愁善感的人。昨晚，我甚至走进奥格登先生的书房，让自己记起他的笔迹是什么样的。

—————

罗兰不明白的是，西德尔需要那份铁石心肠。否则怎么能在失去唯一的孩子后继续活下去？

我们家每一代的女孩子，个个受教于我的曾外祖母露西尔传下的这句话：当先驱的是男人，但开荒拓土是女人的工作。

我的家族是拓荒出身。罗兰的家族也是。你们认为那份包含在移民和拓荒者基因里的铁石心肠，需要经过多少代人才会消失？

—————

1940 年 9 月 26 日

我在奥格登先生的葬礼上遇见他的女儿。我惊讶地发现她们美若天仙。她们的母亲想必是个不寻常的女人。真奇怪，一个像奥格登先生那样乏味透顶的人，两度娶了令人艳羡的女子。

既然西德尔成了寡妇，我们的关系会发生什么变化？或者，思考未来并无意义吗？

—————

我从未见过奥格登先生的照片，也没花时间想象过他的模样，但我可以告诉你们一些我上周得知的事。克拉克在与他的妻子结婚期间，曾有过三个情妇——同一时间！克拉克，那个干瘪的小老头子！"一位退休的精算师，一个把爱平均分给他的妻子和情妇的男人，一个很会保守秘密的家伙"——要是由我主笔，我会把上述几点写在他的讣闻里。

这件事是南希通过她表亲的朋友的表亲发现的。那几个情妇互不认识，但她们知道有那位妻子，妻子知道有她们仨。

我对克拉克素来没多大兴趣，但现在我忍不住想拍拍他的肩膀说，你的那些情妇都是真的吗？她们看上了你什么？

我想我知道答案。我注意到男人的耳朵不会随着变老而有很大变化。耳朵不会变秃，不会长皱纹，不会因骨质疏松而弯曲。固然，耳朵可能失聪，但我讲的是事物的外观。闪闪发光的东西未必尽是黄金，但闪闪发光的东西都是有特色的。

所以说，事物的外观。克拉克的耳朵太大、太尖，与他的头太不相称。想象一个男人，穿着体面的西装，拎着一个体面的公文包，有位体面的妻子，住在一栋体面的房子里，但他的耳朵却始终看似可疑，仿佛在嘲弄这个男人和他的人生。你们不会觉得那样的耳朵令人着迷吗？而且，那对耳朵使他显得貌丑。当一个貌丑的男人有胆子追求女人时，她们可能会错误地更高看他。

哈里·奥格登必然具有某种魅力。罗兰不明白西德尔看上了哈里·奥格登什么，或不管哪个女人看上了哪个男人什么。

你看上了罗兰什么，你们也许想要问我。

292

昨晚我思忖：如果我们未孕育出一个女儿，我会不会把罗兰忘了？

我不知道。但我知道无法把露西从这个故事中抽走。

————

我战时的日记：话太多，意义太少。随便查阅一篇这一时期的新闻剪报或其他日记作者的记录，披露的都是相同、老一套的往事：轰炸、火灾、致残的躯体、一大早清扫玻璃碎片的声音、一个民族的勇气等等。以下所选的日记叙述了相关的、长远看会改变一些人人生的事。然而此刻我坐在这儿，与已换了几任屋主的埃尔姆塞宅隔着海湾，离赫蒂从小住的房子一个街区，离她的坟墓一小段路，西德尔则葬在大西洋的另一边，回首过去，我只能说，那相关性完全是傻人有傻福。——罗兰·布莱，1990 年 2 月 2 日

————

罗兰葬在赫蒂旁边。米尔特葬在我的朋友玛吉旁边。诺尔曼在他的第一任妻子克里斯蒂娜旁边。吉尔伯特葬在他的父母附近。露西葬在我的父母附近。前阵子，我们看了一部有关水蟒的纪录片。它们在白天过着群居的生活，几千只虫子组成庞大的队伍，四处活动，交流小道消息。但到了晚上，它们开溜，独自漂浮。

接着又回到白天，它们也重新归队。它们无所谓是和数百万同类一起生活，还是自己单独漂浮。

我们在活着时，无法不与他人共处。一旦死了，只有我们自己。但我们不像那些水蜇一样幸运。它们会在每天晚上学习一些关于死亡的事，它们会在早晨重新集合，交换意见。那种虫子间的忠诚是它们永远不爆发战争的原因。

我们死后会见到比我们先死的人吗？我认为不会，但我还没死，我怎么知道会不会。前些天，某人的孙女来访，她告诉大家，那天是她的七岁生日。七岁！伊莱恩说。这是最好的年纪，你将拥有前途无量的一年。那女孩回道，我才刚满七岁，所以我无法告诉你，未来一年会不会前途无量。我哈哈大笑。多聪明的一个七岁孩童。

在阴间见不到米尔特或诺尔曼，或我的亲属，我觉得没关系。我相信不用我操心，他们都已在那儿舒适地安顿下来。露西呢？我想瞅她一眼，但只是远远地。假如我们撞见彼此，我会问她是否后悔自杀。最无意义的问题。

罗兰呢？即便我能找到他，如今我在他眼里也成了陌生人。不过也许我可以捉弄他一下。我可以谈谈他的多位情人，一些零星的细节。你是谁，他会问。一个比你自己更了解你的人，我会说。一个从你出生到死一直在观察你的人。假如他说，母亲，是你吗，那样岂不好笑？

我唯一想再见到的人是吉尔伯特。我想问他：你是否认为我们把彼此想得太好了？

294

———————

1943 年 2 月 23 日

昆廷·琼斯告诉我，位于华盛顿的战时情报局*可能有个空缺。他认为这个职位很适合一名具有像我这样经验的人。我既然已在一场烽火连天、令人精疲力竭的战争中找到理想的太平生活，从事一份无可挑剔、单调乏味的工作，我还想不想去美国呢？

我告诉西德尔这个机会，谈及时显得比我实际感到的更兴致勃勃。她会不会因此觉得，我不在乎离开她？

———————

*战时情报局的前身是资料数据统计局。我多希望我是为一个名叫资料数据统计局的机构工作。过着由资料和数据组成的生活。

西德尔和我于 1943 年春坐船去美国。我在华盛顿与埃尔默·戴维斯的副手见面，谋得一份在他们伦敦分部的差事，致力于心理战。在我的职业生涯中，我始终有个好习惯，不保留与工作相关的笔记。我可以概略地交代一下我事业发展的脉络。正是在伦敦办事处，我与几位正式的共产党员及他们的东欧联络人成为朋友。1945 年，我离开战时情报局，为《工人日报》当起记

295

者，但在那时，这两份差事均无法满足我更宏大的志向。我在联合国大会上协助东欧国家是出于一个高尚的意图，想帮那些夹在大国中间的小国家摆脱困境。当时我相信，东欧会成为战后欧洲大陆的中心。我想得没错。近日来的新闻不断证实着我的先见之明。造成我事业运势滑坡的，不是我的短处，而是有个盟友不忠，他给我和他祖国的一位女同胞安排了一次不合宜的会面。但具体情况无需细述。我能说的只有，我的外交愿景和我的写作事业一样，因命运而中断。——罗兰·布莱，1990 年 3 月 14 日

––––––––

你们有没有觉得罗兰尽在编造这些间谍故事？但他是现身加利福尼亚。我也的确看见他和外国人在一起。

––––––––

1943 年 6 月：西德尔和我从华盛顿哥伦比亚特区前往哈利法克斯。应她的要求。——罗兰·布莱，1990 年 3 月 14 日

––––––––

下面这部分更加精彩。别跳过哟！

1943 年 6 月 8 日

前往哈利法克斯的途中，带着我的非准新娘西德尔。关于我们的未来，我间歇性地试图探取她的一点口风。

你肯定不会，她说，是在讲结婚吧？

如果我是呢？我问。

休比你年长四岁，西德尔说。想想他会有什么反应。

你并不在乎别人的看法。

连我自己儿子的也不在乎吗？

以今天而论。一个假想的儿子，但我没有向她指出这一点。假如我想当一个已婚男人呢？我说。假如我想要孩子呢？

那么你可以给自己找一位贤惠的妻子，为你生儿育女。

我当即后悔我给了她一个简单的台阶下。好吧，也许我不想要孩子，我说。

那我们为什么要讨论一些与我俩都不相干的事？我们绝不可能迈入婚姻的殿堂。不——她用平时估量的眼神审视我，仿佛我是一顶帽子或一双手套——只要我们能忍住就不会。

如果我们忍不住呢？

你指，如果你忍不住吗？西德尔说。那么娶一个女人，结束你的想入非非。我相信不管你娶谁，我们不会决裂的。真正的问题是，我们愿意拨出各自生活的多少给对方？

她没有拨给我的——那些部分属于谁？

1943 年 6 月 9 日

赫蒂呀——叫我说什么好呢，赫蒂令我惊讶。我不记得她有能力深深打动我。也许是我变得更容易动情了？或是她学习掌握了某种巫术？假如赫蒂戴上一顶花冠，她会是反面版的奥菲丽雅，用香豌豆、雏菊、百合和北欧罂粟装点她的头发，迷人地唱着简单的曲调。一丝不苟、神志正常、永生不朽。

也许正是这些年的拈花惹草使我看到她新的一面。她如此有底气，一种不费吹灰之力的底气。

西德尔在纳尔逊勋爵酒店订了一个房间。我礼貌性地去了一趟埃尔姆塞宅，但决定住在赫蒂家。乔纳森不在，在海军服役。托马斯仍在上学。但愿战争在轮到他服役前结束。

今天与西德尔及赫蒂一起到外面吃午饭。想象不出一个比赫蒂更知书达理的姑娘，或一个比西德尔更圆滑的妇人。然而无论谁，若在天上看着我们，准会同情我，一个可怜的男人，被硬塞了两盘昂贵的菜肴，没有一盘是他完全吃得起的。

在我一边研究菜单、一边听她们的谈话——细腻微妙，犹如最上等的骨瓷——之际，我想到，小说家可以大笔一挥，

298

让赫蒂嫁给西德尔的儿子。她们会是一对争宠的婆媳，想博取同一个男人的爱。就算那个男人死了也不会改变任何事。她们会各自坚持她们在回忆和哀悼方面的专有权。一个上了年纪的女人和一个较年轻的女人中间，定然夹着一个男人。

现在夹的是我，好似我情人的儿子，与我的新娘情同兄妹。对小说家来说，这样的关系容易处理多了。他能得逞的地方可多得多。小说家不像我们，不必为他的想象付出巨额代价。

在赫蒂旁边，西德尔显露她真实的年纪。她那不为所动、铁石心肠的特质透出几分粗鄙。依稀，但仍逃不过情人的眼睛。想到这里，吃午饭时我吓了一跳，但现在我觉得有种报复感。

赫蒂呢？似乎一尘不染。

后来。

赫蒂与我彻夜聊天，再次变成两个无大人看管的孩子。埃尔姆塞宅经历了诸多变化。埃塞尔在她的白内障日益严重后走了，去跟一个外甥同住。贝茜不再年轻。在没有很多选择的情况下，她嫁给了弗雷迪的孙子，现在，这个孙子已把养马的马房变成汽车修理厂。很快，他们的三个孩子将开始在厂里帮忙。老弗雷迪死了。他养的马里有几匹也死了。其他的卖了。杰拉尔丁舅妈死后不久，威廉舅舅也死了。维克托舅舅去年中风。我的表兄弟姐妹都过得不错。男的善于经商。女的嫁对了人。

既然医术最好的脑外科医生被派遣去了英国，赫蒂父亲的业务变得异常兴旺，病人远道而来。玛丽安娜姨妈欢迎我的态度不冷不热，又挑不出毛病，之后她一直没怎么露面。

同窗友人和世交友人：这么多故事，大同小异。结婚、孩子、征兵、早逝。

奥格登太太有什么打算？家乡的故事讲完后，赫蒂问道。

我告诉赫蒂，西德尔没有明确的计划。战争有时令人心力交瘁，我说。她需要休息一下。

她做什么工作？

没什么工作，我说。我不知道我是否应该讲西德尔是个诗人，因为近来她不谈诗。

我问了一个多么可笑的问题，赫蒂说。如果人们问我做什么，我恐怕只能说，什么也不干。

奥格登先生在世时，奥格登太太帮他联系一些生意上的事，我说。她经常陪他出差旅行。

现在她连旅行也没办法，赫蒂叹了口气说。（她是指由于战争，还是由于没了丈夫，所以西德尔失去旅行的机会？）

只是暂时的，我说。

赫蒂微笑表示同意。我盼着那个我希望她提出的问题，这样我可以给她一个含糊的答案。她一声不吭，于是我说，女人不必总要做点什么。

没错，她说。我想我们女人闲着更好。

从赫蒂的语气中，我分辨不出她有无挖苦之意，但我想没有。

你不用光闲着，我说。你可以出门旅行。我没有说的是，旅行肯定会让赫蒂找到一位夫君，坐在这家里则无济于事。

赫蒂身上有种漠然的姿态，是我以前不记得有的。她会不会变成这样一个老处女，有朝一日盯着被车载往教堂的新娘，转瞬又把注意力重新投向她在编织的毛衣？赫蒂今年三十一岁。很快我们将是两个人到中年的表兄妹，坐在壁炉旁，缅怀死去的先人。

再见赫蒂，确认了我年轻时隐隐感到的东西。她的身上有某些令我害怕的地方。我总是对人生怀着过高的期望，超出人生愿意给予我的。大多数人都是如此。连西德尔也期望某些事，不肯退而求其次。赫蒂不同。不是说赫蒂不想要什么——她想要的很多，包括我。但她想得到我，和她想得到一切一样，不是靠欲望，不是靠追求，甚至不是靠先发制人，而是靠预言。如果一个小姑娘在公园前面张开双臂说，这整座公园是我的，我们会莞尔一笑，不去戳破她把公园据为己有的梦想，因为那样做对我们无碍。接着我们会绕过她，走进公园，旋即忘了她。如果同一个小姑娘，指着一片沼泽地说，这儿是我的花园，我们谁也不会有异议，相信她是在玩同样的假扮游戏，只是这次我们没兴趣走进那个花园。可如果我们一眨眼，发现那片沼泽地变成了花园，栽满昂贵和进口的品种，那会怎样？那个女孩只是道出了某些她眼中的事实。我们甚至无法对那张纯真的脸讲出"女巫"

一词。

　　始终好奇，小女孩时的赫蒂有没有曾经看着我，对她自己说，这个是罗兰，我未来的丈夫。当时我最好的办法是消失，像柴郡猫一样，仅留下一个微笑。

　　我们讲的好像要赶紧给我的人生做个决定似的，赫蒂说。我倒应该问问你有何打算。

　　我告诉她在华盛顿有个职位，夏天过后，我可能会调去伦敦。

　　你在实现你的梦想，罗兰。

　　我的梦想？我问。

　　以写作为生。见识这个世界。过着惊险刺激的生活。

　　换作是别的女孩，真该给她一巴掌。

1943 年 6 月 10 日

　　赫蒂带我去拜杰拉尔丁舅妈的坟墓。我没有落泪，但单膝跪下，清除墓碑上的部分苔藓。赫蒂站在我后面。她的影子被快近傍晚时分的太阳拉长，覆盖不止一个而是许多坟墓。

1943 年 6 月 11 日

　　你来之前，我正想到你的赫蒂，西德尔在我赴约与她喝下午茶时说。

　　别拿她开玩笑，我说。她是我家里唯一与我亲近的人。

　　是啊，西德尔说。我们都有那一天，最后剩的常常是我们当作救生圈抓着不放的人。

没那么严重，我争辩道。赫蒂与我可能各自嫁娶，把我们两个人变成四个人。

你为何不那样建议她一下？她要抓紧时间。今早，我看着那些大客车载了军人开走。想想看，他们中有多少人将一去不返。她竞争不过那些将要失去心上人的女孩。

你这张毒嘴，我说。

因为我讲话务实吗？

若真务实的话，赫蒂早嫁人了，我说。

先前我在读莎士比亚，西德尔说。我想象赫蒂是可怜的拉维妮娅。赫蒂甚至不用让人把她的双手切了或舌头割了，她也会像拉维妮娅一样默默无语，不是吗？

我打了个哆嗦。多年前我已预见到这一点，发誓不能让她们见面，可我还是没做到。你为什么在谈起赫蒂时，显得你恨她似的？我说。

你见过我恨谁吗？西德尔问。

你乐此不疲地想象她活在痛苦中。

你有没有意识到，我可是在成全你和她呀？就算当一个悲剧里不会讲话的女主角也胜过当无名氏。你把她变成一个无名氏。更糟的是，她任由你这样做。

在你眼里，人人都是无名氏，我反驳道。而且，我相信赫蒂不喜欢小题大做。她会毫无怨言地过着她波澜不惊的生活。

总有一天，西德尔说，香烟的烟雾蒙上她的脸，总有一天，罗兰，你会明白你这样想是愚蠢的。

————

西德尔讲得对。我愚蠢得没有遵照我给自己的劝告，又让她们见了一面。也许甚至是我故意安排的。我这样做是出于无聊吗？或出于好奇，想看看我能对这两个女人做点什么？我人生中最戏剧性的一刻——不，容我修正一下——我与西德尔的恋情中最戏剧性的一刻出现在当时。

也是我与赫蒂婚姻中唯一戏剧性的时刻。

我们三个都不再年轻，可我们险些让自己变得多么年幼无知。

我记下那些日子发生的事，但决定不把这几篇日记收录在内。我深知什么是羞辱，我无意给自己留情面。但 1954 年的那次相会还是别旧事重提的好。——罗兰·布莱，1990 年 5 月 6 日

————

上面讲的事发生于罗兰到访、我带露西去见他的那一年。他来加利福尼亚，想躲开赫蒂和西德尔两人。

今天伊莱恩说，每个人的人生是一幅拼图，直到现在，在他们的回忆录写作课上，大家才获得"智慧和勇气"，把拼图拼好。好几个人表示同意。他们都认为自己在创造大师级的作品。

杰——作？更像是习作。

如果人生是一幅拼图，所有碎片都能拼合起来，那这样的人生想必乏味无聊。还能比这样更糟吗？小宝宝玩的拼图。羊放在羊的格子里，狗放在狗的格子里，奶牛、谷仓、农舍。如果硬要我把我的父母和兄弟姐妹、我的丈夫、儿女及孙儿孙女、还有罗兰和罗兰日记中每个如今我烂熟于心的女人当作拼图那样——如果不让我有选择，只能将他们放入正确的格子里，我情愿死掉。

这样讲并不表示我不好奇罗兰、西德尔和赫蒂之间发生了什么。初读时，我对他很生气。他毁掉了什么？他怎么可以这么做？现在我气消了。我的母亲怎么可以活得如此凄惨？露西怎么可以用这么残忍的方式离我们而去？谁怎么可以这样或那样？人们提出这类问题，无非是想把人生变作一个有解的谜。真实的人生呢？它遗漏重要的片断，又包含着没用和多余的东西。

今天我在报纸上看到，他们即将开庭审判那起凶杀案。去年，一个来自俄罗斯的邮购新娘被人勒死，据称是她自己的丈夫干的，在他们家的客厅，被他们唯一的孩子看见。这位丈夫说这个妻子不是从网上订购的普通新娘，而是前克格勃特工。仍在为俄国人从事间谍工作。她死了，所以没法为自己辩护。为了这次审判，他们把那个小男孩从他的俄罗斯外祖父母那儿接回来。实际凶案的唯一目击者。去年六岁，今年七岁。他的父母怎么能让这段婚姻在他们的孩子面前恶化演变成谋杀？那位法官怎么想得出让这孩子在庭上重温那恐怖的情景？可这些问题会对谁有任何帮助吗？

传言，伊莱恩去找琼，问她是否可以为我们组织一次社会考察，旁听那场审判。

话虽如此，但我不得不说，我死也想知道 1954 年那次见面时发生了什么。赫蒂偷偷在西德尔的茶里下了毒吗？西德尔拿一把手枪指着赫蒂的胸口吗？罗兰恳求这两个女人为他的幸福着想，达成一个和平协议吗？有生以来，这一回——好吧，仅此一回——我可以说我真正感到气馁。不管我能提出什么样的构想，都会被罗兰称作二流产物。

————

1943 年 6 月 16 日

今天我们坐船外出，去乔治岛。一个晴朗无云的夏日。在灯塔下野餐。漂亮的篮子和巧手准备的食物。我认为西德尔搞错了一件事。赫蒂不是无名氏。她的专长在于隐身。倘若把她放在希腊神话里，没有男的神可以接近她，没有女的神会嫉妒她。

我们沿着海滩散步，途遇几对年轻的情侣，男的雄赳赳、气昂昂，仿佛他们的英勇无畏是最挺括的军装，女孩哀哀戚戚，仿佛她们的忧愁是最凄美的礼服。由于强烈意识到，此刻在一起是因为想必觉得这是他们最后在一起的时光，所以他们个个看上去像做戏一般。每个人在战争中被分到一个角色。每个人照着剧本演下去。

返家途中，我们遇见拜太太，她成为寡妇后从多伦多搬回镇上。杰拉尔丁舅妈与她交好，现在赫蒂接手了她，如同接手一株无脑的多年生植物一样。拜太太告诉我，她喜欢自己的名字。这个名字使人们更方便与她道别：拜拜，拜太太。人们爱那样对她讲，她说，在我们这个时代，为何不让告别少点悲伤呢。

明天西德尔与我动身去纽约。经过这么多年后，我仍未摆脱坐火车是一件有去无回的事这个念头。如果一趟无辜的火车之旅能要了我父母的命，那么谁都可能有此遭遇。弗格森家的人以前郑重对待每一次旅行，即便是短途出差，也会全家人到月台上为维克托舅舅或威廉舅舅送行。再见，一路顺风，平安归来。

我叫赫蒂别来车站。她一口答应，令我感到失落。

————

赫蒂善于在小事情上施展报复。拒绝为罗兰送行。带罗兰与他们的表亲团聚。国内外愉快的日日夜夜。漂亮的生日礼物。她会像小女孩数彩珠似的积攒她的报复。不仅针对罗兰，她也等足时间，实现了她对西德尔的报复。

罗兰也实现了他对她们的报复。他比她们活得长，所以他能有最后的发言权。有些人为了最后的发言权而活。

西德尔没有作出她的报复，但她无需那么做。意志薄弱的人误把人当成生活，觉得自己被这个人或那个人所伤。对西德尔和对我来说：伤我们的只有生活。我们不向生活报复。

我比他们都活得长。但和西德尔一样，我不为报复而活。

1943 年 6 月 17 日

前往纽约途中。西德尔优雅地闭着眼睛。有时我思忖，她想没想过从微翕的眼睑后面偷窥，看我在笔记本上写些什么。我老是偷窥。

在圣安德鲁念书时，我常认为我在给卓越的人生书写最吉利的开端；我草拟了通往功成名就的篇章，中间穿插一点风流韵事、阴谋和悬念。但现在感觉，我仿佛才刚写到我生平事迹的第一个分号；目前的成就还不足填满一个完整的句子。

我想到，自马尔科姆·霍布斯以降，我没找到过一个能完全接纳我这个人的朋友。是不是只有年少时建立的友谊才算名副其实的联系？我人生中走马灯般的女人，完全复现不了这种无条件的奉献精神。昔日，马尔科姆与我躺在草地上，看书聊天：鸟儿更自由地歌唱，一道道阳光更富生机，我们的内心更充满甜美的向往。如果重温我以前的日记，我翻到的是一页接一页这样的欣喜若狂，仿佛只要有一个念头就能

308

活下去，如同蜜蜂以花蜜为食一般，让热爱生活的心生生不息的不是肉身，而是活着这个概念本身。

现在我感到遗憾，我没有重视与他保持更紧密的联系。都怪我懒。等回到伦敦，我要马上给他写信。

———————

今天我们果真去了法院，可我们来得太早，戏还没开始。他们还要花一周时间确定陪审团的人选。所以我们集体打道回府，像被带去看一场未到上映时间的电影的孩子一样。我也参与了这件傻事。

但我不怪我自己。我有特别的原因想去看这场审判。俄国间谍素来是精彩的故事题材。罗兰，你会怎样看待这件事？俄国间谍再度现身旧金山？在 2010 年？那样岂不可以让你写出一部精彩的小说？

———————

1943 年 6 月 20 日

森博基夫人和表亲克莉欧娜组成的小家庭没有变化。十三年——时间真的可能过去了那么久吗？她们老了，但跟她们的家具一样，她们有种近似不朽的神韵。那只傲慢的鹦鹉仍在。但比起我上次在这儿，她们的家多了几分灰暗的

309

感觉。

森夫人的衣服保不齐就是我第一次见到她时她所穿的那套行头，可当年，这身衣服只是看起来古怪过时，现在却是毫无疑问的破旧。她的头发仍编成辫子，高高地盘在头上，但现在看起来像干草。西德尔和我受邀与她们共进午餐，席间她沉默寡言。大部分时候是表亲克莉欧娜在讲话。虽然她素来也不是个健谈的人，但她向我提出一个接一个的问题，不让谈话冷场。西德尔一副矜持样，没怎么插话。我感觉自己仿佛被推上舞台，面对三位老妇。连想讨好她们其中一人似乎也难如登天。

不对，我是被置于三名法官面前。她们中似乎谁都没兴趣作出裁决，尤其是正面的裁决。

今天在和西德尔一起吃晚饭时，我对她说，表亲克莉欧娜讲了点她工作上的事。我想她们过得不错。(表亲克莉欧娜告诉我，她一周去纽约上州两次，给一所教会的音乐学校上课。)

她们行事谨慎，西德尔说。她们也许有才华，但她们缺的是钱。此外，她说，莉齐现在也绝无办法把她的钱从苏联转出来。

我愣了片刻才明白，西德尔在讲的是森夫人——听人用小女孩的昵称叫她，感觉怪怪的。所以她在苏联有积蓄？

她的小说在那儿的销量没有几百万，也有几十万。

你读过她的小说吗？

没有，西德尔说。她用俄语写的。

现在肯定有人把这些小说翻译成英语了吧。

就算有译本，我也不想了解，她说。我早明白，莉齐是我要敬而远之的人。你瞧，莉齐比我大十二岁，在我会识字以前，她已经是个神童。她用一种连小孩子也听得出的严肃口吻对我讲，我在音乐方面没有前途。你可以试试写诗，她说。写诗是你能做的最接近音乐的事。就那样，手指一点。

我敬畏有信心从他人身上夺走某些东西的人，但我更敬畏那些有信心授予某些东西却丝毫不担心会出错的人。

拜她所赐，我成了一个只算得上二流的诗人，西德尔说。但她真正教给我的是认清现实。我这辈子只痴迷过她。从此我不再痴迷任何人。

她何时不再从事钢琴演奏的？

结婚以后。

值得为了家庭幸福而作出这样的牺牲吗？

我想有时婚姻会变成一个女人的志向，西德尔说。

但婚后她还是成了一名畅销的俄语作家，我说。

我们不清楚她的书是否有任何价值。我只知道，她以前是杰出的音乐家，现在不再是。

多么不可思议的一个女人，我说。我实际在想的是：西德尔谈论森夫人的口气仿佛她已经死了似的。

没什么不可思议的。莉齐是个专一的女人。我相信人们并未认识到，她之所以成功，是因为她缺乏那种你我和其他

311

许多人赖以保持神志正常的想象力。

她必须具备想象力才能演奏音乐或写作，不是吗？我说。

那种想象力有套路可循，西德尔说。光凭那种想象力不足以让人维生。

后来。

我在从旅行社归来途中遇见表亲克莉欧娜。她穿着一身粗花呢套裙，看起来远不像那次吃午饭时那么衣衫褴褛。她说，她刚给人上完课要回家。

你喜欢教音乐吗？我一边陪她往她的住处走，一边问道。

我喜欢音乐，她说，但我恐怕不是一个好老师。

我说我确信她是大材小用。但跑来跑去着实辛苦，我说。你不能在家授课吗？

表亲克莉欧娜骤然停住脚步。我好奇她是不是从未想过当家庭教师。噢，不行，她惊骇地说。我们绝不可以那样。

为什么？我问。

我们不想家里有一点音乐声，她说。

什么奇谈怪论，她们家住着的可是两位音乐家。

如有可能，我很想和表亲克莉欧娜单独多聊一聊，避开西德尔审视的目光和森夫人的冷眼旁观。我想了解她为何如此心甘情愿地听命于一个怪人。

我寻思，是不是每一个我邂逅的女人都掌握着开启我未来的钥匙。不，不是每个女人。加拿大驻英高级专员公署的伊索贝尔·坎宁安就不是。她漂亮，但仅此而已。把我的未来扣作人质的女人是那些能轻易不把我当一回事的女人。连好心肠的表亲克莉欧娜也会在我离去的那刻将我遗忘。

————

当罗兰重读这些年的日记，然后把它们交给彼得·威尔逊时，他是否仍能记得他生命中的每一个女人？当然不可能。那他为何如此害怕被人遗忘，他自己却这么不花心思记住别人？

那样矛盾的人肯定不止他一个。大多数人想发财，却不在乎别人穷困潦倒。他们喜欢美食，却不在乎别人终日饿肚子。约拉，我希望你能尽早明白这个道理。人们给予你的大多数东西，是他们舍得失去的东西。接受那些东西没有问题，但请把它们视如万圣节的糖果和生日聚会所发的廉价礼品袋。

相应地，只付出你舍得失去的东西。你们想必一直明了，我记忆中的罗兰即属于那类人。

————

1943 年 6 月 21 日

应西德尔的要求，我陪她参加了与米尔德丽德·福尔克夫人的一个午餐会。

福尔克夫人长得不好看。也许是因为她的眉毛——浓密，照我的审美过于阳刚。或因为她的嘴，撇着、充满鄙夷之

313

色。我们一坐下，她就开始直言不讳，说明她正在为建设一个战时文明的欧洲出一份力。她试图与森博基夫人联系，她说，因为他们想在德国出版和演出她的声乐套曲。森博基夫人——福尔克夫人称她是欧洲真正的瑰宝——将会吸引许多听众。

我想她算不上正经的作曲家，西德尔说。

那个问题得由作曲家本人来回答，不是吗？

我恐怕帮不上你多少忙。

您本人，福尔克夫人说，我们仰慕您的诗歌。我们可以将您的诗翻译成最优美的德语出版。我能亲自保证那一点。

我佩服西德尔的冷静，仿佛福尔克夫人仅是询问可否出售一件家具。不管这个丑女人是谁，不管她怎么千方百计来到美国，我确信她已得知奥格登先生的死。我们可以在刚谋害了一个女人的丈夫后，找上门、向她提出做爱的要求吗？但那种事是男人常干的。到头来，各种戏剧性的事件、各种战争，不都是那么回事吗？

我插嘴。恕我疏忽，我没听到你说你和你的丈夫是做什么的，福尔克夫人？

我们从事文化领域的工作。

那透着威胁的含糊其词：我想象一个球，他们把所有艺术家、音乐家和作家都扔到那里面。

我不认为我的诗有值得供人阅读之处，西德尔说。我会十分同情那个被迫翻译我诗歌的人。

您太苛评您自己的作品了，福尔克夫人说。

而且，我的诗写的是鸡毛蒜皮之事，西德尔说。

并非每个艺术家有勇气承认那一点，福尔克夫人说。您不认为，就冲这个原因，您的诗，和森博基夫人的音乐一样，值得被人发现和欣赏吗？

西德尔微微一笑。谨慎，她说，即大勇。你不同意吗，福尔克夫人？

服务生过来请我们点菜。谈话顺理成章地暂停，点完菜，福尔克夫人和西德尔聊起双方都认识的熟人、滑雪之旅和她们看过的戏。我从未考虑过女人歇斯底里时的威力，但听她们讲话，让人寻思战争是否有道理。固然，战争会毁灭许多东西，但起码我们不用目睹这般冰冷的场面。

后来我问西德尔，她怎么认识福尔克夫人。

福尔克先生和哈里的叔叔有些生意上的往来，她说。

可这些傲慢无礼的人是什么来头？

你觉得他们傲慢无礼吗？福尔克夫人的父亲是德国人，但母亲是英国人。她和英国的关系如同我和英国的关系。甚至如同你和英国的关系。你和我也许不是英国最忠实的臣民，但我们选好了站在哪一边。福尔克夫人也是。

所以不管好歹，人总得赌一把。

我们不知道未来，罗兰。说不定这一盘她会赢。

我从未想过我们可能是这场战争输掉的一方。她必当知道，她站错了队。我说。

315

胜利的一方和正确的一方有何区别？西德尔问。

我谅必露出惊恐的表情。西德尔莞尔一笑说，放心。我还是有一些原则的。

我素来以自己不是一个有原则的人为傲。我养成了一种不屈从于任何传统价值的态度。我曾站在听起来也许不光彩或不道德的立场，而正因为如此，我觉得自己有几分崇高和道义。不过，我无法想象自己处于福尔克夫人的境地。叛国是不是头等大罪，和乱伦一样？可我并不介意从哲学或美学的角度为乱伦辩护。我可以同样为叛国辩护吗？

如果我是个小说家、作曲家或诗人，如果福尔克夫人向我开出同样的条件，我会不会能够拒绝？

———————

20世纪50年代末，在一次去西德时，我在接待我的那户人家看到一本书，里面罗列了那些致力于从内部暗中破坏第三帝国、并已遭处决的人的名字和简要生平。其中有米尔德丽德·福尔克（但没有阿尔弗雷德·福尔克）。我把这个发现藏于心中，直至一年后，我碰巧向一位以前是共产党员的朋友（马尔科姆·霍布斯，那时他已经在乡间安顿下来）提起。福尔克夫妇，马尔科姆说，为英国共产党做事。不可能，我说，并叙述起那次在纽约的会面。马尔科姆解释，她接洽的那些人要么是敌视或批评共产党的人，要么是像森夫人这种，已经偏离党的事业的人。

我不知道米尔德丽德·福尔克是怎么被捕的，也不知道她的丈夫怎样了。但即便今天，回想起他们密谋胁迫或引诱某个像森夫人这样不问世事的人，使她成为受纳粹欢迎的名人——一项打着革命事业的名义而进行的计划——我瞧不起福尔克夫人的殉难。——罗兰·布莱，1990 年 5 月 22 日

————

如果你是腿部肌肉的一部分或心脏的某个小瓣膜，你怎么会知道大脑在策划某些劳人的事？想想每个在露西自杀时正认真地为那具年轻漂亮的身体各尽其责的细胞。

它们和森夫人一样，落入或没能落入一个阴谋中，被消灭或没能被消灭，一切取决于运气。

噢，运气。永远最孜孜不倦的厨师。你可以婉拒，说你饱了。或可以借口肠胃不适。或像小孩子一样噘嘴，不肯碰那些东西。但这位厨师仍给你一道接一道的菜。讲真的，不吃完最后一口没办法离席。然后，在你付了账单、终于可以离开时，哦，不，事情还没结束。就像莫莉带我去品尝那个主厨特选套餐时的情形一样。在我们离开前，那位殷勤的服务员给我一个漂亮的袋子。里面是送您的南瓜方包，太太，用我们的特别配方烘焙的。

在我的子女中，谁会提供那道被带走的南瓜方包？不会是莫莉。我知道。卡萝尔吗？她像我的妹妹玛戈。她没有狂野的一面。没有刺。不给人意外。蒂姆和威尔呢？不会是他们。

317

凯瑟琳，我必须向你坦白。现在（终于！）我已经吃到最后一道菜，当我思量运气正在偷偷为我烘焙什么时，我想到的正是你。

————

1943 年 8 月 29 日

回到伦敦。有时我好奇，希特勒对这样大动干戈地让大家惦记他，究竟是何感想。我们人人活得像一副被洗来洗去的牌，事事听凭他的心血来潮。

我的现状：满足于撰写宣传文章。加拿大是我母亲所属的国家。美国是我父亲所属的国家。英国，两人祖上所属的国家。鲜少有机会让人可以同时忠于这三个国家，今天我对西德尔说。需要一场战争才能实现。

不忠是我们的特权，西德尔说。别弃而不用。

你的特权，我说。我这一代人享受不起那样的福分，什么福分都没有。

每一代人想必都那么觉得，她说。这世界欠年轻人的总是多于欠老人的。

不是每一代人。瞧我们，仿佛终于够年纪可以在一家知名餐厅里坐下，可连餐前的开胃小吃还没上，附近就有一颗炸弹爆炸了。

你可以改天再去，西德尔说。

改天重返，那家餐厅已夷为平地，我说。

耐心，西德尔说。我劝你保持耐心。

要多久呢？

我们打赢战争，或战败。不管胜负，到时前途会更加明朗。

就算战争明天结束，也无法保证我有任何前途。但我不能没有前途，我说，我还年轻。

我也没老得不能结婚。

我瞪着她。我的人生原来不是掌握在希特勒的一念之间，而是一个女人的一念之间。

你的表情好像我侮辱了你似的，可我只是陈述一个事实，她说。

你的意思是我应该和你结婚吗？我问。我想，我的人生将变得轻松许多——我可以安心写我的书。我们不会相互生厌。我们谁也不会在一个地方扎根。我记得我们第一次一起旅行。在亚利桑那州的一个地方——或是在新墨西哥州？沙漠里的某处——一个在一家旅馆给我们提供食物的男人告诉我们，那周围没什么可看的东西。这儿，连长耳大野兔也随身自带午餐，他说。可我和长耳大野兔有什么区别，这些年我唯一做的事是怀揣着一份痴恋。我千万不能和西德尔结婚。男人不能一辈子只穿一套西装，乞一盘菜，和一个女人过一生。

不过你犹豫是对的，她说。

我的心稍稍一沉。

回去的路上，我听见有人喊我的名字——一个姑娘，她

319

的相貌和声音似乎如此熟悉，让我慌张了片刻。我肯定和她发生过亲密的举动，但结果发现，我只与她在塞耶之家见过一面，她在那儿当护士。她是加拿大人，在欧洲大陆长大。让我称她为 D 吧。

她说，她到伦敦来送别一位要去美国的友人——她上学时结交的一位罗马尼亚朋友。这位朋友和她的家人几经周折才逃出罗马尼亚，他们失去了他们的所有财产。

又一张被从整体中洗出的牌。

我问 D，她为什么不回加拿大。那儿更安全，你知道吗？

也更乏味，她说。

可你的父母呢，他们不担心吗？

她灿烂的脸蛋失去了几分光彩。我差点认定她会说她是个孤儿。我正准备搬出我自己的故事，这样她会立刻觉得与我拉近了距离。

他们没有意见，她说。他们是爱国的父母。

只有你一个人在这儿吗？

还有我的哥哥，她说。他是飞行员。

我约她明天见面。她将在伦敦停留几日。

那样的事犹如天气变化。每次发生时总让人感到振奋。

————

想到一件事。罗兰有过的女人里无一人的名字是以 Z 打头的。

他怎么也没法吹嘘自己包揽了二十六个字母。佐薇、泽尔达、扎扎，个个以Z开头的名字，他全错失。

今早，在做定期的眼科检查时，阿特勒医生告诉我，我的视力之好，堪比1958年的第一代雪佛兰羚羊车。我看得出他今天工作清闲。我告诉他，假如他认为他可以与我调情，那么他错了。你算算看，医生，我对他说。1958年时我已经有四个孩子。他面红耳赤！他说我俨然似他的母亲。让你难堪是她的职责，我说，不是我的。

没有男人竟蠢到和一个女人谈论另一个女人。（我寻思，是不是因为那样，阿特勒医生把自己搞到离婚，由于他向他的妻子称赞一位女病人的视力。）但进而与另一个女人谈论他的母亲……好像我在乎似的！

愿那可怜的女人安息。如果她知道她的儿子成天与他的病人谈起她，她会作何想法？我敢肯定，不止我一个人有机会在那间幽暗的诊所听闻她，同时看着视力表，努力猜测选哪一个更好，一或二。

我不会讲太多她的事来烦你们，但今天阿特勒医生泪眼婆娑，他说，在他五十岁时，母亲送给他一份意外的礼物。上学期间他一直是单簧管手，他说。他的老师认为他可以继续下去，成为专业的演奏家，但他的父母认为从事音乐没有钱赚。他遵照他们的建议，开了一间生意不错的诊所，在他五十岁生日那天，他的母亲送给他一盏用他以前的单簧管改造的灯。

他甚至给我看他手机上的照片。一盏挺好看的灯，我说。很适合你，因为现在你不用它奏出音乐，而让你的病人见到光明。

他向我道谢，仿佛我的话是赞美之词。

我为那支单簧管感到难过。如果有安葬旧乐器的墓地，那支单簧管可能宁愿去那儿。谁知道呢？各种乐器可能会在半夜从坟墓里复活，自行指挥演奏一曲鬼魂交响乐。只缺这支单簧管。

也许在我走了以后，我的子女没有一个会因我以前送他们的礼物而变得泪眼婆娑。另一方面，我也从未夺走过他们的某些东西，再把那东西制成木乃伊给他们。

————

1943 年 9 月 2 日

在 D 回塞耶之家上班前又和她约会了一次。不得不承认，虽然我们尚未在此次战争中解放谁，但起码解放了我们自己。

————

这个女人是我为你们标注出的最后一个。后面还有的是。如今我对她们个个烂熟于心，要再阅读有关她们的事，我会不胜其烦。令人称奇的是，罗兰似乎从不感到厌倦。男人出人意表。在最可想而知的方面。

我决定不去旁听杀害俄罗斯邮购新娘 / 间谍一案的审判。南希告诉我，他们让那男孩出庭作证。他在地上蜷起身子，说明他发现他母亲时她看起来的模样。照理，那法院内的每个成年人不该糊涂到让一个孩子演示那一幕。他们也应该有起码的操守在他这么做时闭上眼睛。

人天生喜欢看热闹。露西死后那些日子发生的事，你们连听都不想听。

可怜的露西。自十几岁以来，她就讨厌我接近她。露西，如此固执，如此善于把每个人推开，但到头来，她知道我们将不得不为她收拾残局。

昨晚，我想起证人席上的那个男孩。假如我是他的母亲，我会从坟墓里出来，为他流下我没有为露西而流的眼泪。

————

1943 年 10 月 10 日

我和马尔科姆去橡树岭屋待了一个周末。他变化不大，和我们上次见面他乘船前往牛津时差不多。我猜想我是出于嫉妒而没有和他保持联系。

但现在那一切已是过眼云烟。我们必须归功于这场战争，它可以把任何事变作过眼云烟。留下的是这宝贵的生命。我这话指的是，我宝贵的生命。

我们在傍晚时分抵达。他的叔叔和姨妈膝下无子。马尔科姆无疑是他们的继承人。他们必然把他当作继承人那样待他。

吃完晚饭，端着一杯波尔图葡萄酒，埃德蒙叔叔开始唱起《不列颠万岁！》。唱完后，埃德蒙说，战争期间——我花了片刻才明白他是在讲布尔战争——人们经常在晚宴后去白金汉宫，在王宫外面唱爱国歌曲。给女王陛下打气，他说。有一晚，他说，起了雾，天很冷，我们中的一些人点起篝火。接着王宫的一个房间亮了灯，我们全体鸦雀无声。通往阳台的落地窗打开，走出两名卫兵，中间夹着一个矮小、一身黑衣的人影。

埃德蒙叔叔的怀旧如此富有诗意，使得我在他讲完后和他一起歌唱《天佑女王》。我料想马尔科姆会嘲笑我们，可他看起来似乎有别的心事。

没有很多英国人，马尔科姆后来说，明白苏联正在帮我们做什么。我们讨论战后的欧洲和政策制定，仿佛我们将凭一己之力赢得这场战争。可我们中有多少人问过，这场战争真正的意义是什么？也许一百年后人们会说，我们处在这样一个转折点，纳粹给共产主义的崛起提供了机会。

如果这场战争过后，我们中的一些人将准备举起锤子和镰刀，我不会感到意外，马尔科姆说。该是这个岛国甚至全世界变成红色的时候了。

————

我不会假装我很懂历史。但我深知，吉尔伯特只是误打误撞没有变成共产主义者。年轻人的梦想什么颜色都有。吉尔伯特梦想的是橄榄枝的绿与和平鸽的白，但他也可能梦想红色，不过他仍会是同样那个人见人爱的吉尔伯特。

我的羔弟肯尼也梦想绿色，但是绿色的钞票，当那个梦想引他走上歧途时，他锒铛入狱。我不知道坐牢时或出狱后，他的梦想是什么颜色。我们和他失去联系，但如果他幼年夭折，我们会永远记得他。

罗兰的梦想是什么颜色？可能连他自己也不知道。名气、功业、不朽，合起来是什么颜色？是七彩的小糖粒吗？

露西死后不久，吉尔伯特对我说，这个世界让他觉得过于明亮。

你说什么？我问。人们一般的讲法正相反，我心想。在某个人死后，这个世界失去了几许光芒。电影里是那样演的。天地变成灰色。

他说颜色看起来显得不一样。红的太红，绿的太绿，蓝的太蓝，白的太白。也许你应该去检查一下眼睛，我说。为露西流了那么多眼泪，想必使你的眼睛有些异样。接着，吉尔伯特诧异地看着我说，你真是故意装傻，莉利亚。我哪里装傻，我问，不过事实是，我清楚知道他在讲什么。

露西死时是五月，雨季的尾声。那一年，我们更适合生活在雨和雾中。但五月，阳光重现，金灿灿的罂粟花开得到处都是。

我这辈子，自那以后，每当看见金灿灿的罂粟花就想起露西。

吉尔伯特也许认为我没有对露西表现出一个母亲该有的哀悼之情。我不会为自己辩护，不是因为我不能，而是因为再多的眼泪、再怎么辩护，不管怎样都换不回她。

　　露西的死对吉尔伯特的打击之重，使我经常觉得他由于一颗破碎的心而少活了二十年。照理，受影响的人应当是我。可以说吉尔伯特为我挨了一颗子弹。他从一开始便甘愿这么做。他甚至在追求我时就对我讲过那些话，不过当时他指的是另一番意思。谁想得到，那颗子弹不是源自战争，而是源自我们一同抚养长大的女儿？

　　今天我思绪万千。我试着回忆某些别的事。但是什么事呢？

―――――

1943 年 10 月 14 日

　　和马尔科姆一起吃午饭。若不是他话里透出的挖苦之意，我会认为他对苏联的兴趣可怕地预示了他新的政治热情。

　　他说，俄罗斯东正教会一直在祈祷苏联战胜希特勒，坎特伯雷大主教在共产主义里寻找（或找到了）基督教的萌芽。记住下面的话，他说，我们口口声声谈论和平与战后的秩序，仿佛我们相信，苏联会高尚服帖地把欧洲留给我们，继续耕种他们本国的社会主义土壤。

　　最后那番评语令我想到，也许马尔科姆不像我忧心的那么支持苏维埃。

———————

事后看来，我想指出一点，马尔科姆·霍布斯改变了我的人生轨迹，却基本毫发无损。我能说什么呢？他是个随便玩玩政治的外行，因为他有条件那么做。我，在当时前途未卜的情况下，不放过任何让自己晋升的机会。——罗兰·布莱，1990年6月6日

———————

现在我想起我忘记说的话了。莫莉讲，吉尔伯特和孩子们谈论露西的事，她这话是什么意思？他们个个认为我害死了露西吗？他们认为我一直安然无恙地继续过着我的生活吗？

———————

1943年12月31日

我们度过了怎样的一年，不过这句话可以用来形容每一年。

全天和西德尔在一起，今晚她感时伤怀。因为生病或不胜酒力？突如其来地——或喝了太多酒后——我问她，你有别的情人吗？

真好笑，你会这么想，她说。

好笑，过了这么久我才问，我说。

你应当知晓，我是个生性懒惰的女人。

那句话恐怕是能从一个女人口中得到的最具侮辱性的回答。我努力保持平和的语气。我们相识已有一段时间，我说。你最初看中我什么——没有经验、年轻、势利、贪图你的地位和一心想引起你的注意吗？维持我们这段关系的是什么——习惯、熟悉、执念，或什么？

不能是出于一点爱吗？她说。

一点爱，我说。你把我们讲得像一对老夫妻，彼此间只剩一点爱。

没几个男人能自豪地宣称赢取了我的一点点爱。

肯定有几个，我说。他们当时做了什么？双膝下跪、向你求婚吗？

罗兰，我结过两次婚，一次为了爱，一次为求安稳的生活。我觉得够了。

所以你真正想说的是，吊吊我的胃口岂不挺好，因为我是保险的选择？没有钱、没有地位、没有前途，所以你不必担心落入我的圈套。

为什么女人不能因为她和一个男人在一起时感到开心而想得到那个男人，西德尔一边说，一边拿起她的酒杯，与我碰杯。

对此我无话可讲，我说，但显得有点气势不足。

哦，罗兰，我们在一起时有一点开心，不是吗？

我发觉，从不喝醉酒的西德尔肯定是喝醉了，因为那样适合她今晚的心情。当然，我说。

在世人看来，我们也许像两个小气鬼，彼此嫉妒对方拥有某些更好的东西，西德尔说。但当我们不付出太多时，我们呈现我们自己最佳的一面。从那个意义上讲，我们堪称绝配。在这点上，你一定要信任我，因为我极少出错。

果真如此吗？

否则，她说，我为什么丝毫不觉得你的众多情人对我有威胁呢？

————————

他们的恋情发展到这一步，他们仍做爱吗？我很难相信有。西德尔真可怜。

————————

1944 年 1 月 1 日

又是一年。同样的战争。伤亡人员的增长犹如学校比赛记分牌上的数字。

我开始参与国际劳工大会的事务。我喜欢这份工作胜过写宣传文章。所有选手，不分主次，皆像橄榄球场上的男生那样严肃对待这场博弈。经验越少的选手，越无所畏惧、胆大妄为。

昨天马尔科姆说，同盟国梦想德国打败苏联，同时又在取得胜利后蒸发不见。他送给我一册《孙子兵法》，这份礼物太适合我目前从事的活动。原来翻译这本书的是马尔科姆的父亲在牛津的同窗。

———————

我重读去年的日记。我已经变成一个多么高明的谎言家。或多么卑鄙无耻的谎言家。会不会有谁，在阅读这一篇篇充斥着自欺欺人之语的日记时，看穿我？

别的人在他们的日记里撒谎吗？一定有。

———————

罗兰，你真相信有一天人们会阅读你的日记吗？

当然，我就是，正在阅读他的日记。但我这样做纯粹出于偶然。人生绕来绕去，领我走到今天。我不感到意外。但假如人生转了不同的弯，我也不会感到意外。那样的话，我会忘了他。或从一开始就不会认识他。

但想象他留着他多年的日记。每次搬家时，他将不得不把那些笔记本打包装箱，每年，那行李箱会变得更重。在与赫蒂结婚以前，他几乎居无定所，一个居无定所而不能舍弃他的文字的男人，值得些许尊敬。我不大理解的是，他为什么托彼得·威尔逊为他完成最后的工作。在这本书的尾声，他说他与一个朋友名下的出版社商定，将他的日记付印。为什么不在那时出版，这样他可以见到最终的成果，三卷本，而不是被缩减成一卷？

但他恐怕很难不隔三岔五去书店，询问有没有人买他的日记。也许更易做到的是幻想那些人都在他死后来认识他。

————

1944年5月4日

任何形式的不贞导致更高层次的忠诚。近来我觉得我的新生活更振奋人心。以前我常会幻想，我做的一切是为了写出那些将署有我名字的杰出小说。现在我使自己相信，我在为美国的、欧洲的、人类的前途效力。为战后的秩序。这项工作听起来棒极了，令人感到光荣。

今天西德尔评价我看起来更坚决果断了。世界和平的念头想必对你有益，她说。

总得有东西出现，打破旧世界的秩序，我说。否则这场战争就白打了，人们会白白牺牲性命。

你听起来拥护社会主义。

我想到马尔科姆。他怎么仍能够影响我的思想，既耐人寻味，又引起人警觉。

你一两天那么想没问题，西德尔说。但相信我，如果你

331

加入那个圈子，你同样会感到无聊。

哪个圈子？

从瓦解旧秩序中获得莫大乐趣的人。

你这么认为？

否则你以为我为何放弃诗歌与绘画？

你还画画？我问。我可不知道。

比我在写诗方面还更缺乏天赋。

也许你太谦虚了。

有时我觉得我可以用韵文创作一部旧体小说，关于我认识的每个人，没有人会想要读这部小说，所以没有人会知道自己被写入其中。

为何不写呢？我说。你可以成为我们时代的女普希金。或创作一部轻歌剧？

跟这些现代主义诗人一起在台上手舞足蹈地跳来跳去吗？想象一下莉齐的惊恐，西德尔说。

莉齐？

我忘了。你所称的森夫人。

————

我一直懒得向图书管理员安德森太太询问森夫人的生平。她也许是一位知名作家，也许寂寂无闻。什么样的数学计算可以算出一个人多快被遗忘？如果我在早餐时提出那个问题，估计会有不少男人争着给我答案。用长长的公式和复杂的图表。

西德尔只在另一位诗人的传记中占了一页篇幅。她死后，有多少人记得她？我料想我自己死后也一样。我们——我指西德尔与我——活着不是为了被人铭记。我们甚至不想要改变谁的人生。如果有人受我们的影响，无论好坏，他们得自己为此负责。

————

1944 年 5 月 9 日

吃午饭时马尔科姆说，他的门卫一直纠缠他，讨他那套不太旧的西装。

试想如果苏联独力打赢这场战争，我说。伦敦的行李员、门卫和侍应生，个个会索要他们认为属于他们的东西。

正因为如此，我们更要确保英国不出现这样的事。我们需要一套进步、公平的体制，不是一套用来对抗布尔什维克主义的。那种对抗只会助长布尔什维克主义。

我有和预感，我可能一直误解了马尔科姆。斯拉夫人是我们的希望，他今天说，接着借给我一本丽贝卡·韦斯特写南斯拉夫的书。

后来。

西德尔问我，我预计自己战后会去哪里，我说，美国吧，我想。加拿大是我的少年时代，我说。美国将是我的成人时代。

333

英国呢？

我的罗曼司，我说。

多么富有诗意的三位一体，西德尔说。

上述对话发生在我与她共度了一个晚上以后。马尔科姆总让我感到迫切地想采取行动、投身一项事业、找到更崇高的意义。西德尔提醒我不做出承诺的乐趣。

再后来。

赫蒂的来信，及时的当头一棒。我上一次想到她是什么时候？上一次在这本日记里提到她是什么时候？噢，赫蒂呀。真是我生命中最重要的人之一，如此轻易地被我遗忘，倘若我说我的确思念她，没有人会相信。

————

相信我，每个人生命中最重要的人，如同空气一般。

随便挑一本杂志，读读那些谈婚姻问题、父母和子女之间的问题、朋友之间的问题的文章，很快会发现，大家共有的一个抱怨是人们觉得自己被当作空气一般对待，被视若无睹。真是的，我总想说，你们就只有那点自信吗？你们的丈夫、你们的孩子、你们最好的朋友——假如你们果真这么重要，对他们来说，你们正应像空气一样呀。如果你们想确认一下，让自己离开片刻，看他们怎么气喘吁吁地不能没有你。

我取笑赫蒂，但有一件事她做得对。她安之若素地只当罗兰眼中的空气。你们或许想说吉尔伯特也一样，但我们一起抚养了六个孩子。养孩子是一件奥妙的事。每个孩子犹如一个新的季节，等你适应了这个季节后，接着又来一个。令人头痛的事层出不穷，但在每个季节开始之际，你觉得有新鲜的事、不一样的事在发生。

吉尔伯特与我一起经受了季节的洗礼。像一对被涂了许多香料的咸鱼。诺尔曼和米尔特——他们走入我的生活时已经被腌好了。

我倒是有一个问题：罗兰与西德尔在彼此的眼中是什么？对他来说，她肯定不只是空——气。他对她来说呢？百分之九十九的人会认为他是个没用的男人。但唯独她了解他对她的价值。

————

1944 年 5 月 22 日

我们过回早期的生活，为了战争而吃饭睡觉，不顾战争而饮酒作乐，由于战争而苟合做爱。和过去几次一样，我又希望能去当兵就好了。西德尔指出，像我这种战士，会比其他人都更早中枪，当别人干脆不要命时，我则千方百计想保住我珍贵的性命。如此一来，会有那些不得不为了我而牺牲他们性命的人，最后只有我一个人在乡间别墅养伤，等待我的勋章。

我说，大多数男人会把她的话视作侮辱。

你不认为过一种完全自私的生活需要几分勇气吗？西德尔说。

除非自私自利是其本性，我说。

你煞费苦心，想把自私自利变成你的本性，西德尔说。相信我，自私自利的人不把他们的自私自利像徽章似的别在帽子上招摇过市。他们想展现的是他们的美德。

你经常讲得比我自己还了解我，我说。

有些人不知不觉接待了天使，西德尔回道。而且，是我塑造了你。

从未听她亲口讲出这句话，但心中一直怀疑是这么回事的我，打了个哆嗦。

不，你不必感到气愤，她说。我们不让彼此生厌，我们一同创造了这种生活，因为我们谁也不想觉得无聊。我们无法撤销这种关系。

我们为什么不能？

你不可能与另一个女人复制这样的关系，她说。我没兴趣和另一个男人复制这样的关系。

因为那样，所以人们才不离婚吗？因为解除关系太耗时间和精力？我说。

哦，罗兰，她说，我们拥有的胜过任何婚姻。

————

在罗兰与赫蒂结婚后，西德尔过的是什么样的生活？你们可以继续往下读，但我与你们赌一百美元，你们和我一样，找不出答案。因为罗兰自己也不知道。他声称她并未再接纳一个情人。那一点我愿意相信。她有她的忠诚，这种忠诚非比寻常。

西德尔与我是同一类人。遗憾的是我们素未谋面。如果见面，我们不会形同陌路，我们会相互理解。男人不明白，一切故事，到头来，是女人的故事。正因为如此，他们发动战争、停火言和，这样他们才能声称自己拥有某些东西。

罗兰和西德尔的传奇故事也许能拍成一部精彩的电影。电影可以跳过许多部分，直奔结尾。要我标注出写西德尔临终时的那一页吗？还有写赫蒂临终时的？她们都死了，这样讲不算泄底，但如果我告诉你们我对她们的死的看法，那样是泄底。

马上要到联合国大会了。我不用再读那部分日记。我遇见了罗兰。我遇见了吉尔伯特。吉尔伯特和我结了婚。

你们可以读，并在罗兰的日记里找到几行有关我的话。但我不会为你们把这些话标注出来。如今这些话毫不重要，正如和平大会上那全体男人的抱负一样。瞧瞧 1945 年后发生的战争。那次和平大会几乎一事无成，但改变了一些人的人生。

"没有命运，人可以活得很好"，这本书里有个地方写到类似那样一句话。美好的痴心妄想。就好比说没有性命，人可以活得很好一样。

————

1946 年 2 月 5 日，从南安普顿驶往纽约港的玛丽王后号载着一千七百余位英国的战争新娘和六百个孩子，去和他们的美国大兵丈夫及父亲团聚。我和几名男士一同做了这次跨大西洋之旅。——罗兰·布莱，1990 年 4 月 2 日

————

我为你们标注出上面这段话。

露西在罗兰横渡大西洋之际出生。把几张他在船上的照片和几张婴儿露西与她的新手父母的合影放在一起，加上配乐，可以充当一个电影片段。但电影总是让分离的人走到一起。现实生活正相反。现实生活的主题永远是疏远。

露西出生于罗兰结婚前。那时我不知道这一点，可当然，就算知道，我也不会有不同的做法。我有我的自尊。

————

1946 年 1 月 28 日

昨天，约翰斯顿的电报晚到了。他为我弄到玛丽王后号上的一个舱位，这样我就不必等毛里塔尼亚号了。是奇迹还是征兆？今早，当我告诉 T 时，她伸手去拿我的烟盒。我昨晚给她的烟盒装满了烟。我会再为她装满的，所以为何这样显出贪婪，犹如孩子气的反抗？

只相差几天而已，我说。

男人就是这样，不与人商量就私自更改出发日期，T 说。

我为什么老与这些麻烦的女人搞在一起？我早该设法在谈情说爱时多点原则。不过这句话，我想必已在过去十年中对自己讲了几百遍。

归返日期，我更正她的话。我是回家。

关于 T，没有更多可言的，但我反复琢磨我的说法。既然我的外交事业化作灰烬，我想不想重新找一份在公关公司的工作，做我闭着眼睛能做的事？或者，我是否应该把成家当作一项新的抱负？

1946 年 1 月 30 日

冒雨出门，与西德尔一起吃午饭。寒冷、阴沉、凄苦。正是这种天气让人疑惑，我们千辛万苦打赢战争到底为了什么。我情愿仍能够翻开报纸，阅读有关战役和撤退的消息、国内外的伤亡人员。某些让人为自己尚活着而感到心头一颤的东西。

西德尔听我讲我的行程计划有变，无动于衷，仿佛我是在告诉她一趟不偕她同去的周末之旅。（即便那样，也希望她会露出惊讶之色或探询的表情。）我相信是她的漠然导致了我近来许多无意义的风流韵事。多渴望进行一番不像外面的天色那般了无生气的谈话，我照实这么对她说。她面带微笑地谛听，仿佛我在试图向她兜售某些假货，她宽宏大量得很，不直接道破。

但我的确感兴趣，在我指责她反应冷淡时她说。我真心想听你具体的生活境况。

哪些部分？我问。

凡是你愿意割舍的部分，她说。

对我不肯割舍的部分感兴趣，岂不更合情理？我说。

你唯一舍不得的女人是我。我对我自己没兴趣。

我大吃一惊。为掩饰我的惊愕，我笑起来，那种吸引他人注意的尖厉的苦笑声。几位顾客看着我们。我瞪着其中一人，他耸耸肩。

所以对于我回去，你一点不在乎吗？我问。

你想要我在乎什么？

我想用离别伤她的心。想在我转身走的那一刻，她会迫不得已地求我留下。

离别带来许多实际的后果，我说。假如我在那儿与人结婚了会怎样？比如，与赫蒂。

你凭什么认为，你结婚会改变我们在彼此心中的地位？你不能把婚姻设作给自己的陷阱，你也不能指望我甘愿落入那个陷阱。

要结婚的人不该怀着不忠的心，我说。

对谁不忠？西德尔说。假如我辩称，你结婚是对我的不忠呢？但别担心，我不会那么想。

我倒宁可你那么想，我说。

你不在这儿，我会思念你。我会非常思念你。但我这辈

340

子花了许多时间思念许多人。要我撒谎，说少了你比少了其他人更让我伤心吗？你会相信我的话吗？

小餐馆的嘈杂声令我想把我的叉子扔向她身后的镜子。如果她指的是她两任死去的丈夫和一个死去的儿子，我没办法与他们竞争。西德尔想必看穿了我激动的情绪。你不会考虑回加拿大定居吧？她说。

假定我是呢？

你想要我提出一个理由，让你留在这儿吗？

可以提出什么理由？我问。留在这儿，做什么？

做你擅长的事，她说。你可以在这儿找份差事。詹金斯会很高兴让你回去。

我对西德尔概略地讲了讲我在联合国和平大会上犯的错。我把它说成是一次失足，找错了女人——许多男人的通病。与西德尔分享一段不光彩的经历会使这段经历听起来像个笑话。她向来善于化解一定的痛苦。

伦敦需要再多一个毕生致力于公共关系的笨蛋吗？我说。男人想要有所作为。

加拿大会让你有所作为吗？

从旧金山回来后，我一直怀疑，在伦敦或华盛顿的某个地方，有个卷宗，里面累积了我的资料，多得让我觉得不踏实。但也可能所有出现在大会上的人都逃不过。我只是《工人日报》的一名记者，不是吗？我与不同阵营的人交谈，无非是我工作的一部分。加拿大应该没有对我不利的东西。

341

起码我可以让赫蒂的人生有所不同，我说。如果我留下，我能让你的人生有所不同吗？

西德尔直视着我，我在她的眼中看到怜悯。

1946 年 2 月 4 日

离开伦敦。只有我们几个人坐港口联运火车，到下午五点时，我已经在我的房舱里安歇下来。除了约翰斯顿，无人到滑铁卢为我送行，我们最后握了一次手，他对迅速为我安排好行程充满沾沾自喜之情。

我们明天起航时，没有人会来送别我。

到傍晚时分，当一千七百余位战争新娘和六百个战时宝宝登船后，清静成为泡影。回想起来，约翰斯顿在祝我一路顺风时的确露出暧昧的笑容。他必定预见到这混乱，颇有商业头脑地不事先提醒我。

1946 年 2 月 5 日

南安普顿的市长大人上船来，欢送战争新娘和她们的孩子。他提醒他们，他们将是代表这个王国的民间使节。民间使节，我对我旁边的一个男人说。我这辈子从未与这么多外交官同行过。

他没回话。为缓解尴尬，我问他去哪里。经纽约去澳大利亚，他说。

1946 年 2 月 6 日

　　不管谁阅读这本日记：我谅你们不敢想象与这么多战争新娘和战时宝宝同搭一条船。尿布、喂奶、吃饭、应急救生艇演习，各种戏剧性的事足以使每一天令人感觉好像长达四十八小时。我试图在那些可能会被逼疯的男性乘客中甄别一个或不止一个内心脆弱的人。一个男人自己投海，或更糟的，把一个摇摇晃晃从他身旁走过的幼儿投入海中——那种事可以作为一部小说的引子。

　　不过，迄今为止，所有男士似乎都足够坚强。我注意到他们中的一些人，与战争新娘夹杂着，在商店购买长筒丝袜、香水和巧克力，店里每次总有三四层顾客之多。

　　我给 T 买了几块香皂。她可能收不到这些香皂，但贵在心意。

————

　　我把那些香皂给了谁？船上的某个人，我想，但船上有太多女人。我这辈子，曾几度须臾地想起过她们。对她们中的许多人来说，那次横渡，没有她们的父母和丈夫在身边，想必是她们人生的顶峰。想象她们散落在北美大陆的各个角落，奔着婚姻、子女、孙儿孙女而去，然后想象那艘船在那次航行途中沉没了。谁能说，活得长决不会让人因长寿而生厌？假如我们全在那旅途中落水身亡，我们将全部千古留名：年轻的妻子、天使般的孩童，

和几个潜力巨大的男人。——罗兰·布莱，1990 年 4 月 4 日

1946 年 2 月 7 日

我看得出，经过此行，我欲繁衍后代的愿望将降低至零。我要找一个不会把她的志向扩展到将为人母包含在内的妻子。我确知的就这么多。每个被你送到这世上的孩子，只是让你等着这个世道把他变成孤儿——下一个被那回力镖夺走生命的人除了我还会是谁？

从那个意义上讲，西德尔会是理想的妻子。如果我发电报向她求婚，她会说什么？赞许我的勇气？笑话我的冲动？

1946 年 2 月 8 日

望着大西洋和海上的天空露出新一天的颜色，我从未像今早那般觉得愁云惨雾，对我而言，这一天与随便哪一天一样，无甚特别。甲板上冰冷刺骨，但若不是这么早，没办法不撞见同船的英勇的乘客。昨天是个晕船日，所以今天比头两天安静些。不过，无论晕船与否，一种明显可感的兴奋之情仍继续存在。

不是说我没发现那批战争新娘中有几个长得妩媚迷人。为什么那样称呼她们，仿佛她们各自嫁给个人独有的战争？到处是写着"仅供战争新娘"的牌子。音乐为她们演奏。乒乓球为她们而弹来弹去。大海为她们而从中间分开。

她们中的大多数人欣喜若狂。想象莎士比亚戏剧里那些

信步走出城市、迈入森林的可怜的家伙，他们会感受到同样恣意的幸福。一旦她们再度踏上坚实的陆地，她们将有什么样的命运？新娘何时变为仅是妻子？取决于时间还是丈夫的爱的销蚀？

吃完早饭，我把一块巧克力递给一个头上的波浪卷多过嘴里牙齿的小姑娘，她误把我的腿当作某样比折叠帆布躺椅更稳固的东西。那位年轻的母亲自己咬去半块，把剩下的递给那女孩，并对我莞尔一笑。一场对话应运而生。这位少妇名叫希尔达，她十九岁。她的女儿叫鲁比。她们来自卡迪夫，她们将前往艾奥瓦州的滑铁卢，与希尔达的丈夫厄尔团聚。很好。

我偶遇了希尔达几次。她被我迷住。连鲁比也被我迷住。

可怜的厄尔。

我不觉得希尔达难看。但和船上的其他所有女人一样，她是别人的妻子，背负着别人的子嗣。

所以。可怜的是我。

1946 年 2 月 9 日

乘务长佩顿喜欢时时提醒我，我可以在图书馆觅得安静的一隅。今天下午他对我说，他从未碰到过这么多小孩误把他当成他们的父亲。

他们想必看中了你什么，我说。

不，问题出在那些野女人身上。她们不会准许她们的小孩打扰你们这些先生，却不来阻止他们抓着我的腿。

她们可能太累了。别因此记恨这些可怜的母亲。

谁叫其中有两人说我老得不像父亲，佩顿快快地说。

如果我放弃那本迟迟未完成的关于我自己的小说，转而写一部以佩顿为题材的，那会怎样？一个航海的主人公总归有惊险刺激的经历。佩顿平凡的举止风度也许只是用来隐瞒一段深不可测的过去，包含着秘密和戏剧性的事件。

1946 年 2 月 10 日

罗兰，让我们头脑冷静，别再逃避你必须回答的问题。

你为什么忽然急着想结婚？

——给失败找一条出路。我不是相信失败乃成功之母的人。

婚姻对你意味着什么？

——无论娶西德尔还是赫蒂，都会改变我未来的财务状况。

你有没有想象过，和西德尔结婚会是什么情形？

——她会让我保留部分自由。

赫蒂呢？

——我不知道。

不要想眼前，而是再过十年后：你会后悔当时没娶她们中的任一个吗？

二十年，或三十年后呢？谈到婚姻，人是拿时间赌博。二十年后，西德尔将七十六岁。三十年后，她可能已经入土。即使她把我写进她的遗嘱中，我也成不了真的继承人，得不到我想从她那儿得到的东西。我永远得不到我想从她身上得到的东西。如昊我娶她，我要终身甘当一个失败者。

赫蒂呢？我对她一无所求。

1946 年 2 月 12 日

后人，注意啦：今天发出两封电报。一封给西德尔，说我对我的婚姻已有决定，但一切会尽如人意。她会明白，什么都不会变，因为我们之间的一切不可改变。

另一封给赫蒂。

你和我之间，赫蒂，让我总是当自私的那方——但这句话，我不必对她讲。

————

这一日，露西三天大。我注意到，我们经常在婴儿出生后或在孩子死去以后，一天一天地数日子。也许在任何亲近的人死去后都会数。

西德尔与我会有不同意见，但我还是相信我们用出生和死亡来度量生命。

————

赫蒂的书架上曾有一本书：《女孩娱人娱己指南》。通读我自

347

战争期间以来的日记，显然，我会是执笔撰写《在世界大战中生还的懦夫指南》这本书的最佳人选。可连一个懦夫也会被他想名垂青史的志向所愚弄。我的、被战争比下去的雄心壮志，因联合国和平大会而膨胀。致力于给世界提供另外一种选择的可能、让它摆脱由那些无赖大国决定的命运，我确实做了我的分内事，在相关各方之间进行外交斡旋。然而，那番努力因与一位波兰伙伴的争吵而中断，此人介绍我认识了一名金发同事，暗中破坏我取得的成果。但现在这些事有什么要紧？斯大林死了，杜鲁门也死了。西德尔死了，赫蒂也死了。不，我本该写的那本书不是关于战争。我最适合写的书是：《一个男人如何在一辈子的失意中活下来》。——罗兰·布莱，1990 年 7 月 4 日

————

我毫无雄心壮志。也没有人会叫我写一本书。但如果我能写，我会写什么书？女人的……什么指南？人生指南！

————

1946 年 2 月 27 日

浑浑噩噩中，走到了我作为单身汉的最后一天。冬日的新斯科舍省，冷得足以保藏我的青春。重返此地的途中，我感觉自己像躺在棺材里的契诃夫，由装载牡蛎的火车运送。

只是没有成群结队的人在终点欢迎我，没有人哀悼，没有东西载入史册。

这儿是我将被驯化的地方吗，与妻子和若干子孙后代幸福地生活在一起？喔，不会有子孙后代，那一点我敢保证。赫蒂马上三十四岁了。

自我回来以后，亲戚们都对我很客气。有几个最年长的表亲，糊涂地以为赫蒂与我订过婚，若不是由于战争，早就结婚了。

弗格森这边同辈的亲戚，一如既往地兴旺发达，我不再被他们吓住。虽然我没有他们那样的财富，但我凭我的世故弥补这一不足。他们有新斯科舍省当靠山。我有美国、亚洲和欧洲为我撑腰。

婚后的生活带来一连串实际要应付的事，无一样有特别令人兴奋之处，但谢天谢地，赫蒂善于处理实务。我们将等着买一套房子，暂时向吉利斯一家租了塔夫特伍德宅，家具齐全。我猜想赫蒂想象着有朝一日，我们将带着她少女时期积攒的东西一起搬入我们自己的房子。我感觉自己像个当上驸马的穷小子，两袖清风。诚然，我这么说是夸大其词。否则怎么能让一个贫寒的家伙觉得自己富足呢？

那个仍未有答案的问题：婚后我打算干什么？在地方报社任职？或在市政机关当个职员？我在镇上认识的一个人建议我涉足本地政坛。你确信，你或这镇上的随便哪个人需要我吗？我差点问道。这池塘对你们这些鹅卵石来说够大了，但在我看来，恐怕还没准备好被撞击成一个陨石坑。

赫蒂说我应该慢慢来，也许我可以专心做一件我计划做的事。她仁慈地没有暗示，那部小说早在几十年前就该完成的。我当不了小说家，我如今意识到，但我肯定能冒充一把，在妻子的支持下，创作一部留待身后被发现的杰作。

我告诉她，我琢磨着可否创办一家专营地图的书店。这个世界变化很快，国界被重新划分是家常便饭，我说，所以最好有人把老地图保留下来，给那些仍想拥有它们的人。

赫蒂听着，那份专注足以把任何异想天开的念头变得合乎情理。如果我说我想开一间卖渡渡鸟的店，她会不会拍手称赞我的别出心裁？

说不定只是我个人的一点兴趣，我说。

但这个主意很棒，赫蒂说，那口气好比一位老处女姨妈夸赞一个婴儿，婴儿没有牙齿的笑容留下的印象仅止于视网膜而已。

还有植物学方面的书，我说。纵然国界被重新划分，植物保持不变。

地图和植物，赫蒂说。这个世界将被包罗全了。

真好啊，罗兰。你想余生潜心当一个杂货经销商吗？树和灌木，玫瑰和紫罗兰——它们在我们意识到以前消失，在我们注意到它们前重现。难怪每一部俄语或英语小说都会特写一棵老树。被闪电劈成两半，被一次粗心造成的火灾烧毁。但它们总会重新活过来。也许真正的不朽需要根系。不起眼地存在于世上最黑暗的地方。尚无人从他的脚趾间长出一些根来。尚无人，为了长命百岁而甘愿留在原地不动。

当然，总归有恺撒大帝、拿破仑、叶卡捷琳娜二世，靠传记而名垂千古。但那些书有的只是文字、文字、文字。文字比创作文字的我们更无根基。

————

文字，文字，文字。有时我同情罗兰，因为他没有勇气不与赫蒂结婚。西德尔也同情他吗？

他们迈入的是什么样的婚姻呀！于他方便，因为赫蒂冷若冰霜，又温顺得像绵羊。她多少次对他的风流韵事视而不见？想到她在 1954 年因西德尔而大发脾气，令人称奇。我们不知道发了什么样的脾气，但无论如何，赫蒂选中这世上的一个女人，与她为敌。本身即一场世界大战。

罗兰想从赫蒂身上得到什么？没有。她想从他身上得到什么？不多。对于那样一种婚姻，你把手边碰巧有的几样食材丢入烧锅。不指望煮出精美的佳肴。一道吃得下去的炖菜就够了，足以填饱几个饥肠辘辘的肚子，有时如果加点这个，加点那个，甚至可以做出相当不错的东西。（赫蒂加不出任何一点什么。但罗兰，正相反……在那方面，他永远不会令人失望。）

最糟的婚姻是以幸福为目标的那种。别跟我讲每段婚姻都应有那般宏大的理想。争取幸福的婚姻，好比一个普通人想做出与

351

珠穆朗玛峰一样高、与热带岛屿一样五彩斑斓的蛋糕。而且，要做得可食用。我不是说办不到。但请告诉我，有多少人给得起那种幸福？我们可以凑合吃一个烂糟糟的蛋糕，只要它不倒就行。干裂，可以。不够松软，没问题。太甜，我们能忍受。没烤熟，吃不死人。

我曾看过一部电影，片中的女人给她的丈夫烤了一个生日蛋糕。后来她觉得那蛋糕不完美，遂把它扔进了垃圾桶。嗬，我哈哈大笑，笑得如此厉害，电影院里有人不得不出声叫我安静。

但人们有时顽固不化。我不该嘲笑电影里的那个女人。露西希望她的人生最后变得像那完美的蛋糕。结果没有，所以她撒手，什么都不要了。

凯瑟琳，你和安迪的婚姻也许仍有几分希望：如果你俩能学会喜爱一个歪斜的蛋糕。

————

1946 年 3 月 31 日

当我正在适应我风平浪静、历时一月之久的婚姻生活时，这个世界在忙于制造头条新闻。斯大林、丘吉尔、杜鲁门；又一场战争危及脆弱的和平；通敌纳粹的人在东欧被行刑队处决；康涅狄格州的格林威治，没被选为联合国总部的所在地；新斯科舍省省议会的成员就职上任；战争新娘抵达哈利法克斯。最后一条新闻唤起我含泪的愁思。另一个和满船的战争新娘同行的男人，也许不会落得跟我一样的下场，活在万劫不复的极乐中。今早，我审视了我的发际线良久。是我的幻想，还是我正在丧失活力，变成一个游手好闲之徒？

————————

在接下来的四十年里，罗兰会经常像这样喊着狼来了。不要把他的话当真。游手好闲的问题不是会导致罪过。大多数人不明白空闲意味着什么。

下面教你们一下怎么明智地游手好闲。我在操持一个家、抚养我的孩子时，从未空闲过。那么多活儿啊！意志薄弱点的女人会梦想有清闲的时光，如同女佣梦想当公主一样。但那种事多久发生一次？我让游手好闲来替我做梦。比如露西两岁、蒂米一岁时。下午，我让他们一排坐好，喂他们吃苏打饼干，我会说，一块给你，露西，一块给你，蒂米。小孩子喜欢可重复的事。但当我递饼干给他们时，我心里真正在想的是：一块给你的女儿，罗兰，一块给你的儿子，吉尔伯特。或者，像是晚上我在洗碗时。有一个特别的盘子，被露西小时候碰了个缺口，因此，在清洗和擦干其他所有餐具时，我告诉自己吉尔伯特为我做的美好的事。我把那个有缺口的盘子留到最后，当我在清洗和擦干它时，我提醒自己罗兰对我讲过的话。看着我的人——连吉尔伯特的母亲在内——谁也挑不出毛病。或能说我在游手好闲。但瞧，我确实闲着。我把游手好闲纳入我做的每件事中。

353

但别让自己被冲昏头脑。有一次我问露西——应该是她四五岁时——等她长大后想不想要小孩。想要，她说，要七个小孩。七个？我说。为什么，那样很多。我又问她会给他们起什么名字。那个问题让她措手不及。如果你想不出七个名字，也许你并不想要那么多小孩，我逗弄她。她哭了起来。我说，我替你想了个好名字。如果你生一个男宝宝，取名罗兰怎么样？难听死了，她说。但也好过你知道的所有名字，我说。

噢，天哪，她开始耍性子。我等待她平静下来，几分钟后，我考虑只带蒂米和威利出去散步。我们回来时，露西还在气头上。我感到讶异。如果要我哭哭啼啼，就算只流那十分之一的眼泪，我也会精疲力竭。

吉尔伯特下班回来时，他问露西，她的脸为何那么肿，像个红苹果。露西说是因为她不喜欢罗兰这个名字。不喜欢这名字没问题呀，吉尔伯特说。我也不喜欢。

那是我最后一次向我的家人道出这个名字。

————

1946 年 10 月 2 日

一封西德尔的来信。自我结婚以来的第二十一封，却是第一封使我对我的婚姻产生怀疑的信。为求确认，我重读她以前的信。在此之前，西德尔听起来心满意足，她的生活犹如一列有着可靠时刻表的火车，在下午茶、晚宴、看戏、听

354

音乐会、周末去乡间小住、在爱尔兰和葡萄牙境内开车旅行的驱动下，运转良好。她似乎是游戏人生的完美典范。

可这封信给人更阴郁的感觉。西德尔陪一位朋友去巴黎参加和平大会。她在上一封信里提到他的名字，迈克尔·贾尔斯，但我没把他看作什么特别之人。他将以记者身份参加那个大会，西德尔说她想看看目前处于特殊阶段的巴黎。

不知何故，我猜想这位贾尔斯比我大不了多少。我希望她和某个我认识的人一同去就好了。一个新名字，脸对不上号，这种陌生感让人无所适从。

但令我烦心的不只是那个男人。她还寄来一篇从《曼彻斯特卫报》上剪下来的文章，文章把和平大会比作一出萨特的戏剧，她觉得这种提法庸俗不当。"想来每一代人都得翻新以前的地狱，仿佛它对他们来说是独一无二的。"她写道。我恍然大悟，她这一代人肯定觉得他们很快将被时代冲走。不久领风骚的会是我这一代人。

信中，她描述了一场在巴黎圣母院举行的、庆秋分的音乐会，她一个人去听。"亨德尔与海顿，在管风琴手和三位歌手精妙绝伦的演出下，却难给人信心。音乐是一样多么奇怪的东西。在这个丑陋的世界里，音乐仍能提供美的借口。想起我们在看戈雅的战争版画时所感到的憎恶。对有些人来说，连描写这类暴行的文字都不忍卒读。可音乐，它多么残忍地欺骗了我们。"

丑陋——这种粗野的词——不是西德尔的用语。她的论点漏洞百出。如果我在她旁边，我们会展开一场辩论。我们会彻夜不眠，在思想的海洋中泡着冷水浴，精神焕发。

她的这种益发阴郁的心情，究竟与那位面目不明的贾尔斯有无关系？

赫蒂与我也常去看戏和听音乐会——地方性的演出，舒缓抚慰，如同一位不偏心的保姆在临睡前为人披好被窝的那双灵巧、干燥的手。

在巴黎的音乐会上，西德尔写道，她不幸坐在几个聒噪的美国人前面。"一个声音，充满粗俗的自信，令我想起我们在圣达菲遇见的那名男子。或你有没有觉得，半数的美国人符合这条件？女人们又说又笑，仿佛在她们的胸腔里举办着一个交响音乐会，由此我寻思，在你的新生活中，你是否正享受着上述特点带来的乐趣，那种只在新大陆的女人身上才有的特征。"

她知道赫蒂不是那类爱出风头的女人，所以为何如此刻毒？抑或她是在暗示我会背着我的妻子而交往的其他女人？我以为我们达成了一个共识，她对我的婚姻将不置一词，正如赫蒂与我之间的共识一样，她将绝口不问我以前有过的女人。就赫蒂而言，她已经用她的勤劳持家涤清了我的过去。

接着，在西德尔的信中："罗兰，如果你在这儿岂不畅快？巴黎不适合一本正经。"

我寻思西德尔是否感到寂寞。但她有这么多朋友可以打发日子。真正寂寞的人是眼前这个傻瓜，等待钟声响起，让我可以假装在阅读中度过了一个愉快的夜晚，然后与我的妻子会合，睡在我们不起一丝涟漪的婚床上。

———————

西德尔感到寂寞吗？罗兰感到寂寞吗？寂寞想必好似一种嗜欲。我怀孕时一点没有想嗜吃什么。但每当我们周围有人提到怀孕的消息时——女儿、媳妇、侄女、孙侄女、孙女，随便谁，但凡有这样的消息——几个女人总会开始比较她们怀孕时嗜吃的东西。早餐想吃腌菜，午餐想喝奶昔，晚餐想吃油炸绿番茄，有什么大不了的？没有人会因她们嗜吃的东西而被铭记。想象有这么一块墓碑：罗斯玛丽·贝萨妮·沃克安息于此，她是受人钟爱的妻子、母亲、祖母，怀孕期间喜欢嚼墨西哥辣椒。

嗜欲——对此我没什么可讲的。但对寂寞，我要说几句。我们以前常在电台里听到的各种唱寂寞的歌，一个人恋爱时、失恋时、遭恋人背叛时、受爱的折磨时——人们为什么把爱和寂寞混为一谈？这样不是在正面地宣扬爱。或许爱是一则完美的广告，推销否则无人会购买的寂寞。如果有更厉害的人，他的工作也许是在明天的寂寞被送到以前，把今天的寂寞兜售一空。

我们搬到奥林达后，吉尔伯特在后院为每个孩子栽种了一棵橄榄树。我们开始有两棵，给露西和蒂米的，很快有了三棵，后变成四棵。我们没有为莫莉栽种一棵，因为到她出生时，那些树都得了橄榄节疤病。它们没有死，但它们的外观不美。寂寞的人好似那几棵橄榄树。他们什么话也不必讲。寂寞全写在他们的脸上。

我们为莫莉种了一棵会开花的楹梓树，让她觉得自己与别人不同。要是我们为每个孩子各种一棵，而不是种那些一脸苦相的树就好了。或是绣球花丛。绣球花是我的最爱。凯瑟琳，你记得那一束束花吗，我们送去公共图书馆和吉松太太的店？她给你糖果，为你做小的日本玩偶。那些玩偶你可能没再留着，但我有一副寿司卷形状的耳环，是她给我的。我死后，这对耳环归你。对此，我会记得注上一笔。我的曾外祖母露西尔传下的那枚金戒指。它是属于你的，将来有一天你可以把它给约拉。

只可惜将戒指传给你的人不是露西。

吉松太太是一位寂寞的妇人。记得我跟你们讲起的那位日本仆人吗？那位吉尔伯特与我在第一次约会时遇见的老人？他也叫吉松，后来，他把他的叙事长诗寄给我们，我们收到的那册副本竟是用优美的书法手写而成，一半英语，一半日语。假如他不辞辛苦地寄一册给我们——两个少不更事的陌生人，天知道他寄出了多少册。但吉尔伯特从不冷落谁。他写了一封热情洋溢的回信，继而与吉松先生成为朋友。多么不可思议，人们有时以这种方式相识，直到其中一人死去才分离。吉松先生死于 1952 年。我们搬到奥林达后，我发现村里那家花店名叫吉松。店主是一位寡妇，吉松太太。她跟吉尔伯特结交的吉松先生没有亲属关系，但我还是不由自主地和她成了朋友。后来，我开始给她提供我花园种植的绣球花，条件是她不给我一分钱酬劳。她死于 1985 年。在她去世的几年前，她不再能掌管经营那家店。她的身体状况还行。但她的脑子开始糊涂，变得只讲日语。吉尔伯特与我帮她在日本城找了个住所。那家花店转手给另一户人家，这次是中国人。我不喜欢他们，所以不再送花去卖。

所有那些漂亮的绣球花。现在它们属于别人。

不用成为寡妇或鳏夫才尝到寂寞的滋味。我知道吉尔伯特时而在我们的婚姻生活里感到寂寞。他嘴上不讲。他感到寂寞，不是因为我不贤惠，或我们的孩子不乖，而是因为仍有那么多他不能为我们做的事。同样，还有很多我们无法给予他的东西。

我有没有感到寂寞？我只能讲，我不热衷于当寂寞的顾客。

有一次，在露西死后，吉尔伯特提到他"无缘无故"觉得寂寞。你说无缘无故是什么意思？我问。我们失去了露西。不，不只是那个原因，他坚称，但当我追问时，他也解释不清。那次以后，连续几个月，他喝起酒来。他的父亲是个酒徒，不过没贪杯到误事的地步。他的母亲也酗酒，她以为无人知晓。因此，看见吉尔伯特沾酒引起人警觉，我如实讲了出来。这儿有东西，他捶打他的胸口，我没法将它吐出来。喝酒帮不了你，我说。有一点帮助，他说。这样子持续了几周。最后我采取强硬立场。露西死了，我说。你可以继续靠喝酒试着减少自己的悲伤，或你可以把那酒瓶收起来，接受我们余生都将活在悲伤中的现实。

她也使你心碎，不是吗？吉尔伯特说。

露西死后，我第一次感到眼皮发沉，于是我说，除了在那些荒唐的歌里，没有人的心会真的破碎。吉尔伯特点头，然后说，莉利亚，我们两人中，你是心怀傲气活着的那个。

我说我不知道他什么意思。其实我知道。

————

1947 年 12 月 31 日

反思时间。

婚姻：平淡的幸福。添加一把太阳伞和一根手杖，赫蒂与我可以像瓷盘或藏书票上的夫妇那样定格成永恒。可想而知，大多数夫妇在结婚时承诺要天长地久地走下去，希望一帆风顺——但总会有寒雨、炙热、晕船、难以消化的食物。有些可能会翻船。有些可能会被食人族吃掉。但多少人在预定这趟旅程前估量过这些风险？我的父母没有。赫蒂的姐姐苏茜没有，她和赫蒂在相同的教养下长大，是个不比赫蒂逊色的优雅产物，理应享受不管什么样的幸福生活，却在一年前死于癌症。甚至可以说西德尔也没躲过那种命运。相反，赫蒂与我明白这样的努力是徒劳。不，谢谢，我们现在这样挺好。若我们想要，我们可以悠闲地走去港口，看那一艘艘小型的诺亚方舟，每艘坐着一位丈夫和一位妻子，愚勇地张起袖珍的帆。再见，我们朝他们挥手。我们预祝你们在这趟走向毁灭的旅程中一切好运。

爱情：我与西德尔的友谊，照我向赫蒂描绘的，起起落落。如果其中有规律可循，我看不清那些规律是什么。我们是时运不济、注定分隔两地的恋人，还是一对老去的笔友？

360

问这些问题不合适，罗兰——我能听见她那么讲。在西德尔的手册里，很多事不行。她不是平白无故成为西德尔·奥格登的。

爱情与婚姻之间：J。按我的口味，她也许有点丰腴和粗俗，不过谁能说婚姻不会改变一个人的喜好呢？我是在用这种无意义的不忠报复赫蒂或西德尔吗？

职业：我看得出，在图书交易这门生意上，我将永远是个外行。不过，我对这方面的兴趣不会因此而蒙上阴影。我在画漫画、写宣传文章、协商世界和平方面也是外行。大多数外行想要获得重视，其中最业余的那些总有办法获得重视。那个结果似乎是今日和明日世界将不得不面临的隐患。人们可以难得尽情地做自己，昔日这种好时光一去不返。做自己时，我们没有业余的问题。可当然，如今的问题是：怎么令人信服地做一个违背自己的人？

————

人一天天变老，一天天变蠢，罗兰。那个道理不显而易见吗？

今天，他们上了最后一堂回忆录写作课。我的妈呀，透露了什么真相，洒下什么泪水，创造了什么遗产。吃午饭时，南希交给我一张印好的纸。她坚持把讲义带出来给我。这一份特别好，她说。全是我们在思考我们的人生时可以引用的名言。我说我没

361

拿我的老花镜，看不清那些字。她说，你可以晚点读，但我能和你分享我回忆录的最后一行话吗？受那纸上的一段引语启发。老师说我的结尾辛酸、感人、完美。

你的老师靠欺骗天真无邪的人为生，我暗自嘀咕。

什么？南希问，但她并不擅长听见她不想听的话。这是我今天写的最后一行话，她说。我们活着，为了理解爱，我们爱，为了让活着有意义。

我看着她。怎么了，她说。我说幸好我吃了主菜，因为现在，听完她的结尾，我只好跳过布丁。她露出骇然的表情，但问题出在她呀！找个会称赞她的人完全不难，但是不，她要那个称赞的人是我。

莉利亚，你瞧，你经常待人不大友好，南希说。

谁讲的，我说。

大家都这么讲，她说。

好吧，我同意。你是否想过，是我不想当一个友好的人？

换作伊莱恩，她会讲出一些机智的话，认为她可以伤及我，但可怜的南希只能看着我，眼中含有同情。可你从来就不想当一个友好的人吗？她反问。

差不多，我说。

既然我们个个快要走到我们坟墓的门口，我们凭什么认为我们可以改头换面？咚咚，谁在敲门。来自加利福尼亚州贝尼西亚的莉利亚·利斯卡，我就是那样的人。一贯如此。

别误会我的意思。我也是吉尔伯特的妻子、他孩子的母亲、他孙儿孙女的祖母。如果你们算上诺尔曼·相和米尔特·哈里森，我的身份则更多。但我是否幻想写一本回忆录，以一行鼓舞人心的话结尾？不，正如我不可能幻想自己像钢琴大师般敲击琴键，像真正的美术家似的画几个苹果、梨和牛奶罐一样。无需假装自己在某些方面是能手才是做自己。要做自己，不一定要有一技之长。

如果你们想想罗兰，有一件事他做得对。他永远是他自己。岁数永远不变。始终如一。做到始终如一，那样是个优点。

凯瑟琳，你硬要约拉上的那各种课程——它们也许无助于她。就算最娴熟的舞者也不可能用跳舞找到人生的出路。就算技艺精湛的焊工也修补不了破裂的婚姻。就算最优秀的计算机工程师也无法编程出理想的人生。

我可以教你们几件事。实用的事。如果我有一块土壤，我可以为你们变出一座花园。但据我所知，如今人们不大在乎花园。他们在乎房地产。莫莉昨天打电话来，用好似闲聊的口气说，你知道罗斯福路那栋房子值多少钱吗？我说，不，我不知道，我也不想知道。现在它是别人的房子。她说，那房子目前上市了。挂牌价是两百一十万。两百一十万元吗？我问。你以为呢，两百一十万角、两百一十万分吗？她说。你本该留着那房子才对。

如果那栋房子的价格是两百一十万美元，这种事轮不到我，我说。我在那栋房子里抚养了五个子女和一个外孙女。我为你们所有人建造了一个花园。日子过得挺好。

好吧，这样也许合你的意，但花园已经没有了，莫莉说。有人在那地方盖了一个亲属套间。我敢保证，他们会把它租出去。

我暗自想，我三度丧偶，失去了一个女儿。一座花园对我而言算什么？因此我说，那有什么要紧？我们买下那栋房子时并无那个花园，没有法律规定它要一直在那儿。

我应该坚持让你别把房子卖给外人的，莫莉说。你的哥哥姐姐无一人同意你，我提醒她。他们没一个住在湾区，不再了解这地方，莫莉说。凯瑟琳呢，我说。她住在这儿，她从未对我表示过异议。

你有没有想过，凯瑟琳的问题正在于此？她不懂怎么维护自己的利益。

因为她和你一同长大，有个比她大不了多少却时时欺凌她的姨妈吗？我说。在这种情况下，我不感到意外。

我没有欺凌她，莫莉说。是你。

欺凌凯瑟琳吗？

欺凌她，欺凌爸爸，欺凌我们所有人。

我说我完全不知道她在讲什么。我能听见莫莉深吸一口气。她在预备说些公道话时，会发出那戏剧性的叹息。对不起，妈妈，我前面的话不重要。我们还是只谈凯瑟琳吧。你有没有想过，你对凯瑟琳所做的或许是帮了她的倒忙？

收留她？抚养她长大吗？

你抚养她长大的方式，莫莉说。

我抚养她和抚养你们所有人一样，我说。

但我们有父母。

她有吉尔伯特和我，那样有区别吗？我说。

因为你们不是她的父母，你们让她知道，她没有父母。叫一个小孩活在她不理解的谜里，这样对她不好。

我们有什么选择的余地？我问。假装我们是她的父母吗？把她送给别人收养吗？而且，我们并不隐瞒任何事。我们告诉她，露西自杀，史蒂夫走了，不管她的生活。我们从一开始就把那些事解释清楚。不存在谜。

没办法使你明白其中的道理，莫莉说。

不明事理的那个是你。在我看来，一切合情合理。

甚至包括露西的死吗？莫莉说。

瞧，我说的暗箭伤人就是那样，但我一语不发。

接着莫莉说——我努力回忆一字一句，现在我把它们写下来，以免忘记，不是说我同意她，也不是说我无法为自己辩护。

事情的经过是这样的：

莫莉说，妈妈，你知道爸爸对露西的死感到多内疚吗？这件事不是任何人的错，我们一直这么跟他讲，可他说，如果生活中出现疏失，应当有人承认失职。露西活得比你们更辛苦，他对我们说，因为凡是她身上的东西总与这个世界抵触。必须有人看着她，挡在她与任何会挫伤她或伤害她的事之间。你们的妈妈不懂那个道理，他说。她看不出来，因为她也老是与各种事磕磕碰碰，但她不易出现淤青。有时她和生活一样强硬。有些人生来如此，她认为露西应该像她。她认为每个人都应该像她。但大多数人会受伤。我们不认识露西的父亲。说不定他也容易受伤。

365

当时我觉得不寒而栗。露西的父亲，我说。他讲了什么有关露西的父亲的事？

不多，莫莉说。只讲了他是你在嫁给爸爸前认识的一个男人。

他也告诉露西了吗？

我不知道，妈妈。他告诉我们时，我们都已长大成人。

你的父亲是正直无比的人，我说。我相信他决没告诉过露西。

那他很可能没有，莫莉说。

谢谢你让我知晓了我婚姻中我一直被蒙在鼓里的一部分，我说。

妈妈，我们都爱你，我们都知道你为我们做了多少事，莫莉说。

最不济的那类甜言蜜语，我心想。人们经常在分手前对他们的恋人说：我希望你知道，你在我心中曾多么重要。连杀人犯在行凶前大概也会那么说。

自结束和莫莉的通话后，我始终想着吉尔伯特与露西。露西是不是从罗兰身上继承了某些我们不理解的东西？吉尔伯特与我是不是疏忽了某些事？但不管问的是什么问题，都好比在战场上挥舞的白旗。没有一面白旗可以救我们，无论它多大，无论我们挥舞多久都不行。

吉尔伯特晚年，癌症复发后，有一晚，他睡不着，我熬夜陪他。我知道他想聊天。我们结婚以来，有些时候他想聊聊天，一起回忆往事，但我总能够插科打诨地阻断他的话头。谈论过去有什么用？我想要保持敏锐的思维，但在往事的敲打下，思维变得

366

迟钝。我宁可想想天气、树、花，和晚上我打算给全家人做什么菜。

但当时吉尔伯特虚弱不堪，我们知道他快死了，我暗自心想，从今往后，我会任凭他利用他的时间。他问我，你是否觉得我们爱露西爱得不够？我说，我们还抚养了另外五个孩子。我们先聊聊他们吧。他说，我们不用聊他们。我们能预见他们最后成为什么样的人。我说，那让我们为他们感到高兴。吉尔伯特说，你是否觉得我们没有给予露西她需要的爱？

胡扯，我说。那姑娘从你我这儿得到的爱多于我们认识的任何人。他接着说，我们没有给她幸福的生活，不是吗？我说，幸福那东西，父母给不了。我们给子女的只有生命。在他继续讲下去前，我叫他打住。如果你想念露西，我说，就看看凯瑟琳。

有时我也在凯瑟琳身上看见史蒂夫的影子，他说。

不，你没有，我说。

每个孩子身上都有父母双方的基因，他说。有时我回想我们的孩子，我分得出他们哪些方面像你，哪些方面像我。只有露西除外。

她随我，我说。

那话是我们拿来讲给自己听的。你这么说是为了让我心里好受些。我这么说，因为我不认识露西的父亲。

你当然认识，我说。你是她的父亲。

嗯，我想我是，他说。接着他开始拭去他的泪水。你和露西使我成为一个好男人，他说。记得我们年轻时有过的那些希望吗，和平大会、全体子孙后代的金色黎明？在歌剧院旁第一次见到你时，我心想，和那个漂亮的女孩一起生活在这世间该是多么美妙。

得了，我说，你听起来像个感伤多情的演员。他大笑。莉利亚，谢谢你容忍我，他说。你是什么意思？我说。你不相信我相信的那些美好的事，他说。你这个傻瓜，我说。如果我不相信，我不会成为你的妻子。你还不了解我？没有人能迫使我做任何事。

我没有问吉尔伯特他认为我不相信的美好的事是什么。也许我该问的，然后他会知道他错了。他们说人临近死亡时，想要的是解脱。但我不是多愁善感的人。我不相信解脱。如果你们想见识一点解脱，可以翻到这本书的结尾。多的是解脱。你们可以跳过从这页到第650页之间的部分，或你们可以读一读。对罗兰或对我而言，没有太大区别。

解脱。我寻思，我的曾外祖母露西尔是否曾想过那个问题。在随时可能从骡子上摔下来、坠入山谷，活不到明天的情况下，解脱有何意义？或你最好的哥们儿可能在夜里把你砍死，让他可以携卷你的价值两百美元的黄金跑路？响尾蛇、灰熊、洪水、雪暴——这些会友好得等你找到解脱后再出现吗？曾外祖母露西尔照顾的那个男人，他的双腿被截肢，只能躺在那儿等死，那个安慰人心的词对他有何用处？有一位年轻的米沃克部落的母亲，十四岁，实际还是个少女，她的白人丈夫被一棵倒下的树压死，她的部落拒绝重新接纳她和她的宝宝。曾外祖母露西尔在她的家里腾出一块地方给他们。那个婴儿死后，这位年轻的母亲重返她的部落。当时她有没有考虑到解脱？曾外祖母露西尔呢？据说她对那个女孩视如己出，把那个婴儿当作她的孙儿那样对待。

吉尔伯特说得对。我硬得可以敌过最艰苦的生活。我的爱与我这个人一样硬。我出身于移民家庭。和拓荒的人一样，我的人生经历了碰撞、创伤、截肢和死亡。我不消沉。给我一把斧子和一柄锄头，我会开垦出一片花园。给我一个好男人，我可以与他共建一个家庭。只要我能做的事，我倾尽全力去做，但我不与暴风雨、洪水、地震作斗争。我不哄自己相信我能不做我自己。

但我晚生了一百年。我出生时，我们已经是定居的人，现在人人都有安居之所，并将永远安居下来。瞧莫莉，使用"社区""平台""使命""进步"等那类了不得的词汇，如同吉尔伯特谈论和平、全世界百分之八十的人相亲相爱一样，仿佛那些华丽的词藻是通往天堂的密码。瞧约拉，上那么多课外兴趣班，教她滑冰滑得像笨手笨脚的天鹅，拉小提琴拉得像拿着一把破锯子的木匠，画画画得像颜料不要钱似的。

对不起，凯瑟琳。我不是在批评你、莫莉或谁。我只是为你们所有人感到遗憾。定居的人那么快就忘记如何在动荡不安的世间活下去！生活不会为了谁而自行软化，但我们却何等软化并娇惯自己。

罗兰与赫蒂也出身于移民家庭。我不知道他们具体的家族史，但我曾向图书管理员安德森太太打听有没有关于新斯科舍省的历史的书。她写信给她一位在佛蒙特州的朋友，她说这位朋友是画家，在布雷顿角有个小住所。安德森太太的朋友最终寄了几本书来，是她在当地一个旧杂货义卖活动上觅得的。

369

不管怎样，世界那一隅的拓荒者，日子过得不会比我的亲属好。或许更苦，有那么多暴风雪和船难。没有黄金。我记得那个故事，一整船人在深夜落水溺亡。他们只穿了睡衣，镇上的居民不得不筹集一大笔钱，给每具尸体买一套新西装，在下葬时用。他们都是正派的人，不是吗？但无论活着的还是死去的，他们中没有一个会在考虑那个词，解脱。

————

1956 年 12 月 31 日

反思时间。又过了一年。

婚姻：无比美满。心情：恬静。职业前景：一点也没有，但赫蒂把家打理得井井有条，我可以像最优秀的业余表演者般假扮书商的角色。我们还需要做什么来维持这种生活？

西德尔：去年收到六十五封她的信；我寄给她六十七封，这些信，照我的要求，寄到店里。很快，我要考虑再买一个保险箱。

————

我只把这篇当作样板为你们标注出来。如同他们在店里摆开、用来引诱你们的那种很小块的奶酪。接下来的两百页里，全是像这样零零碎碎的奶酪。万一你们决定跳过，让我来告诉你们，你们会错过的内容。

罗兰与赫蒂买了一栋房子，搬入新居，与哈利法克斯隔着海湾，让罗兰觉得可以从他童年的阴影中"解放出来"。（想象从旧金山搬到奥克兰，让自己完全变一个人。不可能，但罗兰就是那样，做非分之想。）赫蒂在那栋房子里去世（我猜罗兰也是，不过彼得·威尔逊忘记向我们说明）。但我将直奔主题。他们还有许多活着的岁月。罗兰在花园路开了一家店，偶尔会雇一名年轻女子当帮手，但这些员工像季节性过敏似的来了又去（那点不足为奇）。婚礼和葬礼。家人团聚。许多慈善晚宴，因为赫蒂是一位乐善好施的贵妇。度假，大多在欧洲，但也去了亚洲几次。感觉得出，赫蒂情愿待在她的花园，但她不厌其烦地陪罗兰旅行，让他余生无一刻不是她的战俘。

战俘一词不是我说的，而是出自西德尔。她在一封信中使用过一次，不出所料，罗兰记下这件事，并附上一大段话分析情况。她想必处在罗兰所称的"西德尔式的那种心情"中。那是什么样的心情？她并不打算破坏他的婚姻。她似乎对他远居异乡没意见。但不知怎的，罗兰把事情讲得好像他因为与赫蒂结婚而伤害了西德尔，由于那伤痛，所以必须间或闹一次。我们能信他吗？

噢，对，现在我想起来了。西德尔的大意是他打输了自己的独立战争，变成一名战俘。我想说，不管怎样，他都是那场战争的输家。要么是赫蒂的战俘，要么是西德尔的。问题是：哪一位狱卒更好？

要我说，西德尔更好——但我们不知道那些年她的生活到底是怎样的。令我耿耿于心的是，我们只能想象，而我们的想象可能完全不着边际。

罗兰声称，尽管他与西德尔彼此远隔重洋，却仍保持着亲密的联系。那话我相信。西德尔说她是个忠诚的女人。我相信她。她和我有一个共同点：我们决不讲违心之言。至于罗兰，除了西德尔的信以外，他还能有什么令他觉得自己特别的东西？他们在罗兰与赫蒂去欧洲度假时见面，但那时不同于往日。罗兰是偕妻子旅行。西德尔是一位更年迈的老妇。

罗兰可以再写上几千页日记，但他的人生不外乎是地球自转而有了日夜，地球绕着太阳转而有了冬夏。罗兰是那地球，罗兰是那太阳。

此外，他的世界有南北两极：赫蒂与西德尔。两极之间是其他女人。我也在那两极之间，那个他永远不会娶的来自加利福尼亚的小女孩。但我一点没虚度我的人生。我不会说我毫无遗憾。我有，但遗憾好比杂草。在它们生长并蔓延以前，先将它们扼杀。意志力是最强效的除草剂。我有意志力。

————

1969 年 11 月 19 日

伦敦。街上年轻的男男女女，头发太长，衣着太宽松，脸上的表情太茫然，使我觉得这座城市像个外国人。如果我更年轻些，我会争取看起来和他们一样——这种心情不正是四十年前我初到纽约时所有的吗？四十年让人往前挪了几步，到棋盘的另一个格子里。女孩走过，不匀出片晌的注意力看我，这个人属于过去。男孩不把我的存在视作威胁，这个人已成历史。

但请把我说成老派或保守。这些年轻人在他们的妄想中成长，被大麻搞得头脑空白，他们只是在盲目地踏上明日的战场。相反，我能从刚过去的岁月中获益。在那方面，我是百万富翁，他们，身无分文。

诚然，这同一代人也在家乡、我们的周围涌现。但赫蒂精于守住那条护城河，把我们与那一大群外甥外甥女及他们的朋友隔开。

我在夜间抵达。收到奥格登先生的一个女儿的电报后，我第一时间采取行动。

去伦敦，我一边打电话给旅行社，一边告诉赫蒂，奥格登太太快死了。赫蒂当即上楼为我收拾行李，熨平的黑西装和黑领带，短袜卷成一团，像刚出生的小黑兔，拭泪的手绢，护嗓的围巾，应付心脏病的药，备用的老花镜，还有一支额外的水笔。

赫蒂的麻利令我肃然起敬。我之所以不离弃这段婚姻，也许是因为我一直活在敬畏中。那本题为"西德尔·奥格登"的书即将完结，对赫蒂而言仅是一个事实。我在西德尔的书里是个什么样的角色，赫蒂没兴趣了解。也许当名叫"罗兰·布莱"的那本书完结时，她会同样轻易地接受那个事实，

373

让目光停留在"故事终"一词上，但仅此而已。倘若我明天要死了，她也会像这样麻利地收拾好东西。说不定她甚至会在把我送往停尸房时，也多带一副老花镜、一支额外的水笔和几枚硬币。这个有福气的男人，他的妻子深知他习惯对他生活中的琐碎之物丢三落四。

但是，我将不久于人世吗？如果赫蒂这么问，我会安慰她：不，亲爱的，还不到让死亡使我们分离的时候。我毫不怀疑她完全有毅力和勇气继续活下去，但她活得比我长有何意义？守寡的赫蒂与为人妻的赫蒂没有区别。对她来说，天底下无新鲜事，所以也没有事变得陈旧过时。我没当过鳏夫。那种经历始终像一条无人游过的河，一瓶无人尝过的酒，一片未经勘探的地带，一个未曾相识的恋人。我倒想体验一下当鳏夫的感觉。亲爱的主啊，每对相爱、婚姻长久的夫妇，是不是都怀藏着这类不为人知、近似杀心的念头？

看来我将比西德尔活得长。那点不足为奇，除非我此刻猝死，或遭遇车祸。但有个人——谁？我相信不是西德尔——曾对我说，我不是那种会被车撞倒的人。为什么？那种悲剧只发生在那类不可或缺的人身上吗？

————

罗兰不记得那句话是我对他讲的。但起码他记得我的话。

露西死后，吉尔伯特曾说，他不明白这样的悲剧怎么会发生

374

在我们身上。你什么意思？是说我们人太好吗？我问。他说，不，我们是普通人，应当让我们过普通人的生活，不受这苦。我暗自心想，谁能应允我们这个要求？身患癌症的人可能会想，不该是我得这种病。因交通事故而失去一位家庭成员的人会想，这个世界不公平。娶了一个像莉利亚·利斯卡那样的女子的人应该问问自己，为什么是我？娶了一个像赫蒂·布莱那样的女子的人应该问问自己，到底为什么？

———————

1969 年 11 月 20 日

　　我打电话到大学学院附属医院。听起来西德尔似乎无法在电话上讲话，但护士说，她会告诉她我到了。我也和奥格登先生的大女儿特莎·哈钦森通了电话。大概就在这一两日内，她说。我说我会暂时不订回程计划。她镇定自若的口气，一点不含好奇心。令我想起赫蒂。这世界如果没有像她们这样的女人该怎么办？

　　午饭后，我云探望西德尔，尽可能耐心地多陪她一会儿。那天下午没有一个不速之客。是她通知了人们，她想与我单独相处这段时光吗？

　　她看上去虚弱无力，但不似我想象的那般奄奄一息。她向我缓慢抬起一只手的动作——我照礼节握住那只手，亲了一下——令我想起多年前的一刻，当时她懒洋洋地躺在她起居室的沙发上，伸出一只手，表示休战的意思。我那天想必心乱如麻。是在哈里·奥格登死前，还是死后？那一点不再要紧。这种情形发生过许多次，每次如出一辙：我想从她那儿得到些什么，她明确指出，我提那种要求是自讨没趣。如果我仍有时间写出那部以我的人生为题材的小说巨著，也许应该给它取名为"歪曲的心情"。

或叫，"被歪曲的心情"。

西德尔与生活之间的唯一区别：她总是勉力抚慰我。生活那混蛋，从不。

西德尔完全发不出声音。其他来探望的人，在她安静的反应下，是不是更无所顾忌地讲个没完，或他们在她无言的审视下坐立不安，得体地待足一刻钟后迅速离去？

连喃喃低语似乎也给她造成疼痛，但她依旧才思敏捷。她难以大声讲出的那些话，我能轻易明白。我们这对二重唱组合的编排变了，本质没变。

赫蒂呢？她低语。

不，她不在伦敦，我说。我一个人来的。

她微微摇头，可怜我。她的神情表达的是，那么，没有人在酒店守候。过去二十年中，每次西德尔与我见面，大多数时候在伦敦，也有在欧洲别的地方，但我总是以游客的身份而至，有尽职的妻子陪同。她们不见面。我甚至不告诉赫蒂我去探望西德尔。我不必那样做。在这个国家之间、意识形态之间、宗教之间冲突不断的世界里——在一个无论什么都可能导致战争的世界里，我让两个出众的女人实现了休战。

在一位忠贞的妻子和一位让人毕生忠贞不渝的情人之间调停——这项工作需要更高的技巧，应当成为未来每个世界领袖、政策制定者和外交官的必修课。我的墓志铭或许应该是：一位人类心灵的使者安息于此。

你不能指望我这次带她来，我对西德尔说。

然而，她的眼中仍流露着怜悯，但现在更和蔼了些。那么等我死后，你只能独自回去——那是她要对我说的话。或是，真遗憾，你没考虑到回程会略有不同。葬礼后，谁陪你回家呢？

我不介意独自上路，我说。

勇敢，她低吾。

指我吗？我倒宁可每次独自旅行，我说，可惜我没有选择。

她摇头，轻易看穿了我轻易讲出的大话。她灰蓝色的眼睛看上去更接近青春年少而不是濒临死亡。一辈子经历了几次巨大的丧亲之痛，人们会在她的葬礼上这么讲，可他们不知道的是以下这个秘密。我们每个人在西德尔眼里都是傻子，她从傻子身上取乐，度过了愉快的一生。

再者，谁能做到不独自外出？我说，继续反驳，继续争辩。她总有办法让我变回二十岁时的自己。即便对我自己而言，孤身一人又算得了什么？我说，步步紧逼，仿佛她会给我答案。

她摇头，不理会我的打岔。准备好谈正事了吗？她低语。

　　有一刻，我把她看作是俄语小说里的那类人物，在临终时制订一份秘密的遗嘱，指名我为她的继承人。那样会使我得到我需要的东西，让我摆脱当前生活的一切束缚，获得自由之身吗？我会心安理得地接受她给我的一切。不过在她死后，有人可能会跳出来质疑我继承的遗产。也许是奥格登先生那边的亲戚。如果我们的社会地位显赫十倍，我们会酿出一场轰动的丑闻。但眼下的我们，一个差不多被遗忘的诗人和一个小地方的书商。没有人会知道，我们两人一直活在人生的顶峰。

　　她指着床头柜上的一本便笺簿。簿子上，用他人的笔迹写着一条指示。"我已经把你的信全部销毁。请销毁我的信。谢谢。"

　　正是那句非特指某个人的"谢谢"令我意识到，这条指示是给她所有朋友的。不过一时之间，我还是无法从那张字条的残酷中回过神来。她不留给我任何东西。她不付出，她取用。固然，我把我写给她的信用复写纸留了副本，因此可以说并无真正的损失。但在临终时做出那样冰冷的举动？

　　我不能留着那些信吗？我说。

　　有何意义？她用微笑表示。

　　意义在于，活着的人需要活下去，我说。活着的人需要抓住点东西。你不能随便把这些信一并带走。

　　如果我不服从她的意愿会怎样？她并不会知晓。我不可能是史上第一个违抗女人遗愿的男人。几个星期前，我在报上读到，一对小情侣，两个看不到未来的失魂落魄的恋人，决定一起从摩天大楼的阳台上跳下去。他们都喝了很多酒，但当女的跨出阳台后，男的，突然之间，发觉自己再无一丝想死的念头。如果我是那个男的，从令人晕眩的高处向下望，感到的不是懊悔或悲痛，而是极其庆幸自己没有迈出那最后一步，那又怎样？我不能阻止西德尔死去，但我可以继续安稳地活在她与我本人共建的那个坚实的基础上，用我们之间的所有书信做保障。

还是想要有个干净的了断，她低语。

你不能指望我切下自己的一条胳膊，让你获得你想要的干净的了断，我说。

她微微一笑。我多么憎恶她眼中那嘲弄的目光。连到弥留之际，她也一点不心软。

你在说我夸大一切。我是纠缠不清、庸俗、多愁善感，我说。她看上去像已准备好慢慢离我远去。我把一只手放在她干枯的头发上。西德尔，我说。你不能命我销毁任何东西。我要靠什么来记住你？

你自己，她低语。还不够吗？

你的意思是，我该作为一件你的才华的纪念品，活到我的人生尽头吗？我说。何等的殊荣，何等的幸运。让我们全体为罗兰·布莱鼓一番掌，是那位独一无二的西德尔·奥格登塑造了他。

379

她把眼睛睁得大了一点。共鸣，假装有共鸣。

也许我应该自我庆幸，我说。如果我是个神经质的小伙子，我可能早就因为你而死了。那又如何？你会再找一个小伙子，他也会同样适合你。幸好，我扮演了你分配给我的任何角色。我全心全意地投入其中。可能甚至超出你的预期。现在你对我说：回去你妻子的身边。我和你结束了。

哦，罗兰，西德尔低语。

我不知道她那话是什么意思，但我没时间琢磨。一个五六十岁、体态有点丰腴的妇女进来，估计是西德尔过去二十年里累积结交的女性友人之一。我与她打了个招呼，看见她的眼皮又红又肿，最不济的那类来医院探望的人。她似乎对发现我在那儿感到惊讶，在我报上我的名字时，没有显出认识我。她叫莫尔斯太太，在西德尔开口前，她先弯腰轻吻了西德尔的脸颊。什么话也别讲，亲爱的，她说。我晚点再来。

那女人丝毫不掩饰她必须为我和为西德尔作出的牺牲。西德尔怎么会找那样的女人当朋友，她怎么会允许那样的女人玷污她人生最后的岁月？也许连西德尔在年迈时也得听任自己有些许退化，让各色人等攫取她的注意力。混账、混账的世间。

她的儿子数年前自杀了，她仍每天给他写一封信，西德尔低语。

现在回想起来，有意思的是，整个下午，她讲的最长的

380

一句话，是关于某个叫人忍无可忍的人。

　　既然她那么渴望与他在一起，她何不干脆死了呢？我说。

　　你给每个人解决方案，她低语。看看你自己，她用微笑继续往下讲。你夸大其事的本领不亚于莫尔斯太太，可我还是容忍着你呀。

　　无论孤儿、寡妇、鳏夫还是受苦的人，都不是唯一的，我说。她找你，是因为她觉得你能理解她的丧亲之痛吗？或她什么人都找，因为她确信无人能理解她的丧亲之痛，她必须一个人奋战到底，让人们看到、听到和明白她的痛楚？愿上帝保佑她儿子的灵魂。

　　西德尔闭上眼睛。可能是被我的使性子搞得精疲力竭。当她再度睁开眼睛时，我隐约觉得她会永远活下去。有些人不是为了死而生的。

　　你还是不把我当一回事吗？我说。

　　她微微一笑。不管你什么意思，那笑容表示，你是在自讨没趣。

　　我想受到重视，我强调道。

　　赫蒂呢？她低语。

　　一点没错，赫蒂，我心想。她是唯一从未不把我当一回事的女人。另外还有客户和熟人，他们在一定程度上把这个罗兰当一回事。

　　你有没有想过，我说，我可能只想得到一个特定的人的重视？

381

我吗？

是啊，有何不可。

问题是，西德尔用微笑表示，你见过我把谁或什么当一回事吗？

我不在乎你怎么对待别人，我说。我不理解的是，你究竟为什么不能把我当一回事。你说赫蒂重视我。也许对。也许不对。匪夷所思的是，我竟不知道我的婚姻中是否有真正让我觉得要紧的东西，但另一点匪夷所思的是，我并不想知道。然而，让我耿耿于怀的，是不知道你为什么从不满足我唯一的要求。如果休活着，你也会这样对待他吗？说不定你会是那种毫无怜惜地毁掉自己儿子的人生的母亲。说不定他会早早逃离你。儿子有时会那么做。可我不是你的儿子。我对你忠贞不渝。

一名护士进来，我提高的嗓音引起她的警觉。西德尔示意一切安好。她看起来不像是性命垂危的人。如果他们是错把我召唤来了，那会怎样？如果有我在，不知怎的能让她继续活着，那会怎样？

————

我刚读了一遍我写的东西。喝了太多威士忌，头脑混沌不清。我记忆中的那个下午，不止日记中所记的这些。还讲了什么？自我认识西德尔以来，我似乎没有长大一天。

382

前台刚打来电话，说有一封给我的电报。赫蒂发的。我叫他们明天送上来。

————

露西像她的父亲。那种种小性子，那种种言辞，那种种他们想要却从不可能得到的东西——这个世界让他们受伤，无人能改变那个事实。但罗兰比露西幸运。西德尔不是罗兰的母亲。我是露西的母亲。我们身上的那股硬气使我们成为难以相处的母亲，但也使我们成为更出色的女人。

————

1969 年 11 月 22 日

西德尔死了，照我手表的时间，16:13，护士记录的，16:16。

从昨天早上开始，她一直昏迷不醒。只有我坚持坐在她旁边陪她。几位探望的人来了又走。我猜想她的朋友们正在研究他们的日程安排和火车时刻表。将不得不取消一趟短途旅游，推迟一次晚宴，错过一场音乐会。但仅此而已。她的死引起的不便将是最低限度的，西德尔也情愿这样。不小题大做。干净地了断。然后生活继续。

这儿没有我的生活。西德尔等于我在伦敦的生活。我寻思我到底会不会回来。但以什么形式？一个身穿黑衣的男人，年老体弱，在一块墓碑旁摆上一束白百合花。那男人会成为银幕上一个忧郁的身影。那男人值得有人为他写一首诗，或一段戏剧里的独白，或甚至一曲咏叹调。但西德尔已死，我看不出继续演下去有何意义，那演出始终是一半为我自己、一半为她。除了我自己，她真的是我想打动的唯一观众吗？

今天下午，护士奥蒂斯小姐进来检查西德尔的状况时，她告诉我，出去走一走可能会对我有益。你面色苍白，她说。呼吸点新鲜空气将对你有益。我拒绝，她没有再强迫。医生说很可能会是今天，她说。她嘱咐我，若有任何变化就叫她。

当时什么事也做不了。我考虑在西德尔的身旁躺下，陪她等待她的死亡。但她的床比行军床宽不了多少，所以我把椅子拉近，头靠在枕头上，不完全碰到她的头。

我不知不觉睡着了。我想必不知不觉地睡着了，因为时间有流逝。接着我被她的死去惊起，死亡来的不似我先前想象的那样顺畅。每个人在降生时都伴有一定的骚动、抵抗、暴力，因此在撒手人寰时，可能也一定要表现出几分抵抗和暴力，那样也许不足为奇。她的情况算温和，但不是完全安详。

我给赫蒂发了一封电报。奥格登太太死了。等候葬礼的安排。

据特莎·哈钦森和西德尔的律师讲，每一步井然有序。真是个干净的了断。她安排好她的身后事，正如她安排包办了我的人生一样。妥当。合理。令人倾倒。

1969 年 11 月 29 日

　　出席葬礼的人比我想象的多，这一点其实并不令人意外。但真正令我感到意外的是，每个人，不分男女，听起来仿佛都与西德尔有着最特殊的关系。那教堂里的众人是不是互相对视，像我一样，心想着这世上决没有人能理解他或她本人失去西德尔的痛？

————

　　你感觉怎样，罗兰？

　　——感觉？没什么感觉。

　　起码感到伤心吧？

　　——嗯，嗯，伤心。但令我伤心的是今年春天从鸟巢里掉出来、被赫蒂的猫吞食的那只幼鸟。令我伤心的是上个月赫蒂与我去看的一出制作平庸的《奥赛罗》。令我伤心的是阅读我以前写的几篇日记。如果用味觉来比喻，对我而言，伤心决不是一种具有足够强烈滋味的情感。

　　那么，什么是？

　　——哎，那难道不是我的死穴吗？没有一样真正是。

　　可你想不想要呢：某种比虚无更强烈的情感？

　　——问题在于：我配不配拥有某种比虚无更强烈的情感？我曾认为我会无法承受西德尔的死，但瞧现在的我，没

385

有一根头发变得更加花白。想象等我回去后，赫蒂在我的手绢上寻找泪渍。她将多么失望。

也许你高估了自己。如果是因为西德尔才死，你还没来得及面对这个事实呢？

——你不认为，西德尔和我把对方的死置之度外吗？

你确定吗，罗兰？

——否则我现在要怎么过我的人生，罗兰？

————

让一个罗兰与另一个罗兰进行对话，我养成这个好玩的习惯已经多久了。

————

我在结婚后的头几年里经常想起西德尔。当时我一点不了解她，只从罗兰口里听过两三事，但我把她视为竞争对手。我常问自己：如果西德尔·奥格登处于我的境地，她会怎么做？当然，露西死时我那么问过自己，但在小一点的事情上我也问。蒂米从秋千上摔下来，折断了两颗乳牙，我用棉花球按住他的嘴，然后带他去看急诊。在候诊室，我思忖，西德尔·奥格登会不会因为看到她孩子的血而心慌意乱？一位在旁边等待的女士问我是否需要帮助。我向她道了谢，说不用，她不得不提高嗓门，盖过蒂米的哭声，告诉我，如果她是我，她会失声痛哭。我看着她，心想，可你不是我——你也不是西德尔·奥格登。

我曾认为她拥有某些我没有的东西。是运气，我想有她的运气。我曾认为，如果她是个出生在牧场上的女孩，如果我像她那样出生在安逸的环境中，她会变成一个罗兰无心记住的来自加利福尼亚的小姑娘，我会过着自由、风光的生活。

可什么是运气？要紧的不是西德尔并非莉利亚，或莉利亚并非西德尔。运气生来有四肢、大脑和心。固然是有一些不走运的人，但我们大多数人有足够的运气辅助我们。不是每个人都能从生活经历中实现同样的作为。西德尔和我，我们是那种不管过什么样的生活都尽量实现最大作为的人。辅助我的运气和辅助她的运气一样多。罗兰与赫蒂——现在在他们可真的是一对不走运的夫妇。

有人死去时，你为她将永远没机会再活而感到伤心，或你为自己感到伤心，因为那个人将永远不会再出现在你的生活里。露西死时，我两种心情皆有。时而我区分不出来，我是想要她为我们继续活下去，还是我想要她活着，因为那时我只知道生活可能冰冷严酷，但不会出现精神错乱。吉尔伯特死时，我主要为他感到伤心。他应该更长寿，和他的儿女及孙儿孙女共度更多时光。令我宽慰的是我没有比他先死。不是因为我自私。而是因为如果我先死，他会时刻惦记着他没有我的岁月，以及我错过的生活。对他而言，那样如同再次失去露西。

我永远不会因为少了谁而活不下去。

西德尔死时，罗兰难以感到伤心。他不可能为她伤心，因为她的一生圆满无憾。他不可能为自己伤心，因为——噢，罗兰，让我破例对你不客气一次，但你肯定已经明白过来：你在西德尔人生中的地位其实并不如你所想象的。

———

1969 年 12 月 31 日

我用过去一个月的时间重读西德尔给我的信。跨越近四十年。我无法想象自己服从她的心愿。销毁这些信，仅次于销毁我自己的日记，与把我的人生一笔勾销相差无几。

———

我深信罗兰在死前没有销毁那些信，但在他死后，那些信怎样了？它们和他的日记保存在同样的地方吗？是哪里，我们无从知晓。但有时我也思忖，彼得·威尔逊有没有烧掉那些信。对罗兰而言是个悲剧，但对西德尔来说不尽是。

———

1987 年 8 月 18 日

亨丽埃塔·玛格丽特·布莱，1913 年 2 月 2 日—1987 年8 月 18 日。罗兰·V.S. 布莱的爱妻。你尽了你最大的努力，

388

获得幸福的人生。

亨丽埃塔·玛格丽特·布莱，1913年2月2日—1987年8月18日。罗兰·V.S.布莱的爱妻。我们尽了我们最大的努力，获得幸福的婚姻。

亨丽埃塔·玛格丽特·布莱，1913年2月2日—1987年8月18日。罗兰·V.S.布莱的爱妻。从这个布满荆棘和杂草的世界里，你栽培出一场婚姻，让它像一朵永不凋零的花。

亨丽埃塔·玛格丽特·布莱，1913年2月2日—1987年8月18日。罗兰·V.S.布莱的爱妻。没有谁的爱比你的爱伤人更深。没有谁的人生像你的人生那样愈合如初。

亨丽埃塔·玛格丽特·布莱，1913年2月2日—1987年8月18日。罗兰·V.S.布莱的爱妻。一个没有荒唐事的女人。

上面这些话没有一句可以刻在她的墓碑上。

或许我应该从简：亨丽埃塔·玛格丽特·布莱，1913年2月2日—1987年8月18日。

后来。

赫蒂照她的意愿死去。在家，在她自己的床上，周围没有一个人，她心爱的丈夫与她在同一个屋檐下，但不在她身旁。

过去几个月里，她越来越反对人们来探望她。大限将至时，她只准两名护士看到她不大可见人的模样。埃文斯医生和我免于目睹最糟的情况。仁慈的病人，仁慈的妻子。

今早，两名护士里年纪较轻的玛丽贝思说，她将打电话叫医生来，并让我赶紧去看赫蒂。我进去。我考虑在她身旁躺下，最后一天当她的丈夫。就在我走近之际，她睁开眼睛，制止我在她临终时作出多愁善感的愚蠢举动。

看起来雾很快会散去，我指着拉拢的窗帘说。她合上又睁开她的眼睛，向这个支撑了我们这么多年的世界致意。我没再讲话，只坐在她旁边，直至她合上眼，没有再睁开，表示她想独自待着。

我没有再见她，直至护士通知我，她死了。**15:33**。

后来。

睡不着。早些时候，我从赫蒂的书架上取下几本旧书，她上学时读的那些书。我随手翻开一本，几片干掉的花瓣掉出来。那一幕大大吓了我一跳，胜过看着有人给她整理遗容、准备把她运走，告别我们共度了四十一年的夫妻生活。

那本我翻开又合拢、生怕进一步侵扰了那些死花的书此刻在我的书桌上。《女孩娱人娱己指南》。一本少女时期追求人生美满的手册。我寻思，曾尊奉这本书的赫蒂是不是早就得到真传，娴熟掌握了那套本领。

尽管西德尔曾向赫蒂流露出敌意（反之亦然，不过赫蒂善于将她的敌意置之脑后），但我寻思，她会不会称许赫蒂的人生。这是一个与西德尔旗鼓相当的女人，她，一辈子不小题大做，给那本名叫"赫蒂·布莱"的书的结尾画上完美的句号。为做自己，她付出了什么，我永远不得而知。

390

真好奇，她是不是她那代人里最后的瑰宝。我讲得好像我和她不是同一代人似的。但在某种意义上，我不属于任何世代，那样一来，给人永远年轻的假象。赫蒂，如此深深地扎根在我们的母亲、我们的姨妈、她们的母亲、她们的姨妈所经历的生活里，所以她少年老成。分属两代人的一男一女：我们婚姻长久的秘诀在于此，不求浪漫，但求幸福。你必须走吗，赫蒂？可让我别问这个只有傻瓜才会问的问题。我们决不是傻瓜。我们琴瑟和鸣。

相反，我要说的是：我该走了吗？

————

可怜的赫蒂。罗兰讲她的只有好话。

你们认为赫蒂是罗兰所想的那个女人吗？我认为不是。赫蒂并不需要罗兰。她不需要任何人。在每个像赫蒂那样的人的内心，总有另一个人，一个像我的母亲或威廉森太太那样的女人，在那个女人的内心，又会发现别的女人。曾外祖母露西尔。我的妹妹露西尔或玛戈。一个像玛吉那样的朋友。西德尔。露西（我的人生有多少是围绕着露西的——我至今才领悟到）。我的女儿和媳妇。如同俄罗斯套娃一般。无限的可能性。怎么娱己娱人——用下面这个办法：时刻知道在你的内心藏着那一个个不为人知的女人。

至于你们俩，凯瑟琳和约拉。我不知道。你们必须自己弄明白。我想我只剩足够的时间搞清楚这个名叫莉利亚的娃娃。罗兰说对了一件事。当人开始动笔写自己时，感觉自己能永远活下去。

吉尔伯特说，我是心怀傲气活着的那个。也许是吧。后人，注意了。我从未问过谁，甚至没问过露西：你必须走吗？

罗兰一辈子每天都在问那个问题——我不妨订一块墓碑，把那问题刻在上面，然后叫人送到他的坟墓旁。晚做总比不做强，你们说呢？

罗兰·维克托·悉尼·布莱

1910 年 11 月 19 日—1991 年 1 月 19 日

我该走了吗？

是的，罗兰，是的。我们都该走了。

致　谢

这部小说的写作被生活打断，没有朋友和支持我的人，这本书完成不了。

萨拉·查尔方特：你的坚持和关怀支撑我写下去。查尔斯·巴肯、杰奎琳·高及怀利经纪公司的其他人：你们的用心使许多事成为可能。

凯特·梅迪纳和兰登书屋的团队：谢谢你们代为我不懈的工作。

西蒙·普罗瑟和哈米什-汉密尔顿出版社的团队：感谢你们卓越的洞见。

下面这些朋友，你们的友善和慷慨点亮了黑暗的日子：休斯一家人、任碧莲、张岚、伊萨韦恩·萨马那、苏珊·惠勒、A.M.霍梅斯、特蕾西·K.史密斯、裘帕·拉希莉、克雷茜达·莱申、乔伊斯·卡罗尔·欧茨、希尔斯廷·瓦尔德斯·奎德、诺琳·麦考利夫、申·赖斯、苏吉·加内莎娜森、克里·赖利、帕特里克·考克斯、拉比·阿拉梅丁、本杰明·德雷尔、戈德布拉特公爵夫人、泰勒·麦克尼尔、玛丽-贝思·休斯、吴月瑜、余匡时、埃琳·韦斯特和许多其他人。

埃德蒙·怀特：和你共度的每一分钟都是化解生活的恐惧、平庸和乏味的良药。

393

莫娜·辛普森：同甘共苦的朋友兼伙伴——LMWM, LMWM, LMWM!

伊丽莎白·麦克拉肯：最亲爱的伊丽莎白！再多写三百页也不足以表达全部的爱。

埃米·利奇：让国王们集合起来吧。你和我，我们与我们的书坐在一起；我们没有别的宝座。

布里吉德·休斯：不管我为你写下什么都是虚有其表。确实，言不尽意。

Yiyun Li
Must I Go
Copyright © 2020 by Yiyun Li
Simplified Chinese edition copyright © 2023 Archipel Press
All rights reserved.

图字:09-2023-0050 号

图书在版编目(CIP)数据

我该走了吗/(美)李翊云著;张芸译. 一上海:
上海译文出版社,2023.9 (2024.3 重印)
书名原文:Must I Go
ISBN 978-7-5327-9346-4

Ⅰ.①我… Ⅱ.①李… ②张… Ⅲ.①长篇小说-美
国-现代 Ⅳ.①I712.45

中国国家版本馆 CIP 数据核字(2023)第 204286 号

我该走了吗

[美]李翊云 著 张芸 译
特约策划/彭伦 邱宇同 责任编辑/徐珏 封面设计/山川制本 workshop

上海译文出版社有限公司出版、发行
网址:www.yiwen.com.cn
201101 上海市闵行区号景路 159 弄 B 座
启东市人民印刷有限公司印刷

开本 889×1194 1/32 印张 12.5 插页 2 字数 178,000
2023 年 10 月第 1 版 2024 年 3 月第 3 次印刷
印数:13,001—18,000 册

ISBN 978-7-5327-9346-4/ Ⅰ·5835
定价:79.00 元